阿连

原名李春连,山西人。1972年出生于内蒙古乌兰察布盟达茂旗。现居吕梁。喜写作、画画、做手工。长篇小说《一个人的哈达图》获2019—2021年度"赵树理文学奖"。

图书在版编目(CIP)数据

一个人的哈达图 / 阿连著. —太原：北岳文艺出版社，2023.10
ISBN 978-7-5378-6738-2

Ⅰ.①一… Ⅱ.①阿… Ⅲ.①长篇小说—中国—当代
Ⅳ.① I247.5

中国版本图书馆 CIP 数据核字（2023）第 114265 号

一个人的哈达图
阿连 / 著

//

出品人 郭文礼	出版发行：山西出版传媒集团·北岳文艺出版社 地址：山西省太原市并州南路 57 号　邮编：030012
选题策划 连 军	电话：0351-5628696（发行部）　0351-5628688（总编室） 传真：0351-5628680 经销商：新华书店
责任编辑 汪恒江 李向丽	印刷装订：山西人民印刷有限责任公司 开本：787mm×1092mm　1/32 字数：211 千字
书籍设计 张永文	印张：10.625 版次：2023 年 10 月第 1 版
印装监制 郭 勇	印次：2023 年 10 月山西第 1 次印刷 书号：ISBN 978-7-5378-6738-2
宣传运营 刘思华 董江波	定价：68.00 元 本书版权为本社独家所有，未经本社同意不得转载、摘编或复制

序 言

二〇二二年年末,我在安徽宏村等老家封城结束。第一次在江南过冬天,这样的情况下,更觉寒冷异常,冰冷从骨头冒出,向外扩散,一圈又一圈,绵延不绝。

有人告诉我,你的小说获赵树理文学奖了。我缩了缩民宿薄薄被窝里的身体,泪就来了。不是因为激动,而是因为漫长的寒冷。因为在此刻,我更需要一场明媚的春天,可是,春天在哪里?

这个小说的完成已经是几年前的事了,它或许早与我无关。岁月漫漫,没有什么是不能消散的,也没有什么是不能忘记的。但,有些东西,却永恒,比如爱。

我是一个底层写作者,确切地说,是个边缘写作者,虽然我那么讨厌贴标签。但这里用"底层"与"边缘"这两个词语，只是为了符合当下通常语境，也说明我写作的一个基本状态。说到底，我写小说，只是为了表达，当然被听到与看到，是很好的。

我是个没有故乡的人，然而查干朝鲁，是我出生长大的地方。一个人身上的很多印记，都来源于他的原生家庭，来源于他出生的土地。他最初的原始朴素特质的形成，都与此有关。于是，就有了无法避免的血脉相连，甚至相爱相杀。于是，就有了《一个人的哈达图》，哈达图是查干朝鲁的邻村，之所以这样写，是为了避免对号入座，毕竟这个小说有太多的自传性质。

我不得不说，我深深地热爱那片土地。到现在我都记得隶属于它的全称：中华人民共和国内蒙古自治区包头市达尔罕茂明安联合旗西河镇查干朝鲁嘎查（蒙语"嘎查"的汉语意思为"村"）。如此清晰，是因为那时候日子还很慢，人们用写信来联系亲情与桑麻稼穑。我祖籍山西，山西与内蒙古就这样在一封封信里，飞来飞去，直到在我的记忆里根深蒂固，甚至长到骨头里。

我写它，写我的家庭，我的家族，更写那片土地上生生不息的人。他们飘萍一般，飞起，落下；野草一般，葳蕤，枯灭。他们大声爱着，恨着，哭着，笑着；他们又无声地老去，消失。但土地依然博大，疏阔，无边无际；天空依然明净,湛蓝;风依然凛冽地吹过。

天地不仁,以万物为刍狗。

然而,万物欢喜,万物哭泣;万物冰冷,万物热烈;万物生,万物死,万物有情。这是人类存在的意义,也是我们活在每一天的美妙所在。

所以,我写的何尝不是人类本身,世界本身。当然,《一个人的哈达图》,只是地球上的一小点,微不足道的一小点;这一点上有这样的一群人,在这一小段时间里的生活轨迹。然而,谁说,小的不是大的?谁又能记录整个时间与整个空间?我深深爱着的,只能是这一点的东西。它在历史的长河里,小到可以忽略不计,但在我,却是空间意义上的全部。

我只是絮絮叨叨了那些土地上的日常,我只是向自己讲了一遍这些或有或无的故事,但意外的是:小说获奖了。突然就有很多人想看到这个小说,想看到这本书,可是书却卖断了。获奖毕竟是一件好事,可以让自己的表达被看见,自己的热爱被知晓。但我更开心的是,那片土地被看见,那片土地上质朴的民风被看见。他们也值得被看见,也必须被看见,那样,我们才会更明白我们的来路与去向。

所以,在书再版之际,我写了这个小小的序。

有人说,好多作家背后都有一个离不开的文学故乡,比如莫言的高密东北乡、萧红的呼兰河、苏童的香椿树街、福克纳的约克那帕托法。那我的文学故乡一定是查干朝鲁，或者说哈达图。这是我的原点，也是我今后写作离不开的地方。

这个地方，是我的来路，也是我创作的动力与源泉。

我会为它写下爱恨与真实，也会写下虚空与无力。

是为序。

阿连
二〇二三年五月十八日

目录

一　你好，哈达图　·········· 001

二　坐在门口的女人　·········· 017

三　我要去什拉文格　·········· 037

四　春枝的白云鄂博　·········· 058

五　二爷的菜园子　·········· 078

六　知识青年　·········· 096

七　他只是在铁轨上打了个盹　·········· 111

八　二哥的翻毛皮鞋　·········· 129

九　杏女　·········· 147

十　东头起　南头起　·········· 163

十一　村外的小泥房子　·········· 183

十二　海娜花　·········· 201

十三　总是有忧伤的爱情　·········· 222

十四　离开就是离开　·········· 240

大家谈 /

王春林：地处边缘的疼痛与文学

  ——关于阿连长篇小说《一个人的哈达图》……261

王晓瑜：写作的另一种可能

  ——阿连及其小说《一个人的哈达图》论析……285

梁生智：三个"哈达图"叠加出的文学力量

  ——浅析阿连的《一个人的哈达图》……301

张石山：守卫心灵的桃花源

  ——读阿连《一个人的哈达图》……306

马明高：我只是痴迷于神秘的或貌似神秘的物事

  ——读阿连的长篇小说《一个人的哈达图》……317

一　你好，哈达图

哈达图的春天来得那么晚，晚得让人失望，让人伤心，就像一场预设目的地的旅程，前面繁花似锦，却永远也走不近。我总是站在窗前，等待胡燕归来。我家屋檐下有一窝燕子，总是在春天闪动着黑亮的翅膀飞来。它们一来，春天就来了，仿佛春天就附着在它们的翅膀上，一旦飞来，翅膀一抖，春天就轻轻降落在哈达图的原野上。然后它们就在自己辛勤带来的春天里生儿育女。

春天总是会来的，虽然那么缓慢，那么让人揪心；虽然来了，也不是马上就植物葳蕤，总要那么一点一点地才能绿起来，才能开出花来。就如母亲千辛万苦，从老家，一路逶迤，一路风尘，终于到达哈达图，把她的孩子抖落在这块土地上，尤其是抖落我。

一想到母亲抖落我,就像胡燕抖落春天一样,我就有说不出的高兴。胡燕飞来之后,最先开花的是一种小植物,它紧贴着地皮,从石头缝里开出洁白的小花来,花极小,每朵五瓣。这花是多么聪明啊!如果只开一朵,那多么容易被风吹走。它们许多朵密密麻麻地挤在一起,一开就是一大丛。山坡上东一丛西一丛,像粗心的姑娘丢失了那么多干净的小手绢,上面还遗留着姑娘的香气。我趴在山坡上,认真观瞧这些细小的花朵,一边咒骂来来往往的风。有时候,我会睡着了。春天的风其实很温和,就像是母亲的手。

其实我不记得母亲什么时候抚摸过我,如果有,那应该是给我梳头的时候。我坐在石阶上,母亲坐在门槛上,阳光打在各处,明亮亮的,柔和和的,鸡们散开在偌大的院子里,几只不能跟群的小羊羔,卧在墙根点瞌睡。我的头发总是很难梳开,母亲就会吐着唾沫或者用嘴濡湿梳子,这样才能梳通我的头发。然而我也像小羊羔一样,总是在她给我梳头时点瞌睡,母亲就会停下来,让我先去睡觉。可是一上炕,睡意全无。这情景后来总在我的脑海里出现,仿佛天长地久的样子。其实这种情形很少,我是母亲第七个孩子,那么多孩子,她一个个抚过去,早已倦了,何况这只手还要对付强大的生活,她已失去了抚摸的心思。

我在哈达图的春天里落地,我想我说了一句:"哈达图,你好!"只是大人们听不懂,而我也不记得。那时候,哈达图的胡燕应该正在归来的路上,春天在它们的翅膀上安心地睡觉。三月份,哈达图还是呼呼的北风,虽然刮了一个冬天明显累了,显得软趴趴,但还是冰冷的。小草在土里蠢蠢欲动,单等西北风睡去,立马探出头来,满心欢喜地向春天打招呼:嗨,我也来了。我想,我也这样说过:哈达图,你好,我也来了。我问母亲,我是哪里来的?母亲没好气,你是我肚子里掉下来的。我问我是怎么掉下来的,我不明白一个活生生的人,怎么能从另外一个人身上掉下来?我问二姐,我是从哪里来的?她说,妈妈生的。我说,那生之前,我在哪里?二姐说,妈妈肚子里。我说,那妈妈肚子里之前,我在哪里?二姐说不知道。我只好问,那你是从哪里来的?二姐不假思索,我当然是山西来的!那我呢?二姐眼睛斜过来,充满不屑,你也是山西来的,只是在妈妈肚子里。

是的,我是待在母亲的肚子里,来到哈达图的。我暗自庆幸,我没有自己走路,没费一点力气。然而还是有很多沮丧,我没能看路上的风景,以及遇到有趣的人与事。二姐说,路上有什么风景?肚子都吃不饱,看别人白眼倒是不少。二姐总是有满肚子的怨气,埋怨因为我,四哥被送了人。我满肚子委屈,我四哥送人是母亲的事情,与我有什么关系?二姐泪水涟涟,你四哥已经一岁多了,能说话了,还是给了人!都是你。

我不明白那段过去，然而那段过去总是紧紧跟着我，如影随形。正如我不喜欢我真正的故乡，我对它一点感觉都没有，甚至只有怨恨，然而，它流淌在我血液里，我无法摆脱。有一年，大哥媳妇和母亲吵架，大骂母亲。母亲气得说不出话来："你……你……你抬头看看太阳，你说这话！"二姐大哭着，猛地冲上去，撕扯着大嫂，那是要把大嫂吃掉的样子。我躲在角落，非常害怕，甚至不敢靠近母亲。母亲转身回到屋子里，我紧跟着进去，看见她抖得厉害，坐上炕沿的时候，差点掉下来。她摸索着装了一锅烟，抖抖索索地点燃，抽起来。烟雾马上重重飘起来，遮住了母亲的脸，我没看见她掉眼泪。我蹲在她腿边，她不说话，伸出手，好像要抚摸一下我，然而眼泪最终落下来，落在烟袋上，抽完，母亲继续装烟。

大哥长得很英俊，能吃苦，也聪明，在他身上几乎集中了男孩子应该有的所有优点，然而就是娶不到媳妇。我曾经经常跟在大哥屁股后头，希望他给我讲故事。比如"沈万三"，比如"腰缠十万贯，骑鹤上扬州"，大多是如何发财的故事。当然有时候烦了，他会用故事戏弄我。他在脱泥坯，烈日炎炎，他黝黑的好看的脸上到处是泥道道。我手忙脚乱地帮他，一会儿提水，一会儿和泥，一会儿将干了的泥坯搬起来，然而总是帮倒忙。大哥并不生气，他知道我是想听故事，然而哪有那么多故事呢？大哥就发愁，一边呼呼喘气，一边说，这样吧，大哥给你讲了这个故事后,你就回去吧。我很开心,坐在井沿边的石槽上。广阔的原野没有一个人,只看到白云胡乱悠闲地来来去去,偶尔会听到一两声蚂蚱扇动翅膀的声音。风也似乎停止了。我说,大哥你歇歇吧。大哥没回应,把那些干了的泥坯摞起来,摞成一堵结实的墙。他坐在那个暂时形成的阴凉处,说:"大哥给你讲个狼的故事吧。"他拿起水壶,喝了一口水:"从前有一个人,到集市上,买了一头驴,准备拉磨用。又顺便买了一包针,让他老婆缝衣服。"我想,大哥什么时候会有个老婆呢?因为和他一样年龄的后生,几乎都娶了老婆。母亲四处找人说媒,但人家一听说我们的情况,就都退却了。我知道我们村里一个叫素叶的姑娘喜欢我大哥,我就悄悄给二姐说:"素叶不能嫁给大哥吗?"二姐惊讶:"你怎么知道的?"我得意地笑,那大概是我唯一知道的大人们找对象的事情,虽然那时候并不明白找对象是什么。二姐说:"素叶她妈嫌咱家穷。"我有些生气:"那咱还嫌她家素叶丑呢!"二姐赶紧捂住我的嘴:"你快悄悄的吧,你省得甚了!"后来素叶嫁在了邻村,说是嫁给了村支书的儿子。其实素叶并不丑,我只是气不过才说她丑。大哥继续说:"这个人溜溜达达往回走,碰到了一只狼。"我的心有些紧,天,这人要被狼吃掉了。我没有见过狼,母亲说她们小时候,狼特别多,有时候夜里狼在对面山坳里嚎叫,吓得她们姐妹们缩在被窝里,大气不敢出。我想不出母亲害怕的样子，从我记事起，她总是很强大的，她也有过柔弱的少女时光？我想不出她年少时的样子。但我想母亲年少时一定是水绿色的，那种闪着光的水绿色缎子般的颜色。我见过母亲的一件绿缎子中式上衣，崭新地压在箱底，母亲从来不拿出来。我不知道那是不是母亲的嫁衣，我没有问过。那件衣服，惊艳了我：沉静的绿，闪着深色光泽的绿，一排精致的盘扣，盘在衣襟上，说不出的安静和美。我曾想偷偷试着穿一下，可是看到那整齐叠放的样子，仿佛有一种神奇的力量，让我甚至不敢抖开，仿佛一抖开，就有什么东西会像烟一样散了，再也聚拢不回来。母亲生我时已经四十岁了，在我眼里从没有过年轻的模样，所以在我无数次的推想中，年少的母亲就是这种水绿色沉静的样子，光闪闪却不晃眼。

　　内蒙古的高原没有狼，黑爷说，以前还有，还有黄羊，那时候草也旺盛，这些动物不费力就能见到。我问那为什么现在没了？黑爷说，自从修了火车道，再也没见了。黑爷很怅惘，好像很怀念的样子。我有些不理解，黄羊倒也罢了，没有了狼该更好啊。"这个人很害怕，狼吃人啊，该怎么办？这时狼却开口了，说，如果你把你的毛驴给我，我就不吃你。"我的心也放了下来。大哥说："这个人赶紧把毛驴给了狼，狼果然就离开了。"这狼还挺讲信用，原来狼也有好的，可是它毕竟威胁人。我一边乱想，一边听大哥讲。"这个人以为没事了，又溜溜达达往回走，突然……"大哥说得绘声绘色，"突然"一出口，我被吓了一跳，赶紧跑在大哥身边。大哥笑了："看把你吓得，这次是来了一只狐狸。狐狸傲慢地对人说，你得给我一件东西，才能过去。这个人说，我没东西了，刚才有一只狼，拉走了我的毛驴，现在我一无所有。那狐狸说：'不行！'这个人只好可怜巴巴地说：'我还有一包针，可是你要针也没用。'狐狸说：'你管我有用没用，你给我就行了。'这个人只好把针给了狐狸。"我也纳闷，狐狸要针干什么？就问大哥，大哥说他也不知道。我想一定是狐狸要变成狐狸精的时候，缝漂亮的衣服，好让自己看起来更像人。因为人们骂漂亮女人的时候，老说她们是狐狸精，而漂亮女人一定是有着美丽的衣服的。大哥还在讲，但我看他很想笑的样子，有些奇怪。"这人垂头丧气，连家也不想回了，就坐在地上唉声叹气。这时过来一只小兔子，看着这人。这人说，你腾开，我正不高兴呢。小兔子说，我知道你不高兴。人说，你怎么知道的？小兔子说，我碰到了狼和狐狸，知道你把东西给了它们。既然你给它们东西，那也给我一点吧。这人看着这个小兔子，觉得好笑而可爱，就说，我什么也没了，这样吧，给你讲个故事吧。谁知道小兔子最喜欢听故事，一屁股坐下来，竖起长长的耳朵。人说：'狼拉了我毛驴，狐狸拿了我的针，只剩下小兔兔直着耳朵听！'"说完，大哥兀自大笑。我问："后来怎么了？"大哥看我茫然不解，揪着我的耳朵说:"你这只小兔子,不是正支着耳朵听吗?"原来大哥骂我是小兔子,我也笑了。

可是这样的大哥就是娶不到媳妇。后来邻居山雀儿给大哥说了个媳妇,是她的外甥女。我们不喜欢山雀儿,因为她尖着嗓子说话,而且老爱笑话别人,"山雀儿"是二哥给她取的外号。山雀儿是知道大哥的优点的,所以就把她外甥女说给大哥。可是我们都知道,大嫂目不识丁,且不通人情,然而,对于我们家来说,这已经很不错了,就欢欢喜喜把她娶回家。大嫂并不爱说话,生的女儿却个个漂亮,美若天仙。我把从野外采来的野花,放到大哥女儿的枕头边,结果发现,这些花儿根本没有大哥的女儿好看。我很郁闷,问黑爷,为什么大哥女儿那么漂亮,大哥那么好看,而我却不是呢?黑爷弹了我个脑瓜崩,说:"你们本来就不是一个老子。"我有些坠入五里云雾的感觉。

母亲对这些讳莫如深,我不知道黑爷是怎么知道的,但父亲却从不避讳。父亲往往在过年的时候来看我们。白天住在家里,晚上就和村头起一个光棍老头杨来宝住一起。父亲来了,我就会跟在父亲身后,在杨来宝家到很晚才回去。父亲总是很自豪地说:"你看,这是血脉,我这个闺女,一点都不认生,我来了就往我怀里扑。"是的,确实是,父亲来了,我从来就不觉得陌生,而妹妹却不。父亲对杨来宝说:"她七个月头上来的内蒙古。"杨来宝就反驳:"你快不要胡诌了,来的时候,女子还在你老婆肚子里,什么时候成七个月了?"父亲羞赧一笑:"我也是说在肚子里七个月了。"杨来宝说:"那可不一样。"哈达图的夜晚,格外安静,只能听到呼呼的风声,我总是在父亲和杨来宝的谈话中昏昏入睡。杨来宝说:"你也不要老来,人家大禾可不高兴了。"父亲嗫嚅:"唉,我不是想孩子们了嘛。"杨来宝说:"那也不能,老婆都成人家的了,还说甚孩子。"父亲说:"等政策好些了,我一定接她们回去。"父亲拍拍我的脑袋,让我枕在他膝盖上睡,他不舍得让我回家去。父亲说:"一九七一年实在不行了,一点粮食都不给我分,动弹了一年。"父亲顿了一下说:"从那以后,我想,这不行了,孩子们要饿死了。"杨来宝只是长长叹了一口气,没说话。夜很深了,杨来宝说:"你快把闺女送回去吧。"父亲摸着我的头,他的手干而粗糙,在冬夜里有说不出的暖和。杨来宝好像又想起一件什么事:"你老婆头一家是怎么回事?"父亲一边不断抚摸着我的头,一边说:"我也不太清楚。我从部队上回来,我们弟兄三人,还有我的一个侄儿,死得只剩下我一个了,我想,我不能再流落外头了,我得守着家了。"杨来宝说:"怎么死的?"父亲说:"打仗啊,我大哥是军官,一家人跟着,结果成了这样。"杨来宝又叹气:"唉,我也是逃兵啊。"父亲说:"回家后,我三姐就把孩儿他妈介绍给我了。"杨来宝说:"人家同意了?"我父亲说:"同意了,我三姐和孩儿妈关系好,好像她那个男人没本事，就带着孩子来我这里。"父亲的声音在寒夜里格外低沉："可是你看我这，让她跟我又受了罪。"我渐渐睡着了。醒来的时候，天已经亮了，我躺在家里的被窝里。

胡燕来了，小白花开过了，马莲花就要开了，我几乎整天待在野外，我喜欢田野里的一切。植物、动物，以及遍地的风。母亲骂我："你个野鬼！"雒文老婆就说："你怪不了人娃娃，在肚子里就一直跟着你跑，不爱跑才怪了！"是的，我在母亲的肚子里就开始颠簸流浪。母亲肚子里揣着我，走了整整两个月，才来到哈达图。二姐说，当时带着大哥、二哥、三哥和她自己，还有母亲怀里的四哥。母亲发愁，这么多孩子，即使饿不死，路上有闪失怎么办？就想着把二姐给人，可是人家嫌二姐年纪大，只好把怀里的四哥给了人。所以二姐总骂我，都是你，要不你四哥给不了人，他已经能说话了。我说，我在肚子里，我怎么知道，明明是你，是你自己不讨人喜欢，人家没要你。二姐追着要打我。我跑得很快，她根本追不上。我是在野外跑惯的。我曾经和一匹马比赛，觉得我能跑过它，可是我失败了，但我没告诉任何人，害怕他们笑话我。可是我可以和哈达图的田野说，和哈达图的草说，和哈达图的石说。我絮絮叨叨给它们讲我的心思，喜怒哀乐。它们从不说话，可是我知道它们懂。我说："哈达图，你好！"一缕风停在我袖子上，一动不动，我知道它在回应我。几棵草，忽然摆动了身子，像张开手，打招呼:"猫儿,你好。"我过去抓着它们,不让它们动,然后哈哈大笑。旁边的一只蚂蚱飞开了,展开它绿色的软翅,像拍着巴掌。一颗石头硌了我的脚,我把它踢出好远,它闷声落下说:"灰圪泡,你好。"我很开心,它们都是我的朋友,只有我生它们的气,它们从来不生我的气;而且总在我不开心的时候,安慰我。许多时候,我躺在草丛里,望着蓝蓝的天,风呀、草呀、蚂蚁呀,空中的大雁啊、老鹰啊,都陪着我。我笑,它们笑;我哭,它们哭。我觉得只有它们才是哈达图的主人,在哈达图,有多少人不是外来的呢?村西的凤女家,代县来的。我们经常讽刺他们:"代县的瓜皮这来来厚,关住门来悄悄溜。"凤女弟弟永龙和我是同学,老欺负我,路过他家时,我就更加起劲地喊。中午时分,人们几乎都在午睡,这种声音分外嘹亮。凤女她妈,是个大个子白面皮的女人,走出来:"你个死娃娃,吱哇乱叫,喊甚了,快回家个吧。小心中了暑。"她的话有着明显的外地口音,听起来怪怪的,但我们都适应了。最难听懂的是后村的江苏女人,她带着一个儿子和两个闺女,嫁给了村里的一个光棍。她的话很少有人听得懂,但人缘却很好。她曾经向母亲学习山西拉面的做法,她看着我妈吃着那么香,就下定决心学习。可是,我去她家看到的却是她费力地在手中一点一点地把面团拉开,要么是断了,要么是很粗,哪里像母亲那样,在案板上飞舞几下,面就下锅了,捞出来又细又长。有些人来了,又走了,比如河南的进明和进明他妈,村后的说普通话的不知名的夫妻,给别人帮工的大仙爷……

  人一拨一拨地来,一拨一拨地走,可这些草原上的生物却永远在。村里的很多老人,在春天来临之前会去世。许多个春天来临,意味着许多老人死去。然而也有例外,秀秀的爹并不老,却还是在一年冬天去世了。冬天的时候,他一直躺在家里,我去的时候,见他缩在被子里,要么仰躺着,要么睡着。我和秀秀根本不知道死亡即将来临,经常呼噜噜笑。二姐见到了,就会把我拉回家,说我真是个傻瓜,那么不懂事。死亡是那么遥远,又那么切近。就在秀秀爹要死要活地想吃一块西瓜的第二天,他就去世了。母亲在前夜里把保存在麦仓里的一颗西瓜切开,给了秀秀家一半。那颗瓜早已冻得僵硬,也像死去的老人的样子了,连我都不想吃,然而秀秀他爹的愿望还是实现了。黑爷的老婆,那个经常坐在门口的女人,哭成个泪人,她是秀秀的奶奶。秀秀的爹名叫长命,然而命却不长,死的时候四十多岁。很快,秀秀妈就改嫁,那个男人看着很和蔼的样子,说是上门女婿,不久就带着秀秀一家搬回他自己的村子里了。秀秀爹的去世让我有了对死的害怕,再去秀秀家,看到空空的炕头,心里有说不出的感觉。我会死吗?我问过很多人,他们都笑,你当然会死,可是早的了,你个娃娃家,问这做什么?这几乎是他们一致的回答。马莲花开了的时候,我坐在马莲花丛中,心里无比忧伤。马莲花,过段时间就落了,就没了,它们是死了吗?我把一些提前衰落的马莲花,深深地埋在土里。我想,即使我离死亡还很遥远,但总有一天,我会死去。而在之前,母亲会死,哥哥们会死,二姐会死,四四在我之后,也会死。我不禁伤心至极,抽泣起来。那么哈达图也有一天会死吗?我一边抽泣,一边把双手圈在嘴跟前,圈成一个小喇叭,对着空中喊:"哈达图,你也会死吗?"声音被风带走了,不知道带到哪里去,也不知道会被谁听到。听到了,他们会给出答案吗?

这些疑问,谁也给我解答不了,我就藏在心里头,直到冬天来临。冬天来临之前,是秋收。哈达图的秋天分外热闹,草木枯黄,本应是令人伤感的:大雁南飞,胡燕南飞,草丛里小昆虫销声匿迹,然而人们却是高兴的、忙碌的,除了我,都忙着收获去了。大哥早早起来,套起马车,在村口喊:"走了,割麦子了……"大哥是村里的计工员,兼着领大家上地和收工的工作,他总是尽职尽责。太阳刚露出头,村里的劳力就都坐着大马车,驶向村外,驶向每一块麦田、荞麦田、莜麦田、菜籽田。姑娘小伙子们欢声笑语,尤其杏女的笑声,能清脆得捏出水来。田野一天比一天空阔,天一天比一天高,西风也一天比一天紧。等到所有的庄稼都收拾回场里的时候,田野里一下子就突然空寂下来,人们都集中在场里。野外就很少有人去了,我偶尔还会跑出去,兴致勃勃地跑出去,总是灰心丧气地回来。

除了能看到偶尔几队迟归的大雁外,几乎只剩下风声了。当然还会有孤寂的牧羊人,在某个背风的土坡后抽烟,任由羊儿们到处乱跑,反正已经没有庄稼,哪里都可去。可是羊却总不离牧羊人左右,即使走远了,羊们回头看看,也会自动往牧羊人跟前凑,好像那是它们的亲人,它们不知道,亲人们会把它们杀了吃掉。村里有个别善人,不吃肉,劝人不要杀生。我很不明白,既然动物是生命,那植物就不是生命了吗?杀掉一只羊,羊会疼,是罪过,那割倒一秆麦子,麦子不疼吗?这些事情我总想不明白。偶尔有骑马的路人,在空旷的原野里独行,看着无比落寞的样子,他要到哪里去?从哪里来?世界到底有多大,有天大吗?不得其解地从村外回来,爬到碾麦场里的麦秸垛上,看没有一丝云彩的天空,看到眼睛流泪。有一次我睡在高高的麦秸垛上,望着天空,却听另外的麦秸垛里有窸窸窣窣的声音,我以为有什么动物,应该是黄昏的时分,我想不是野兽就是鬼,要不这空旷的碾麦场从来少有人来的。我屏住呼吸,不敢出声,脑子里几乎都是那些妖魔鬼怪的形象。可是却是喘息声,不对,是人!可是他们干什么呢?难道是成人形的狐狸精?胡思乱想之间,却发现走出两个人来,他们背对着我走出去,一边拨拉着身上的麦秸,是一男一女。回家后,我给二姐说,二姐笑,说我是个傻子。我说是一男一女两个人,他们在麦秸垛里是干什么呢?额,可能是取暖呢。二姐还是笑,不说话,也不再让我说话，大人们真是奇怪。

冬天还是来了，大雪来了，把整个村庄都覆盖了。人们很少出门，都窝在家里，家家户户生着了铁炉子，在屋子中央，经常红红地着着火。大人们围着火炉聊天，聊生老病死，聊悲欢离合，也聊来年的收成。我和四四把萝卜片、土豆片烤在火炉盖上，一会儿就烤熟了，甜丝丝，香喷喷。二哥这时候，整天吹笛子，他吹得棒极了，悠扬动听，使整个冬天像诗歌一样美好。二姐和其他伙伴们在一起绣花，说悄悄话，不让我们听见。有的时候，其中一个姑娘会红着脸躲开其他的姑娘，然而一会儿又头对头凑在一起，叽叽喳喳说起话来。原来，貌似死气沉沉的冬天，内里却这么生机勃勃，这么热闹。我才知道，哈达图这是死了，原来哈达图也会死的，这白白的雪难道不是给哈达图戴孝吗？我很释然，哈达图也像那些植物一样，在冬天死去，第二年春天活过来；而且死去的是它的外表，内里如此热闹，这多好。那么我死了，也会活过来，只不过，人不会经一年就活过来。人活了多少岁，就得死多少年，然后才能活过来；而且我看着是死了，里面还是活着的，别人不知道而已。怪不得电影里上刑场的人，总是梗着脖子，面对屠刀大义凛然，高喊：十八年后又是一条汉子！

我开心地跑到野外去，在雪地上走出一长串孤单的脚印。我兴奋地对着白茫茫的原野喊："你好，哈达图，明年你就又活了！你好，哈达图，明年你就又活了！你好，哈达图，明年你就又活了！"我连续喊了三次，确信哈达图听见了，才转身往回走。铁道上正驶过一列火车，在白色的背景上，那黑色的车体分明，犹如一条黑色的长蛇；长长的车鸣声，在旷野里，在风中，与我的声音遥相呼应。

二　坐在门口的女人

村庄的夜晚太过博大、厚重。一个人处于这样的夜色中，身体沉重，深陷于泥土，仿佛要扎下根去，盘根错节，与大地成为一体，而四肢却分离，头、脖子、手、脚，甚至指甲与头发，都一件件、一丝丝、一片片，轻轻飞扬起来，飘浮在黑暗中，一直向上、向上，不知去往何处。而夜色的来临，会让人莫名地蠢蠢欲动。"大漠孤烟直，长河落日圆"，固然宏大与壮丽，却远远在外，疏离冷漠。与原野的落日相隔了十万八千里，无烟火无痛痒。如果你每天参与太阳的运行，远不是这样。在西天悬了好久的太阳，早已失去了耀眼的光芒，是半睁半闭的眼，累了的样子。它要在西天悬多久，我不知道。我曾经追过太阳，翻过一个山坡，又一个山坡，它一直停在那里，直到我泄气，转身回家，它还悬在那里。当然，最终它会落下。我曾无数次看到它很有弹性地跳跃几下，蛋黄样地与周围的霞彩渐渐融合，流入了地平线。这一刻，原野上所有看见看不见的，都生机勃勃起来，包括那些或嬉笑或悲伤或仇恨，抑或只是一脸肃穆的鬼魅。他们行走于路，端坐于某片孤独的坟墓上，候在仇人的窗前（天知道这个仇人会不会是我），有时候会是在我家的水瓮旮旯里窃窃私语。这样时候，我总是害怕而又莫名地兴奋，身体瑟缩，魂灵却跃跃欲试。

这些鬼魅，在黑爷那里只有一个名字：墓狐。"墓"即坟墓，来源于"死"与"地底"，都是玄冥而不可知的。那里有太多的想象空间，在村人眼里，那就不是一个想象空间，是无边无际的庞大存在，是夜晚与人类共生的载体，所以神秘而敬畏。村庄永远是人类的童年，稚拙却五彩缤纷，甚而是接近于"道"。我们都有乡村情结，并不仅仅因为我们的血脉连续，更多来源于它的"拙"与"朴"，老子说"朴散则为器"。我们总在灵魂上摆脱散了的"器"，而竭力回归混沌的"朴"。而"狐"有"精"与"灵"之衍生，是让人躲避而又趋附的。比如"狐狸精"，就是对妖媚女人的称呼。妖媚的女人，大概确实是令所有人想接近而不敢的吧？

黑爷的肚子里都是墓狐的故事，而他也总是在夜晚讲起。当然，黑爷总是坐在三爹家的炕上，讲这些奇妙而骇人的故事。但如果要主动去听黑爷讲故事，那得到黑爷家去。黑爷的屋子在村子的东南头,是一眼土窑洞。哈达图是我见过的最没章法的村子,人们的屋子各式各样。有的是后高前低的平房,有的是中间凸起一条棱的脊房,有的是窑洞。黑爷的屋子是窑洞,这对我有无限的吸引力。当然不是因为窑洞,而是因为美食与鬼故事。

多数时候,我会在三爹家见到黑爷,他总是坐在炕头,嘴里叼着长长的羊棒骨烟袋,烟锅里冒出或浓或淡的一缕一缕的烟。他一副安详宁静的样子,完全没有了讲鬼故事那种眉飞色舞的气势。他看到我,就会将烟袋拿在手里,对我说:"猫女子,又到哪里疯去了?看你那个脸吧,土厚得可以种麦子了,快来,坐到黑爷这来,黑爷问你个题。"我故意说:"黑爷爷,我上不去!"其实我灵巧得很,可以一只手托着炕沿,一下就跳上去了。黑爷说:"好,枪崩货,你是想让黑爷拔你萝卜了吧!"然后黑爷放下烟袋,弯下腰,将他那两张大而温暖的手伸过来,我顺从地将脖子伸过去,黑爷把两只手放到我的两颊,我用自己脏乎乎的手搭在黑爷的胳膊上,然后黑爷一下就将我从地下拔了起来,我就吊在了半空中。我故意那么晃悠着,不肯将脚蹬在炕沿上。这是我和妹妹非常享受的过程,也是黑爷独创的逗小孩的方法,而我是最喜欢让黑爷"拔萝卜"的。黑爷就会佯装发怒:"死囡女,黑爷可没劲儿了,要将你扔在地上了,小心你的屁股成两瓣。"这时,我才用脚一蹬,借着力量,轻轻巧巧就上了炕，嘴里还说着："黑爷爷，屁股本来就是两瓣的。"黑爷就会打我一巴掌："这死闺女！"黑爷说："来，爷爷问你个题。"他总是出一些题来考我，但往往被我轻松化解。他说："一进门，就上炕，席子比炕长一丈，折过来，双铺上，炕比席子长一丈，席子几丈炕几丈？"我脱口而出："席子四丈炕三丈。"然后我接着说："谁家的炕有那么大啊？睡骡子吗？"黑爷笑着弹我个脑瓜崩："你个死女子！"但有的问题，我回答不上来，会让我沮丧好多天，比如"鸡兔同笼"、比如"分油"的问题。但黑爷却总是让人温暖与放松的，有时候，路上碰到了，黑爷会替我们擤擤鼻涕，然后变戏法一样，从兜里掏出一颗糖或一把瓜子。这是多么美味的东西啊，我们会将糖装在兜里，掏出来闻闻再闻闻，揭开糖纸舔舔，要这样甜蜜好几天。所以我总是想到黑爷家里去，吃他的好东西，听他的鬼故事。

可是，黑爷的门口，总是坐着一个老女人。她在我童年里几乎就是以这样的一种姿势，迷茫地掩盖着她的过去。这个女人我们已经看不出她多大年龄，因为她的脸上都是皱纹，并且黑乎乎的，好像许多年不洗了，我得费好大劲儿才能找到她的眼睛。她一定很矮小，因为她坐在那里，非常单薄，风一吹就会飘走的样子。她的大襟上衣松松地挂在她的身体上，脏得已经看不出颜色，裤子的裆看上去很宽，裤脚口紧紧地裹着，在那小小的脚上堆起来，两条腿盘着，两个膝盖正好对在一起，使人觉得这个老太婆怎么就这么柔软。母亲说那是我们村腿盘得最好的人,不愧是大户人家出身。可是我一点都看不出她有多么气派和高贵。她的样子其实并没有多么可怕,和郭书记家的大黄狗比起来差远了,可是她不断地在骂人,絮絮叨叨,一会儿就像是念经,一会儿就出声了:"你个死鬼,墓狐子,你就死在她家吧,有本事你不要回来啊——"不时地将插在斜襟上的已经看不出颜色的手帕扯出来,擤擤鼻涕,再擦擦眼睛,还要沾沾口角的涎水,然后再将手帕插到斜襟里去,如此反复。我看了一下,其实她根本就没有眼泪,她的眼睛灰黄干涩,鼻涕倒是不少,手帕上沾上的多半是鼻涕和口水。她的絮絮叨叨和小声骂人让我们望而却步,我们只好乖乖地离开。

我们不知道她在骂谁,可转念一想,是在骂黑爷吗?因为黑爷是她的男人。可是为什么骂黑爷呢?看样子是因为黑爷出门不带她。我就因为二姐、二哥出门不带我,而悄悄咒骂他们。等他们走远了,我会大声骂:"路上有根大麻蒿,二姐是个灰圪泡!"如果是二哥,我就会重新组织词语:"草里跑着蚂蚱蚱,二哥气得绵塌塌!"这样的比兴手法骂人,被我们运用得烂熟,当然,那时候,不知道这种骂人,那么有文化!这还是骂自家人,口下留情。如果骂外人,那就要升几个级,比这恶毒多了。

老女人骂的内容丰富而乱七八糟,但有时明显和黑爷无关,比如:"你们这些黑心的,害得老娘娘……"大多数是听不清的。有时候,她会站起来,摇摇晃晃的,因为她的脚特别小,穿在一个小小的黑色鞋子里,三寸或许都不够。我总疑心她会摔倒,但一次也没见着。我想,幸好她瘦小,如果胖一些,那两只袖珍的脚,怎么能承受得了?我曾经专门找来尺子,比画三寸有多长。那时候,我的脚早已经超出三寸,并不断壮大。母亲和村人聊天,会说起她们小时候的事。母亲的脚也曾经被裹起来过,母亲不断反抗,正好赶上了好政策,妇女可以不裹脚,姥姥也就没再坚持,所以,她的脚是天足。可黑爷女人的脚哪里够三寸啊,那么小,那么尖,和宽宽的裤子比起来,简直像个幽灵。我们都不喜欢她,一方面因为她的样子确实令人恐惧,另一方面,因为她骂黑爷,虽然是小声的,并且是黑爷不在的时候。可她在村里游荡的时候,我们还是会围着她。她有时会生气,挥舞着她的拐棍,做出要打我们的样子,我们就飞快跑开,好像是见到了老巫婆。当然,她也有可亲的时候,虽然这种可亲并不被我们认可。她会说:"哎,你看,你们这几片女子,那么大的脚,将来,人还没进门,脚就进去了。"然后,长长叹气:"你们啊,怎么嫁人啊!这是个什么世道啊!"我们不懂她说什么,只是觉得奇怪,脚大就不能嫁人了吗?回家问母亲,母亲说:"是呀,人家相亲,不看脸,只看脚,脚大了没人要!"我还跑去问二大娘,二大娘也是这样说。我很忧伤,这可怎么办呀?二姐骂我:"该想的不想,什么时代了,人家那是逗你呢！"然而我总是不够开心，可想着要把脚紧紧裹起来，连骨头都掰折了，那该要疼死了，就觉得嫁人真是件可怕的事情。我曾经想跑去问黑爷女人，裹脚的时候，她有没有疼得死去活来，有没有哭过，但看着她那个样子，话到嘴边，又滑回了肚子里。

我总是对远方充满好感，并爱屋及乌地喜爱来自远方的地名，比如"萨拉齐"。那时候，我对萨拉齐充满无限向往，因为每年有来自萨拉齐的人，到黑爷家。黑爷是萨拉齐人，海旺是黑爷的侄儿，圆圆的紫糖色的脸，十七八岁的样子。母亲曾经评价男孩子："白丑黑袭人，紫糖色眉脸爱死人。"海旺大概就是这种肤色，耐看得紧。他一来，我就跟在他屁股后头，颠颠的，不肯离开。我曾经试图跟着他去萨拉齐，被母亲阻止。我就会问他好多事情，抬头看天，我会问他："萨拉齐的天也是这样蓝的吗？"低头看到忙碌的蚂蚁，会问："萨拉齐的蚂蚁也总是这么跑来跑去吗？"雨后一只蜻蜓飞过，会问："萨拉齐的蜻蜓，是不是也很孤独？"突然想到黑爷，会问："黑爷，武功很高吗？"这时，海旺就会很兴奋："当然，我二爹可是真有武功了，在草原上给蒙人王爷家看家护院的时候，那才叫潇洒了，连王爷家小妾都喜欢他。"我很惊奇："那你见过吗？"他叹口气说："我没见，可是我爹这样说的，我们那里的人都这样说。"接着他强调说："我们萨拉齐的人都这样说。"我问："什么是小妾?"他笑:"你连个小妾都不知道啊?"我为自己的无知而有些羞赧。他说:"就是小老婆。""额!"我突然明白。我问:"那个小妾喜欢黑爷,嫁给黑爷了吗?"海旺说:"嫁给了,唉,不对,是跟着我二爹跑了。"我有些讶异:"什么叫跑了?"海旺撇撇嘴:"不说了,说了你也不懂,你个小娃娃,省得甚了。"我似乎有些明白,追问:"是现在那个女人吗?"他说:"是了!"他拍拍我脑袋,说:"你可不敢告诉别人啊!"我慎重地点点头,觉得自己成了电影里的地下党,心中顿生庄严。

黑爷女人是王爷家的小妾,成了我心中的一个秘密。

我跑回家,装作不经意地问母亲:"妈,黑爷女人是大户人家的女人吗?"母亲忙着她手边的事:"是了么。"我问:"那黑爷是大户人家了?"母亲说:"不是。"我继续:"那她怎么是大户人家女人?"母亲说:"是大户人家出来,跟着你黑爷跑了。"我还在纠缠:"那为什么和黑爷跑啊?"母亲正在蒸馒头,白白的气从笼边冒出,母亲的头上有细密的水珠,她一边揭开笼盖,一边说:"爱见你黑爷了呀!"我说:"那我跟着海旺去萨拉齐,是不是也是叫跑了?"母亲正把一个一个胖白娃娃样的馒头夹出来,愣了一下,回过神来:"你瞎说甚了,你个死娃子,腾开,忙得人。"我怏怏地离开,我确实想跟着海旺去萨拉齐,并且,我也喜欢海旺,他对我很好。

海旺第二年来的时候，我依然做他的尾巴。他没了前一年的开心，有些心事重重。他会长时间地看天，不说话。我也不说话，陪他看天。天空中没有一丝云彩，风刮过，草扫着我们的脚踝，有些痒。我还是憋不住，问："你说，黑爷女人是有钱人家的小妾，可是现在怎么这么难看？"我总觉得有钱人家的女人，就像电影里那样，一个个油光水滑，漂亮得很。海旺懒懒地说："老了呗！"他躺在草丛里，嘴角咬着一棵草。"额！"想想也是，都那么老了，怎么能还好看呢？这让我第一次觉出了老的可怕。我又问："那她为什么老骂黑爷呢？"海旺不理我，静静地听着远处传来的歌声："蓝蓝的天上白云飘，白云下面马儿跑……"是三爹家艾叶的歌声，艾叶的歌声极悠扬而美，像她的人。我坚持："你说，她为什么骂黑爷呢？"海旺说："因为黑爷爱了另外的女人呗！"我问："爱上了谁？"他吐出了口中的草，脱口而出："你娘娘呗！""我娘娘，我娘娘是谁？"这个我没问出口，因为牵涉到我娘娘，虽然并没什么印象，但隐约觉得这不是一件什么光彩的事情。海旺长长叹了一口气，问："猫猫儿，你说，你们村哪个女子最好看？"我脱口："当然是艾叶姐啊！"艾叶的歌声还在远处温柔地传来："若是有人来问我，那是我的故乡……"海旺把手盖在脸上，蒙住了眼睛，没头没脑地说："真好听啊！"他不再说话，我也不再说话。他依然望向清澈的天空，我也望。突然，他一个鲤鱼打挺，从草丛里站立起来，把我惊了一跳。他什么也不说，丢下我，径直朝着声音飞出的地方跑去，背影结实而好看，像一匹矫健的野马，我不知道他干什么去了，我也不想问，大人们总是有莫名其妙的举动，何况此刻我没有了任何心情。一只红蜻蜓飞过，妖娆而透明，我不理它；一朵马莲花打开它蓝色的魅惑一般的花瓣，我也不理它；一只蚂蚁在我脚边跑来跑去，我依然不理它。我闷坐在草丛里，心里充满了莫名的情绪。

我对我的继奶奶，即"娘娘"，充满了无限好感，她大概并不是个漂亮的女人，但却爽朗通达，和蔼可亲。我甚至能感觉出她抚上我额头的手，粗糙而温暖，她一定是目光柔和甜蜜地看着我，轻唤："猫女子，猫女子……"其实，这些只是我后来无数次的想象，我并没有见过她。在我建立自己的世界与王国之前，她就去世了。到底是哪一年？我一岁，还是一岁半，还是两岁，我不知道，母亲从来没有告诉过我，她讳莫如深。但她给了我名字，这个名字虽然后来不再被人叫起，可在我心里，它是永远的。

二年级的时候，二姐毅然决然地将我的名字"王猫猫"改为"李三莲"，她用她十六岁的热情、忠诚与勇气，捍卫血统的尊严。从此，"猫猫"这个名字，渐渐远去，封在我童年的村庄里。继奶奶已去世，继父躺在炕上，呼呼地喘气，接连地咳嗽，或许他已经被病魔折磨得懒于计较生命以外的事情；或许，他根本就不在意。总之二姐的反抗，像声势浩大的军队，摩拳擦掌，弹已纷纷上膛，临于敌城，却发现城门大开，敌帅说："想来你就来，想走你就走！"然后，敌帅就该干吗干吗去了。二姐讨厌继父，却并不讨厌我继奶奶，虽然她称我继奶奶为"老婆儿"。

当我在母亲的子宫里，流浪在走口外的途中，一只猫悠然地穿行在厂汗的村子里，像猫中的王，肥硕而有力，群猫附之。我觉得，它在等我。到现在，我依然这样认为。继奶奶伴着他不曾婚配的大儿子，和这只养了好多年的猫，心事重重。猫如此丰硕，而大儿子却孱弱多病。许多个黄昏里，她对抽着旱烟的黑爷倾诉她的愁肠："你说这个大禾，可怜的我儿，哎！"黑爷稳坐在锅头，吐出一长串一长串的烟雾："哎，快别管他了，一个人一个命，儿女大了不由人。"这当然是我许多年后的想象。但猫等到了我，继奶奶等到了我母亲。一九七一年冬天，母亲一家被继奶奶收留，母亲嫁给了大禾。第二年春天，草原上的风依然凛冽如刀，我出生了。二姐说："老婆儿可喜欢你了。"二姐说："老婆儿有好吃的，都是偷着给你吃了。"二姐说："老婆儿一有空就抱你。"二姐说……二姐的叙述让我特别想念这个继奶奶，我甚至感觉那是我唯一的亲人。我并不是个讨人喜欢的孩子，好吃，懒惰，不听话，只懂得看书，爱哭，听风哭，看雨哭，各种没有原因的哭，且哭起来没完没了。而最爱我的这个人，竟然早早死了，我很伤心，整个童年，我都在心里想象她的样子，可是想不出来，这让我沮丧。

二姐负责照看襁褓中的我，猫就守在二姐旁边，趁二姐不注意，就舔我的脸，二姐赶跑它。过一会儿，又蹭过来，得空赶紧又舔。二姐生气了，用笤帚疙瘩打它，它凄惨一叫，跑开。过一会儿，又过来，卧在二姐身边，二姐点瞌睡。它又凑在我脸边，温柔地舔。如此这般，二姐看到它好像也不是要伤我，就不再管它。但二姐很奇怪，把这些告诉了继奶奶，继奶奶抱起我："好啊，那就给她起名'猫猫儿'吧。"二姐悄悄说母亲："我们都是在'连'字上，叫'猫猫儿'多不好听。"母亲白她一眼："有什么，不就是个名字吗？"母亲才不管这些事情，比这重要的事太多了，她无暇理睬。

起名后的第三天早晨，一贯睡在我旁边的老猫不见了踪影。大家在各个角落里找，找不着；到村里找，也未果。最后，上地回来的村人告诉继奶奶，说铁道边有只猫，被撞死了，看着像你家的。继奶奶赶紧跑去，果然是。二姐很伤心，她其实很喜欢那只猫。继奶奶说："这是猫儿的命！"二姐告我这些事后，我曾经跑到车站多次，想找到猫儿去世的地方。我觉得，猫顶了我的命，如果猫儿不死，那我就死了。可是，已经是许多年过去了，铁道上，铁轨依然光滑明亮，道边的风早已不是当年的风，草也不是当年的草，风不知，草不知。我守在道边，躺在草丛里，好多个下午，听火车从远处轰隆而来，轰隆而去，再一列轰隆而来，轰隆而去……心中茫茫然。想着那只我几乎等于从未谋面的宿命般相遇的猫，想着同样几乎从没谋面却那么爱我的继奶奶，我悲从中来。

那个女人，依然坐在她家门槛上，不骂人的时候，她在点瞌睡。塞外的阳光照下来，照在她歪斜的身子上。但她的腿依然盘得很好，上膝盖压着下膝盖，她微闭着眼睛，头低低的，要到她的腿上了，我担心她的脖子会因此而断掉。小伙伴们拉着我："不要看这个女人，膈应死了。"是的，她太老了，也太脏了，尤其是她拿出手绢擦鼻涕、口水的时候，确实让人恶心。同伴们早已走了，我还坐在她家大门口的草丛里，看着她点瞌睡的样子。我想不出她是如何由一个大户人家的小妾变成目前这个样子的。她不断地把头低下去，低下去，直到碰到了她的完美的膝盖，然后，一个激灵，醒了。她迅速抬起头来，一边擦流得长长的口水，一边骂："你们这些灰圪泡，没一个好东西……"其他的我听不明白，我只听出这两句。多数时候，黑爷不在家，她就这样坐着，点瞌睡，骂人。那个下午，我就那么陪着她，在她家门外的荒草丛中。东头起郭家的一个胖小子，比我大好几岁，老欺负我，我也老骂他。那胖小子走过来，看了我一眼，看了坐在门口的女人一眼，说："一个傻老婆儿，一个傻闺女！"我知道他说我，我懒得理他，却本能地脱口骂了他一句。他已经走远,没有听到。坐在门口的女人,一下睡着,一下醒来,醒来就骂。我突然明白,骂人或许是惯性,就如我骂胖小子,其实我根本没想骂,但却脱口而出,因为我已经骂惯了他。可是他曾经欺负过我,老欺负我,我才形成惯性,可坐在门口的女人呢?有人欺负过她吗?胡思乱想中,一只蜜蜂飞过,嗡嗡的,讨厌,我使劲儿挥手,可是,我也瞌睡了,我也睡着了,直到黑爷回来,把我抱回他家。

半睡半醒之间,我看见黑爷坐在炕头上,那个女人颤颤巍巍地在地上做着什么,眉开眼笑的样子。这个丑陋的女人,笑起来,原来很好看的。黑爷吐着烟雾:"我不吃烩菜。"女人说:"焖面?"黑爷说:"不吃!"女人依然笑着:"你想吃什么?"黑爷:"不知道。你能不能不要出去丢人现眼,骂天骂地的?"女人很委屈:"我没有骂啊!"黑爷瞪她一眼,她垂下了眼,嗫嚅:"我跟了你这么多年,她都死好几年了,你还老在人家家里。"我醒了,坐起来。黑爷又瞪她:"黄土埋了脖子的人了,提这些干甚了!"

我那天没有在黑爷家吃饭,也没有缠着黑爷讲故事。我好像窥见了什么,有关黑爷与他的女人。也好像不只这些,我窥见了世界,谜一样的世界。我窥见了,反而更加糊涂。为什么,黑爷在,她那么欢喜,甚至恭顺;可是,黑爷不在,却那么恶毒地骂?我想不明白,想问母亲,又想想算了,母亲肯定不会告我。我跑去问二大娘。二大娘说:"她怕你黑爷。"我说:"那为什么骂他?"二大娘说:"她恨他。"我说:"那为什么还对黑爷那么好?"二大娘说:"她爱见他。"我实在弄不明白,像绕口令一样。既然爱见就爱见,为什么要恨?既然恨,就恨嘛,为什么又爱见?我自言自语:"我不明白。"二大娘看着我疑惑的样子,扑哧笑了:"你这个娃娃,你要明白甚了,我也不明白。"我还是问了母亲:"黑爷为什么老在三爹家?"母亲手里总是有很多事情,我很少见她有停歇的时候,当然,睡觉除外。母亲说:"你看你,腿顺吗!"然后她好像是对自己说的:"不怕路近,单说腿顺!"我假装往外走,不经意地问:"那为什么不到其他人家去腿顺呢?"母亲说:"人家是老厮守,几十年的关系了。""几十年",对于还没到十字头岁月的我,实在是遥远的、苍茫的、遥不可知的,我想破头也想不出,那到底有多长。

我不开心的时候,就会躺杂草丛里,闭着眼睛,不作声,任由阳光在我眼皮上形成一片温暖的红。或微微睁开一条缝,让阳光一缕一缕进来,然后闭上,好像这样就可以把阳光留在眼睛里。我曾经闭着眼睛,摸索着回到家里,提醒母亲或二姐,有时候是妹妹,说:"你们看着,我一睁眼,咱家里就阳光灿烂了。"然后,我扑闪一下,睁开眼,眼前突然明亮,我觉得阳光像一个个红色的蜻蜓,全部飞出。可是她们都笑我,说我是"神经病"。为此我很苦恼，觉得人间真不好，明明存在的阳光，他们为什么看不到！海旺也不开心，也躺在草丛里，我不知道他为什么不开心，我也懒得理他开不开心。一溜大雁飞过去，天空没有一丝痕迹。我说："大雁飞过去，就什么也没有了。"海旺依然嘴里嚼着青草："那你难道还要大雁给你留下个糖吗？"我剜了他一眼，为他小瞧我只懂得吃糖。不过他看不到。我说："那人走过去了，也是什么也没有了。"海旺有些莫名其妙，闷闷地说："你这个死闺女，又开始发疯了。"其实，我也知道，我表达不明白我的意思。

海旺说："我要回萨拉齐了。"我说："为什么？"他说："不为什么，我是来看我二爹的，看了就该回家了。"我问："那啥时候来？"他说："不知道，估计不来了。"我有些伤心："为什么不来了，你不想你二爹吗？"他不作声。可是黑爷和他女人的故事，我还什么也不知道呢。比如，他们是怎么逃跑的？有没有被使劲儿追？我得赶紧问。我说："那你告我，黑爷是怎么从蒙古王爷那里拐跑人家小妾的？"海旺叹口气说："我二爹武功高强，带走一个女人还不是小事吗！"一只蚂蚱飞过，绿色的软翅在阳光下分外美丽，又一只飞过，同样展着绿色的软翅，发出清闷的声音。我总是被这些东西吸引，准备跳起来去抓。我已经忘了我莫名的不开心。海旺使劲挥动着胳膊，好像要把蚂蚱打死的样子："讨厌，烦死了。"我只好把跳起来的心收回肚子。海旺又长长叹气:"我要是有武功,该多好。"我说:"那样,你就可以睡在草里,把蚂蚱打死吗?"他说:"你这个娃娃,甚也省不得。"我不知道我又怎么省不得了,不过我不在意,因为大人们经常这样说我。他又不作声了,仰望着干干净净、浅蓝色的天空。我不死心,问:"可是那个女人看着好老,比黑爷大好多吧?"海旺说:"是呀,我二爹那时候是十七八岁小伙子,我二妈已经是一个媳妇了,并有了一个孩子。"我很惊奇:"那那个孩子呢?"海旺说:"不知道,我也是听人家说的。"我继续问,海旺不再开口,只是无聊地看天。

海旺走的时候,我准备去车站送他。路过三爹家门口,艾叶姐在大门口站着,像是扫着院子,可是手提着扫帚,就那么呆呆地站着。我说:"姐姐,你不去送送海旺吗?"艾叶姐不说话,眼圈有些红。我说:"姐姐,你咋来了?"艾叶姐揉了揉眼睛:"不咋,扫院时,黄尘进了眼睛。"海旺也已经从黑爷家出来,正往这边走。艾叶姐往大门口走了几步,定了一下,却又转身回家,却又倚在门上,望着大门外。海旺几步跑来,像是跑到三爹家院子,可是这时艾叶姐轻轻闪身,就闭上了门。我跑向海旺,说:"我去送你。"海旺也突然定住了,朝着三爹家门口发愣,没有回答我。我拉着他的手,摇着说:"赶紧走吧。"他哦了一声,拉着我的手,不断回头,眼圈也红红的,一直没再说话。

黑爷的"墓狐"故事那么多,我总怀疑他是编的,可是黑爷开口就指名道姓:"合教的王老财,有一天黑夜回家……""哈业脑包刘二能他老婆,晚上睡觉的时候……""永茂隆的三圪蛋……"我曾经问过母亲,有这些人吗?母亲说:"有啊!"我说:"你认识吗?"母亲说:"有的认识,有的不认识。"这让我更加恐惧,晚上不敢到门外去。有时候,和伙伴们玩得很晚的时候回家,头皮紧紧的,大气不敢出,背后总是有许多莫名的声响,但不敢回头。闭着气,撒开腿,跑回家,闭上门,才敢大口大口呼气。母亲早已忘了外面会有鬼,大声斥责我:"看你那个样子吧,慢点吧么,挣命了!"我说:"有鬼。"母亲笑:"哪来的个鬼了?"他们怎么一边说鬼故事,一边说没鬼呢?我弄不明白。

　　一天晚上,我还是忘了时间,玩到很晚回家。走到快到三爹家门口时,看见一个黑影,静静地坐在三爹家门口石头上。夜色朦胧,那个影子,若有若无。我本来已经充满幻想的头脑,现在全被"墓狐"占据了。往前走,不敢;往后退也不敢。正魂不附体之间,黑影动了起来,好像朝我走过来。"哇……"我不知所措地大哭,同时闭上了眼睛,遇到这样的事情,我总是闭上眼睛,好像那样更安全一些。我的哭声划破安静的村庄之夜。人们从三爹家跑出来,我还是闭着眼睛,涕泪滂沱。直到二姐把我抱回家中,我才停止了哭泣,可依然心有余悸,缩在被窝里不敢乱动。二姐愤愤地骂:"圪泡老婆儿,神经病,不声不响地坐在人家门口。"母亲阻止了二姐,说:"娃娃儿家,懂个甚了,人家好好坐的,是你自己要怕自己的。"半夜里,我发起了烧。迷迷糊糊中,母亲手里拿着一只鞋,在我头部绕来绕去,口中念念有词:"天解冲,地解冲,臭破鞋(hai)子来解冲。邪毛野鬼离了身,离了身,除了根,三昧真魂上了身。巴的巴巴出,尿的尿尿出,阴阳火气一齐出。"

好长时间,我都不敢再到黑爷家门口,虽然我知道那晚确实是我自己吓着了自己。再后来,我问黑爷,我说:"黑爷爷,你真的有武功吗?"黑爷笑了:"你听谁说的?"我说:"人们都这样说。"黑爷抚摸着我的头发:"快不要听他们鬼嚼。"我问:"我娘娘年轻时是不是很漂亮?"黑爷嘿嘿地笑:"还是我们猫女子袭人。"我说:"你是怎么拐跑人家小老婆的?"黑爷弹我一个脑瓜崩:"你这个娃娃,脑子里想甚了,哪来的这些事?"黑爷牵起我的手,说:"好好念书,学文化,才是好闺女,不要操心这乱七八糟的事。"我本来还想提我继奶奶的事情,看着黑爷凝重的样子,只好作罢。

难道这些都是不存在的,难道是我自己幻想出来的?鬼知道。

几年以后,我已经上了五年级,我已经看过了《白毛女》,看过了《聊斋》里的《胭脂》,看过好些戏曲,我已经懂得一些,才敢再次路过黑爷家门口。或许是我特意去看她的,这个谜一样苍茫的女人。她更老了,却依然坐在门口,两腿盘着,上膝盖压着下膝盖,身板挺直。如果不是皱纹横生,如果很干净,这确实是一个优美无比的坐姿。阳光下,我不再害怕。她还是不断地用手绢擤着鼻涕、口水,眯缝着眼睛看阳光,嘴唇不断地蠕动,不知道是否还在骂人?我努力地想着那些逝去的久远的时光,有那么一刻,我似乎能看到一个苗条的少妇,端坐着,面容平静,眼睛里水意横生,与阳光流淌在一起。我轻手轻脚走过去,生怕惊动了她,我也不知道为什么要这样做。她看了我一眼,似乎笑了一下,眼睛虽然无神,我还是看到了某种流转,一眨眼就从过去转到现在。

三　我要去什拉文格

有一年，风吹得草东倒西歪的时候，我跟着继父坐马车到另外一个村庄去。那个村庄叫什拉文格，至今我也不知道，这个名字是什么意思。但我觉得那是个神秘的地方，首先因为我们说出来的"什拉文格"，是带着儿化尾音的。那个儿化尾音不长，却特别有力，干脆利索，就结了尾，听起来有说不出的神气。可是我所住的村庄是三个字，叫"哈达图"，说出口，温吞吞的，像一只睡着的狗的尾巴，软弱无力。其次，还因为它是雒老师的老家，所以，我很向往那个村庄。

最初知道这个名字，是和蓉蓉一家人有关，和文化有关。

不知道哪一年，蓉蓉一家来到哈达图村。但我觉得他们一直就在，因为从我记事起，她们家就住在学校的前面。从学校往南走不足三百米，从一个窄窄的小巷穿出，左手第一家就是。

可是我妈老说她们是外来的,是学校调动,他们才从什拉文格搬到哈达图来的。我自言自语:"什拉文格!什拉文格!"音韵铿锵,伴随着清冽的野外之风,好听极了。我问妈:"什拉文格在哪儿?"我故意把"格"的儿化音说得更利落,妈说:"东路里的。"我说:"东路在哪儿?"她说:"也不算东路,是东面。"我问:"什拉文格的人,是不是都有文化?"我妈看了我一眼:"腾开,麻烦了,哪来那么多文化!"她总是要急着干很多事情,没有时间和我说话,但我怀疑是她也不知道,无法回答,就这样来打发我。大人们都这样。记得还小一些,海旺从萨拉齐来看黑爷。海旺很喜欢我,我就老跟在他屁股后头,像个小尾巴。有一次我问他:"旺哥,你说人是从哪里来的?""大大妈妈生的呀!"他头也不回地把声音扔过来。"不是!"我加重语气,为了他的答非所问:"我是说大大妈妈上头的?"我有些说不清,使劲拉他的衣襟:"大大妈妈的大大妈妈,再往上,再往上?"他这才回头,拍了拍我的头:"额,我知道了,那是啊……"他调整了一下语气,说:"我告你吧,很久很久前啊,有两个很厉害的女人,生了许多个娃娃,娃娃又生娃娃,就有了这么多人。"他一边说,一边比画,两只胳臂做环抱状,好像那两个女人是好粗壮好粗壮的,只有这样粗壮,才可以生好多娃儿。我继续问:"那这两个女人是哪来的?"他拉起我的手:"我们去供销社买糖去吧!"我高兴得几乎要跳起来,我已经把那两个女人完全忘了。

我妈和蓉蓉家很要好,大约因为都是外来户吧。蓉蓉她爸叫雒文,是哈达图小学的老师,村里独一无二的文化人。虽然前村陈刚他爸三老猫儿也识字,经常看书,但他是个木匠,和文化八竿子都挨不着。记得有一次,他来我家串门,坐在锅头,呼噜呼噜吸旱烟,一边说:"姜太公直钩钓鱼,这一钓不打紧,就钓住姬昌。"我妈说:"你快不要鬼嚼了,你们家的直钩能钓住鱼了,还钓鸡了?"家里的人都哈哈大笑,笑三老猫儿瞎鬼嚼。三老猫儿手捏着烟叶子,鼻子里呼呼地出白烟,不好意思地呵呵笑。我妈不识字,一个也不识。我妈说她小时候,我姥姥倒是把她送进了学堂,结果第一天就打碎一只砂盆,就再也没进学校;而且我妈有点不太喜欢人们读书。因为我父亲每次从山西来内蒙古,老对我说:"家有黄金用斗量,不如养儿上学堂。"我妈就抢白他:"念念念,你们家不是因为念书,死的死,散的散吗?我就不让咪细儿念书!"可是我妈说话不算话,我爱念书爱得要死,二姐、三哥散学回家,我拿着他们的书,颠来倒去地看,害得他们不能做作业。所以我妈在我七岁的时候,就找学校,让我上学。人家刚开始不同意,说年龄不够。我妈死缠硬磨,还是让我入了学。我妈说多亏了郭素贞,那真是个好女子。郭素贞是个知青,长得很漂亮,文文雅雅。后来,我妈常说:"人家不让咪细儿念书,咪细儿一个冬天下来,就捧回个奖状。"说的时候,很自豪的样子。那时候,她把读书害了我全家的事忘了个一干二净。

我妈的话让我爹没了脾气,乖乖地出门,到杨来宝家去了,他住在杨来宝家里。杨来宝是个孤老头子,说是河北的,因为打仗,与部队走散,就流落到这里。他家离学校不到五十米,下课后,我们往往跑到他家,"咕咚、咕咚"喝上半瓢冷水,然后才又返回学校,他总是笑眯眯地看着我们。何况,我爹来了住他家,我就把想笑的念头生生憋回肚子里。他一辈子没结婚,我不知道是因为什么。我觉得大约因为他穷。他的家是一眼用土坯砌的很破旧的窑洞,里面除了一个油腻腻的红躺柜,炕上一卷铺盖,其余的什么也没有。我家比他家强多了,我二哥还娶不到媳妇呢,何况他!

蓉蓉家离学校近,我怀疑是不是因为他爸是老师,所以村里给了他们离学校近的房子,这让我很是羡慕了一阵子,也困惑了一阵子。但我最终没问任何人,包括我的最要好的朋友秀秀。我不知道因为什么,或许是后来就忘了。那是我还没上学的时候,等我入学不久以后,她家就离开,搬回了什拉文格。所以她爸没有给我当过老师,这让我沮丧了很久,因为他爸不仅有文化,而且很帅。

"爸"是个很新鲜、很时髦,甚至是很前卫的称呼。因为整个村里的小孩子,用酸莲她妈的话说是"这圪独枪打货们"("圪独"就是一堆），对父亲的称呼都是"大大"，这个"大大"不读去声，读二声。这就让蓉蓉在我们中间有着毋庸置疑的骄傲，我们觉得她就应该骄傲，所以我们只是羡慕，没有嫉妒，没有恨。我曾经想叫我继父为爸，但这两字几次嗫嚅到了嘴边，最终因为不好意思而作罢。

许多个午后，我悄悄从午睡的房子里走出，走在午睡的村庄里。太阳照在白花花的路上，我轻轻地、急匆匆地走着。路过玲玲家，她家的羊群正在门前的坡上歇响，连羊也在午睡，空气里都是羊粪里青草被腐化的味道。玲玲她妈的高嗓门这时候也悄无声息，二哥给玲玲妈起了个外号叫"山雀儿"。路过三爹家的门口，猪在门口的水窟子里，长长地躺着，不时打着呼噜。六四家的大门紧闭着，大门口凉房的顶上晒着半干半湿的红腌菜，那咸香的味道直往我鼻孔里钻。我跳起来，试图去抓一把，可是够不着。六四家的院子非常大，很空阔。靠近大门的草棚底下的牛也卧着，眼睛蒙蒙着，嘴里不停地咀嚼，大哥说那是倒嚼。我觉得不仅仅整个村庄在午睡，连整个世界都在午睡。当然，也有不睡的，六四家当院摆着几个搪瓷盆，里面的猪食还没有吃干净，可以看见苍蝇飞着，发出嗡嗡的响声，很忙碌的样子。不睡的，还有我，想到苍蝇和我是整个村庄不午睡的活物，我有点懊恼,但仅仅是一瞬。

紧沿着六四家的院墙的阴凉处走，绕过院墙，就到了蓉蓉家了。蓉蓉家当然也是在安静地睡着。大蓉、二蓉、三蓉、蓉蓉、蓉蓉妈、雒老师，横七竖八地躺在炕上，雒老师还打着响亮的呼噜。他们的门是开着的，不只他家，整个村庄的门都是虚掩着的。我轻轻地推开个小缝，敏捷地钻了进去，直奔她家的躺柜。她家的格局和我家几乎一样，都是躺柜紧靠炕。只不过她家的炕在东，门在南面靠西。我家是门在南面靠东，炕在西，躺柜紧挨着炕。我家有"腰墙"，就是炕壁上一溜，上面画着很好看的画，有花有草有人有树。有一张画，树在下面，很小，只是用棕色的笔，画了三根道道，上面是很细的绿枝条，可是枝条细到可以忽略不计。我是没注意到那些细的线条，我只看到那三条比较粗壮的枝干。当时我不知道那是树的枝干，我以为是一个人，背着两个孩子，艰难地往前走。我妈那会儿经常带着我和妹妹，要么背着我，要么背着妹妹，跟这种场景真的非常相似。（后来我重回内蒙古，才发现那是一棵一棵的树。到现在，那幅画的样子还在我脑海里，栩栩如生。那感觉，还是一个人，佝偻着腰，背着两个孩子。这种流浪于路的感觉，或许是在我血液里了，那种在肚子里就流浪的境遇，造就了我荒凉的想象。）蓉蓉家的墙壁白白的，我心里暗自得意，蓉蓉也有不如我的地方。当然，蓉蓉妈，名叫小女子的经常对着蓉蓉兄妹们夸我："看人家猫猫，抱住个书就不放。"是，我直奔她家躺柜，她家躺柜上放着许多书和报纸，我最爱看的是《少年报》。她家订着《少年报》，只有她有这种时髦的玩意儿。我噌一下就轻巧地跃坐在她家的炕沿上，炕沿是水泥打的，光溜溜的，坐上去发不出一点声响。我顺手就拿下来一张《少年报》。首先打开最后一版的漫画，是连载的《虎子的故事》。逐一看完，连中缝也不放过。在她们一家人寂寂的鼻息中，我度过许多个安宁而幸福的中午。

什拉文格有我继大爹，是个银匠。当初我继父他们一大家子人从陕西府谷动身，一路往北，到达口外，继续往北，进入内蒙古腹地。十来口人，不可能在一处落脚，就一边往北，一边驻扎。继大姑一家散落在新顺西，继大爹一家散落在什拉文格，继父一家散落在了哈达图。

要跟着继父坐马车到什拉文格去，我兴奋了好几天。早晨天麻麻亮就起来，跑到东墙边望了好几次，太阳赖在草坡后面，老不出来。爬到鸡窝上瞭了几回火车站，黑皮车过去几列，绿皮车却迟迟不来。倒是瞭见三爹家门口出来个人，瞭着像二大娘。我回家爬回被窝对母亲说："二大娘都起那么早，你还不起？"妈翻了个身："胡说，你去她家了？你是不是又想吃人家东西？"我着急："我就是看到她了，从三爹家门口出来，人家都串了个门了。"妈噌地坐起来："看把你能的，瞎说甚了，闭上你的嘴。"我心里有点不服气，不过一会儿就忘了。过去推推继父，继父一般是趴着睡的，因为他整夜整夜都在咳嗽。他说:"还早了么。"接着又咳嗽起来,身体一上一下地颤动。

终于等到吃了早饭,跑前跑后帮大人们套起了马车,坐在车上再也不肯下来。

我要去什拉文格啦!

草原上的风,短促而硬。我总觉得它是一程一程地刮。比如,它从白云鄂博出发(白云鄂博在哈达图北面,而草原上总是刮北风,那是我最遥远的想象),一动身,就噌一下到达忽吉图,歇歇脚,再噌一下到达艾不盖,歇歇脚,又噌一下到达哈达图,总是把我的头发吹得乱七八糟,歇歇脚,再出发,抵达我不知道的地方。然后另一轮随后又至。后来母亲说兔子和老虎赛跑,老虎是一丈一丈地跑,而兔子是五尺五尺又五尺,母亲说兔子五尺五尺又五尺的时候,说得非常简洁而形象,我就觉得那哪是兔子啊,就是风嘛!

短促而硬的风,很凌厉,能刮黑姑娘的脸。二姐说,草原上姑娘的脸根本不是晒黑的,是风给刮黑的,这点我信。我经常见蓝眼家的闺女春枝,下地的时候,不仅戴草帽,还把个脸捂得严严的。如果只是遮阳的话,有草帽就足够了,何必捂着脸呢?所以我出门的时候,也想用二姐的纱巾遮脸。二姐就会一把夺走:"快不要散你的德了,就像春枝一样,丢人败兴了。"我觉得春枝挺好,二姐一定是舍不得她的丝巾让我用,遮个脸有什么丢人的!可是我很享受坐马车出行的过程,更何况是神秘神气的什拉文格。我觉得那天的风,是细而软的,像二姐用火钳夹弯的头发,好看又温暖。

我坐在车辕上,两条腿耷拉下来。细而长的风拂过,我乐呵呵地在心里问:喂,白云来的风,你到过什拉文格吗?风不作声。我想着这一轮的风或许还真的没去过,心里很得意。草扫过,脚踝上刺而痒,还有点疼。草原上的草是比较坚硬的。我把两只脚踝交叉来回蹭蹭,觉得这草也真是,却也不再计较,因为我要去什拉文格!

远处的羊群散落着,牧羊人不知道在哪里。云朵悠闲地飘荡,路过太阳的时候,就遮住了,原野上就会出现一大片阴凉。我们就在这云朵的阴影里穿行,所以一会儿凉快,一会儿热。如果很久不出现阴凉,我就会朝着云朵招手,一边喊:"阴凉阴凉歇一歇……"路过陈六九壕的时候,有一个路人,骑着马,两条腿夹着马肚子,很散漫的样子。他看到我们,停下来说:"大禾啊,去哪个呀?"继父递上一根纸烟,那人接过来,点着,吐了一口烟:"好,好烟!"继父咳嗽着说:"去看看我大哥。"这哪是回答人家啊,我高声说:"我们要去什拉文格!"

草丛里开着各式各样的花,多为蓝色,这时一阵风过,它们就很单薄地随风摆动,像一群瘦瘦小小的小姑娘,笑得稀里哗啦,东倒西歪的样子。我有些惭愧,觉得她们在笑我。她们就是来村里走亲戚的远路里的小姑娘,很神气地笑我没见过世面。你看,那个紫色的分明是油贵来的英英,有着细长的漂亮的眼睛。那个蓝色的是厂汗来的喜闺女,很沉稳的样子。

我突然有些沮丧。

马车继续停着,马昂起头打着响鼻,突突地冒出一团一团的白气,马尾巴不断地来回摆动,扫在胳膊上,硬硬的,扎人。继父还在和那个骑马人说话,那人一直没下马。他的马不停地挪动着它的前蹄,头往路边倾斜,试图吃路边的草,可马嚼子勒着它的嘴巴,缰绳在那人手里,所以马的嘴开合着,流着涎水,却徒劳无功。我觉得它很可怜,就跳下马车,准备把那些马想吃的草,揪几把回来,喂它。可是草丛里的花像星星一样眨着眼睛,可爱极了。我把沮丧与同情全部抛之脑后,开心地采起花来。风送来两人的谈话声,"这是你闺女?""嗯。""就是口里那女人养的?""嗯。""再养来没?""养了。""闺女小子?""闺女。"接着就没有了声音,然后又是继父的一大串咳嗽,这次有些上气不接下气。我经常担心他会这样把内脏从口里咳出来。"你这病不行哇?""还好了。""快再看坨哇?""嗯,过段时间去西河看坨呀。"

我采了好几把花,可是没有绳子,不能束成小捆,我把它们散放在车厢里面。马车再次启程的时候,我就躺在车厢里。那些花散落在车厢里,随着马车前行与路面的坑洼不平,一会儿倒在这边,一会歪在那边。风吹过,花瓣舞动着,而我的小布衫也会被风撩起,露出一小截白白的肚皮,我赶紧把它拽下来,仿佛怕花笑话似的。

天上的云朵依然,周围的风依然,野花在我周围依然。

有一队大雁朝南飞去,一会儿是人字形,一会儿是一字行,伴着一两声雁鸣,空气里静得很。我想大声喊,就像以前在村前,看到雁阵,和秀秀她们兴奋地一边跑,一边把手合起,成三角状,遮在嘴上,喊:"雁儿雁儿摆溜溜,河南有你老舅舅,穿的红袄绿袖袖……"好像喊得高了,可以让雁听见。可是今天不知为什么觉得有些羞赧,只在嘴里小声嘀咕:"雁儿雁儿摆溜溜,河南有你老舅舅,穿的红袄绿袖袖……"一边念叨,一边斜眼看那些滚来滚去的与我躺在一起的野花。我还看到高处的电线上,停着一只、两只麻雀,像课文里的小逗点。

我在数一路上刮过多少风,天上飘过多少朵云,电线上停着多少只麻雀。白白的路被我们不断抛在身后,继父的咳嗽时有时无,我睡着了。

再醒来的时候,已经到达西河。

西河是公社,我第一次到这么大的地方,很兴奋。继父把马嚼子拴在供销社门口一根粗壮的电线杆上,顺手将马鞭别在身后。我跳下车,脚有些麻,使劲跺了两下,麻到疼,不过一会儿就好了。供销社可真大啊!登上三四级台阶,才到了双扇的玻璃门口，门板上是银白色的铝皮，相当阔气。推开门，门是弹簧拉着的，自动关闭。我赶紧闪了进去，生怕走慢了，会被门夹住。哇！柜台都是玻璃的，密密麻麻地摆满了货物。哈达图也有一个供销社，是郭老大负责的。郭老大是村里的队长，售货员却是公家委派。有一年来了一个售货员，是个年轻人，大家都叫他"小任"。他有一个媳妇，脸白白的，笑起来很秀气漂亮的样子。我们都知道他们将来是会到城里去的，因为小任还在不断学习，不知道要考什么。我就有好几次在早晨的野外遇到他，他拿着一本书，嘴里念念有词，在背着什么。可是我对他没有任何好感。有一次，母亲打发我去买"成鹤"烟，"成鹤"烟七分钱。我把钱给了小任，说："买盒烟。"他看也没看我，转身向货架，一边说："是买'成鹤'烟吧？你家也就能吃起这烟！"脸上的表情，我到现在都能记起，那种刺痛，刻骨铭心。从那以后，我看着他媳妇，都觉着很丑。我发誓再不去供销社，可是发誓的第二天，就又去了，因为那里面有太多诱惑我的东西。尤其是那红的绿的糖豆豆，那真是能甜得让人飞起来。可多数时候，我只能站在柜台外，瞅瞅那个放糖豆豆的盒子，然后依依不舍、黯然离开。

当然，有时候，村里会来货郎，挑着两个木质方匣子，手中的拨浪鼓"卜楞""卜楞"地就把大姑娘小媳妇召集到他身边。那个方匣子由好多抽屉组成，变戏法一样，拉开一层，就会出现各种东西：纱巾、发夹、皮圈……多数是女人喜爱之物。我觉得好神奇。有那么一段时期，我的理想就是当货郎，既可以拥有各种美丽的东西，又可以走街串巷，到处游荡。我对哈达图外面的世界充满了好奇，且热爱游荡。我家是口里人，亲戚不多。看着别人家逢年过节走亲戚，总是无限向往。觉得有一家亲戚就有一条通往外面世界的通道，亲戚越多，就会通向四面八方。我经常一个人跑到很远、很远，直到天色很晚才沮丧地回来。

草原是没有尽头的，且草原的另一面还是草原，在我的眼里，无边无际。我想我是走不出这看似在身边却遥不可及的地平线了。我充满了悲伤。母亲说我很小的时候，有个过路人（二十世纪七十年代的哈达图总是会有许多过路人，因为哈达图是包白线上的一个小站。他们总是操着不同的口音，我不知道他们来自何方，但母亲总是慷慨地留宿，管几顿饭，然后他们离开，再不知去向哪里。）在我家待了一两天，走的时候，带走了我的一张相片。母亲只说，他很喜欢我。至于为什么要带走我的相片，她也没说，或许我也没问。历史总是淹没许多翻天覆地的大事，何况我这个小小的芝麻粒。我对那个人充满了幻想，想着有一天他会再来，会把我带走，那该多好啊！我甚至想，我或许就是他的孩子，由于什么原因，落在了母亲家里。但是他一直没来，我就一直编织着我和他的际遇。我的头脑里总是有着许多不切实际的想法。村里人都说我是书呆子,我不知道是夸我,还是贬低我。

二姐给我从货郎处买了一个九连环的发夹,金灿灿的。她把我的两个发辫,用它连接起来,花花地垂在脑后,我为此摇头晃脑的,很是美了好久。可惜后来被我弄丢了,二姐为此打了我一顿,我很伤心,为挨打,更为丢失的发夹,多么美的发夹啊。可是丢了,我总是丢东西。货郎并不多来,所以除了火车站,供销社是最令我向往的地方,也是去得最多的地方,虽然大多数时候是空手而归。

西河供销社比哈达图供销社大多了。我有些眼花缭乱,目不暇接。一个一个柜台地挨个看过去,那简直是一个太美太富足的世界,但都离我很远。虽然如此,并不太沮丧,因为已经习惯。一个和蔼可亲的售货员姐姐看见了我,一边算账,一边咪咪笑着对旁边的叔叔说:"看这个小女女,毛乎乎的眼窝,袭人。"我低下头,心里却开起花来。

继父买了两包饼干、半斤糖果。我巴巴地看着继父。他看了看已经包好的饼干与糖果,在手里换来换去,最后,打开糖果包,给了我两颗。我高兴地一把攥在手里,想着自己吃一颗,打算给妹妹留一颗。等我再次坐上马车时,一颗糖果已经到了嘴里,那甜味从嘴里一直发散到脑门心与脚底。我把另一颗,小心翼翼地装在裤兜的最深处,并用手在外面狠劲压了又压。

马车继续往东,就路过了西河医院,那是一个孤零零的院子,中午的阳光照在院子里的荒草上,草随风摆动,院子里空无一人。房子的外壁上赫然写着:欢迎您再来。我心里有些失笑,想起母亲告诉我的一个事情:我小时候生病了,发烧不退。母亲就带我到西河医院,让医生诊断。医生给开了一大堆药,并语重心长地说:"你家挨着羊圈,孩子是肺结核。"母亲没有言语,等出了医院大门,上了路,立马将所有药全部扔到了荒野里:"我孩子哪来什么肺结核!"后来我的病果然自己好了。母亲告人们:"他们以为咪细儿他大是肺结核,就说咪细儿是肺结核,简直是胡说八道!"人们也笑:"就是,又不是亲生的,怎么会遗传。"我妈后来经常为她果断扔掉药的英勇之举而自豪。

继父在西河医院大门外张望了很久,最后还是咳嗽着离开了。

到达什拉文格的时候,太阳已经有点偏西。被我深藏在裤兜角角里的糖已经完全进了我的肚子。我实在经受不了糖果的诱惑,一开始我只是打开糖纸,取出糖,小心舔一下,然后赶紧放回糖纸,包紧。过一会儿,继续舔一下,再放回。直到成了很小一粒,才发现糖根本没有留着的必要了。我一边自责,一边将那一小粒糖放到舌尖。那一刻,我低头看了一下车厢里的那些花,幸好已经被风吹得不成样子。我扭头看了一下车后,正好有一小撮旋风,在盘旋。我赶紧扭过头来,不看那风,这样好像吃得更理直气壮一些。当糖化作甜甜的汁液全部流入食道的时候,我才意识到我是吃了妹妹的糖,心里有万分的惭愧。想想妹妹总是把好吃的留给我,我更觉得无地自容。我不敢抬头看天,不敢低头看路边的草丛,觉得它们都在耻笑我。我的眼睛无处可放,只能盯着自己的两只手,揪着衣襟,来回地扭。

什拉文格村,比哈达图大不了多少,都是些泥房子。我曾经想着这应该是一个十分气派的地方,至于什么样子才叫气派,我不知道,但绝对不应该是这个样子的。心里就有些失望。继父把马车赶入一个大院子,一个高个子的人从房子里走出来,大声地说:"大禾,你咋想起看我来啦?"一边把我从车上抱下来,我能感觉到他臂膀的生机与力量。他的身后,跟着一个小男孩,圆圆的脸盘,像极了这个高个子男人。这是我第一次见我继大爹,也是最后一次。继父又不停地咳嗽一气:"是啊,多年没看你了,来看看你。"继大爹说:"你的病是不是更严重了?"继父说:"还是老样子,住了几回院,也不见好。"继大爹说:"哎,这个病也真不好治。"继续一边卸车一边说:"也是没那么多钱。今年收完秋,羊工钱下来,再住一段吧。"那个小男孩跟在旁边,帮着收拾东西。继大爹抱着我说:"你看,猫猫儿也长这么大了,我先见她的时候,还在被子里了。"一边回头吩咐:"喜喜,去把马找个草好的地方觅出去。"小男孩喜喜就拉着马走出了院子。他把我放下来，拉起继父回到了屋子。房子里很空，却非常乱。他把继父和我让到炕上，赶紧生火。炕上铺着一块油布，上面落满了灰尘。继父抓起一块已经辨不出颜色的，应该是抹布的东西，胡乱擦了两下，将我抱上炕，他也上了炕。当锅里的水开了的时候，他才找出两个茶渍很深的碗，掰了一块砖茶，给我们倒了水。这时候喜喜已经回来，怯怯地站在他父亲身边，瞅着继父和我。继父哀叹："哎，你看你凄烟冷火的，把个娃娃也可怜见的！"然后把饼干与糖果给了喜喜。喜喜拿在手里，用眼睛瞅他父亲。他父亲说："你看你，买这些东西干甚了吗！"然后打开饼干包装，拿出几片来给我。继父说："给喜喜的，她吃过了。"我不知道继父为什么这样说，明明我只吃了糖果。继大爹使劲塞给我："都是些娃娃，爱的。"继父只好接过一片来给我，其他的都又给了喜喜。喜喜还是拿眼睛看他父亲。继大爹说："你二爹给你，你就吃吧。"喜喜小心地拿出一片，把其他的交给了他父亲。然后，用牙齿一点点地刮着饼干。我也是。

大爹是个银匠，据说在陕西府谷时就非常出名。他手艺精湛，打制的银具很受人们喜爱。来内蒙古后山靠着这手艺娶过了媳妇，可惜媳妇死得早。人们说，大爹经常打老婆，可是，我觉得他是那么和蔼可亲。或许是因为他长得高大，有力气？继父从来没打过我，我想一方面是他不舍得，另一方面，他老是病恹恹的，哪来的力气呢？我去的时候，王银匠继大爹早已经不打银器了，成了一个地道的农民。可是他不太会种地，所以日子过得不成样子。

晚饭是面条，一点都不香，哪像我妈做的，有滋有味。大爹的面条少滋寡味，我胡乱吃了些，就说吃饱了。

继父和继大爹说着话，不停地抽烟。继父用纸卷，那是旧日历上撕下来的，薄薄的，正好是一根纸烟的长短。他把纸卷截成整齐的长条，将烟丝撒上，然后裹起来，用唾沫将连接处一粘，即好。大爹直接用羊棒，一根羊棒骨，是烟袋的形状，一锅吸完，噗一下将烟灰吹出，另一只手利索地撮起一小撮，随即摁进烟袋锅，就着煤油灯，一吸，烟雾就散开来。他们不停地说话，不停地吸，屋子里有些呛人。我几次打断继父说话，提醒他我想去蓉蓉家。继父先是说等等，后来有些生气，瞪我。我只好百无聊赖地看着窗外。喜喜不知道哪儿去了，我想他是躲在哪里偷糖吃。大门外偶尔有人牵着牛走过，也能听到谁家的鸡下了蛋，"咯咯嗒""咯咯嗒"地不断炫耀。还有一两个孩子的哭声，她妈大声制止的声音。能看到很远处，有一群羊，来回地走动。

太阳偏西的时候，天空又飞过一溜大雁。我心里默念着：雁儿雁儿摆溜溜，河南有你老舅舅，穿的红袄绿袖袖……我觉得我当初喜悦而急迫地来什拉文格的心情，已经变味。这时，继父才从炕上下来，告大爹说："我去瞧一瞧雏文。"大爹说："哦，那回来吃晚饭，我给你炖骨头。"继父说："不用了，已经是饭时了，到雏文家吃吧。"

我跟在继父身后，像一只小鸟，雀跃着，走出了院门。谁家的牛粪，一块一块地整齐而有序地码成粮仓的形状。继父背着手，自言自语："好人家！"出了院门，朝南绕过一些房屋，再朝东拐。我看见一处不同于别家的院子。别家的院子大多数是泥坯房，而这处院子里的房子，明显是四角落地。所谓"四角落地"，是指房子的四个角是用青砖砌的。显然这是比较有钱的人家。院子里传出嘈杂的声音。继父带着我走进这个院子，我才明白，是呀，这样的院子，一定是蓉蓉家的，因为人家是文化人家。院子里的人听到有人进来，回过头，原来是蓉蓉妈小女子、二蓉，还有蓉蓉。她们正围着一个人，是雏文，躺在草丛里，不肯起来。小女子说："你个醉鬼，你看来了人，笑话你！"一边招呼我们："你们甚时候来的？你看这个枪打货，今中午又喝醉了，躺在这里像个死人！"蓉蓉和二蓉又在用力把他拉起来。小女子把我们让进屋里，这时候，雏老师也被蓉蓉和二蓉拖起来，迷迷糊糊地回到了里屋，又躺到了床上。我有些诧异，雏老师，怎么会是这样？那个温文尔雅、膀大腰圆的英俊男人，怎么会是这个样子？小女子一边给我们倒茶，一边说："你也知道，自从巴盟来了后山，他就这个样子，经常醉麻糊涂。"继父说："哎，他心里有委屈了。"小女子说："谁没个委屈，不少吃不少穿的。"继父说："人家是文化人，想的和咱不一样。"小女子说："唉，就是这个文化害了人。"我有些纳闷，蓉蓉妈怎么和我妈一样的看法呢？文化果然害人吗？小女子接着说："也真是，就那么一句话，害了他一辈子！"继续说："人的命，没办法。"小女子给了继父一袋烟说："不怕你笑话，当时雒文只是说：'毛主席大还是天大？'他也只是和别人闲聊，没想到，唉！"她长长地叹气。继父抽着旱烟，吐出一串烟雾，说："这也是命！"我曾在很多场合都听继父说到"这也是命"这句话，我怀疑他只会用这句话来做总结，其他的他压根儿就不会说。我还想再听听他们说什么，可蓉蓉已经把我拉出去，跑到野外玩来了。

吃晚饭的时候，雒文已经起来了，虽然有些不精神，却恢复了爽朗的笑声。我不知道他有什么委屈，虽然觉得他喝醉酒的样子确实很不好，心里却满是心疼，不知道为什么，这个男人第一次让我有了心疼的感觉。吃过晚饭以后，我们又来到院子里。内蒙古的天空，在晚上，格外低，低到你可以触摸到隐约飘忽的云彩，尤其是在野外，你甚至可以撕下一片天空做被子，轻柔而暖和地睡在夜里。可是那个晚上，我一点也不开心，一种莫名的郁闷积在心头。我倒想撕一片云彩，蒙住头，不去想这是什么样的郁闷。蓉蓉和二蓉，怎么逗我，怎么和我捉迷藏，我都没有兴奋起来。

直到后半夜,回大爹的家的时候,月亮已经到半空,空气清冽,直通心肺,我深吸一口气,肺被冰了一下。泪水就一股一股地从心里往外涌,接着一大颗一大颗扑簌扑簌落下来。继父看了我一眼,问怎么了。我说:"肚子被冰了一下。"我一贯是个奇怪的孩子,想法莫名,笑容莫名,泪也莫名。他已习惯,不再理我。

第二天中午,我们才动身返回,但我一直认为,那晚白白的月光,伴着我的眼泪,已经早早结束了我什拉文格的旅程。

四　春枝的白云鄂博

除了北山,我还喜欢到车站去。站前那长长的铁轨,黑油油的,反射着太阳的光泽。我觉得它更像是一双细长细长的眼睛,只是我不知道这眼睛属于谁。大地,太阳,还是草原上无处不在的风,甚至只是某个看不见的巨大的神灵?每当这时候,我就不忍心踩上去,仿佛踩上去,它就会疼得哭出来。然而很多时候,我忘记了它可能是眼睛的这一想法,我会踩在明亮光滑的铁轨上,轻手轻脚,小心翼翼地一直走下去。当然,多数时候我是朝南走,我也不知道为什么,只是觉得朝南走,是太阳的方向,会越走越暖,越走越远,走向我向往的任何远方,而远方是个多么神奇的地方,闪烁着奇异的光芒。而如果朝北走,只会越走越冷,就像走向冬天,走向莫名的冷与恐惧,虽然它并不全然是冰冷,有时候,会有闪烁的烛火之光,那朦胧的红色与跳动的温暖,也曾经令我有过短暂的向往。我不知道母亲是如何认识白云鄂博的一个老太太的,她面皮白净温和,梳着整齐的短发,有一年的秋天,她来到我家里。母亲经常收留过路人,但我知道这个老太太一定不是过路人,她应该是母亲的朋友或者故旧。然而我想不来母亲怎么会有这样的相识,因为断定她不是个农民或牧民。她剪着齐耳短发,戴着近视镜,温文尔雅的样子,一看就是个公家人。母亲与她在夜里长谈,夹杂着哀声与叹气。那是个初秋的夜晚,我听着她们说话的声音和窗外的月色融为一体,一块一块地通过糊窗纸的破洞,落在我的棉被上。她们说的仿佛不是话,而就是一寸一块的光斑,轻且重。我恍惚听到有关二姐或者二哥的,有关伺候人与婆媳妇的事情。不久我听到轻轻的压抑哭泣声,是二姐的。她们的谈话就突然中止,伴着那个女人的一声轻轻叹息,我摸着那些光斑,睡着了。就在同年的冬天,二哥从白云鄂博归来,带回来一大块蜡版,说是那个老太太给的。母亲总是对这类事情特别感激:"哎,真是个好人,买卖不在仁义在了!"二姐没看那些蜡版,只轻轻回了一句:"我就知道,你把我当成了买卖,一块蜡版就可以成全一个瘸子了!"二哥欢天喜地地把蜡版放入火炉的铁锅里,他要融化这块蜡版,制作蜡烛。二哥说:"你看你,你不是没去嘛!"二姐扭身而出,母亲瞟了二姐一眼,没再说话。我不知道他们到底怎么了,但我很开心。因为有蜡烛可以照明，强过煤油灯许多倍。二哥真是厉害，愣是把那块大大的蜡版，制成许多根长长的蜡烛，其中有几根还是红色的。那年过年，家里灯火辉煌，我觉得比往年明亮热闹了许多。但北面的白云鄂博对我来说仅此而已，如果南面是太阳，那北面就只是这烛火而已，所以我总是顺着铁轨朝南走。然而白云鄂博，是许多人向往的地方，因为白云鄂博是个很大的矿区，那是工人们集中的地方。那是大姑娘们喜欢的地方，比如村里的许多姑娘，尤其是春枝。

哈达图夏日的夜晚清凉如水，这水一波一波地从太阳落山的地方涌来，涌过田野，漫上火车站的站台。站台的灯光漫入水中，漫过铁道，漫过麦田，漫过村西的那口水井，然后淹没整个村庄。我并不着急去车站，我在享受这夜的水一片一片地漫上来，然后我就像鱼儿一样，自由穿梭在其中。我曾经给妹妹说过我是一条鱼，我扭动着身体，试图做出欢快游动的样子。妹妹笑我，这哪里是鱼，这明明是蛇嘛！我很沮丧，因为我太恐惧蛇，那真是一种再恶心不过的存在。我们并没见过鱼，却见过太多的蛇。我坐在西井边的石槽沿上，石槽里还有半石槽水，洒落着一些杂草，是傍晚羊群归家时喝剩的痕迹。一只蚂蚁在一颗草叶上附着，努力不掉进水里的样子。我把草叶拿出来，蚂蚁顺着草尖爬上我手指，我赶紧甩了一下，却不知道把它甩到了哪里。我有些不知所措，为自己的恐惧与鲁莽，为蚂蚁不可知的命运。夜色加深,姑娘们三个一群两个一伙,走向车站。她们或窃窃私语,或勾肩搭背,这大片夜的水,顿时活泼窈窕起来。

可我更喜欢看车站的灯光,在暗夜里把站台渲染得如梦一般。每当车要进站的时候,可以看到值班员挥舞着手中的灯,朝着站台两面的两个扳道房,舞出明亮的弧线,我觉得美极了。我坐在槽沿上,望着车站的灯光,车站上已经有人影晃动。站台与西井之间,有一块麦田,此刻黝黑的麦苗上方,迷蒙着一种明亮的光泽,丝丝涌动。

"猫女子?"我被吓了一跳,原来是春枝。我很少见到春枝,她并不多与人来往,说是整天待在家里。二姐说,那是她怕晒黑。其实我也喜欢白,我曾经努力待在家里不出门,然而用不了半小时,就跑出去了,田野对我的吸引力真是太大了。并且我的那些蚂蚱呀、蜻蜓呀、蝴蝶呀等朋友,它们会因此而很寂寞,我不能把它们独自丢在野外。何况我只能陪它们到冬天,冬天的时候,它们就死了。所以我做不到把自己捂白。

春枝确实是很白的脸,这在哈达图真是少见,二姐天生白,但也无法和春枝的脸比,春枝的脸白得发着瓷器的光泽。她的眼睛在夜色里分外明亮,闪烁着奇异的光泽。

"猫女子,你这个娃娃,坐在这里做甚了?"
"春枝姐,你的脸真白。"

春枝笑,很清脆的咯咯声,此刻分外清晰:"你这个娃娃,说甚了。我问你做甚了,这么黑了,还不回家?"

"春枝姐,你看到麦田上方的水了吗?"

她朝麦田望望,有些莫名:"啊呀,哪来的水了?"

"它们上头就是流动着水,是从太阳落山的地方流过来的,就流在麦田上方了。"我还是朝着麦田。

春枝摸摸我的头:"哦,好吧,你说有就有吧。"接着她掐了掐我的脸:"天黑了,你快回家吧,我去车站呀,你一个人别在这水井边发呆了。"

"你为什么一个人去车站?我二姐她们都相跟着人。"

"你为什么一个人在井边坐着?"

不知道为什么,我们俩同时笑起来,心照不宣的样子。我突然觉得她无比亲近,就从石槽沿站起来,拉住她的手。她的手冰凉却温润而绵软,我甚至被这种软吓了一跳,差点收回手去:"春枝姐,你的手可真软啊!"

她拉起我的手,细细摸了摸。她的抚摸让我有些惭愧,因为我的手是脏的、涩的。摸完后,她蹲下来,拉着我的手,看着我:"猫女子,你看你这么个好看的女女,就不知道多洗洗手,你看你的手,都夏天了,还皴得像个干馒头。"

她站起来,拍拍我后背:"你多洗手,你的手也就成了绵的了。"

我把手从她手里抽出来，藏在背后。她笑，从背后拉出我的手，攥紧："怎么，不好意思了？没事，姐小时候也这样，等你长成大姑娘了，你的手自然就绵了。"

我不明白为什么长成大姑娘，手才会绵。就如我不明白为什么变成大姑娘了，就会突然变得羞涩和扭捏起来。这让我很矛盾，我希望长大，希望手是绵的，然而我不喜欢那种扭捏的姿态，一点儿都不舒展，仿佛被什么东西憋着，弯腰马趴的样子。我记得二姐曾经高声粗气地骂我、骂山雀儿。可是突然有一天，变得说话低声下气，见人来家，会悄悄躲出去，不再发表自己意见，等人家走了，才会对着母亲或我们絮叨。难道长大了都变成这样了？我才不愿意。

她又拍拍我的头："赶紧回家吧，快八点了，我也去车站呀。"

与她突然建立起来的亲近感，一下子就没了，我有些沮丧。其实我也想去车站，我还喜欢看那绿皮火车的车厢窗口，晃动的人影，与车出站后车站上突然萧条的样子。这种萧条，不仅是站台因车离开的安静，还有姑娘们默默的身影。她们在上站台前，花枝招展，充满朝气与活力，是一朵花绽放的样子。可是车走后，她们大多一个个如经了霜，无精打采。回家的路上，她们都不说话，不再勾肩搭背，只顾朝家的方向走，空气里都是各自无法言说的心事。可是我喜欢这种萧条，我觉得这是最神秘最安详的一刻。我跟在她们后面,听不知名的昆虫在草丛里低低鸣叫,听姑娘们轻轻地呼吸,甚至可以看见她们柔软的胸脯起伏。很多年以后,我依然觉得安静的夜晚,就是姑娘们的胸脯,柔软流动,高低起伏,丰满也落寞。可是我想不明白,这样的情绪在第二天晚上完全消失,她们又欢呼雀跃,呼朋引伴地走向站台,那前一晚的情绪,仿佛从来没有存在过。这让我好奇又失落。

我准备往回走,一边问:"春枝姐,你去车站做什么?是要去接人吗?"

她笑,不回答我,只身朝车站走去。

我其实知道她不是去接人的,村里的姑娘们并不是接人才去车站,她们几乎每天都精心打扮地去,哪有那么多人可接?再说接人用那么用心打扮吗?但她们到底为什么要去车站,我真的不知道。想想她们也不知道我为什么老往野外跑,她们也并不知道我能把阳光装进眼睛带回家,我就不气恼了。大概世界就是如此,每人都守着自己的一份东西秘而不宣。不过,是不宣呢,还是宣不出来。想不明白的时候,我就不管了,比如此刻,夜的水更加丰盈,我厕身其中。

春枝朝着站台走去,她的身影虽然孤单,但却看不出寂寞,甚至能感觉到某种热闹与生机围绕着她。她个子并不高,却匀称紧致,走起路来很好看,有着特别的韵致。我知道村里的小伙子议论她走路是"一摇三圪节"。我不知道他们是赞美她还是笑话她,因为从他们的语气里好像是鄙夷的样子,可眼神里分明是某种喜爱。但说这些的时候,他们身边的姑娘们都笑了,然后更加端庄起来。我并不觉得春枝走路是摇晃不已,我看出的这是一种流转的风韵,就像花儿,那是花儿迎着微风的状态。花和草对风的态度完全不同,换句话说,风对花和草的态度本来就不同。风过草时,是随意的,甚至是粗暴的,呼地就过去了。草当然是倔强的,毫不妥协的,直愣愣地顶过去,一副视死如归的样子,就像我怒骂东头起郭家小胖子,坚硬而恶毒。我是领教过草的厉害的,我的脚踝上经常伤痕累累,那是从野外回来,草和风互相斗争的结果。而风过花儿的时候,是小心翼翼的,甚至是讨好的。花迎上去,身姿柔软,舒展美好,每一次摆动都情意深深。春枝就是这样的姿态,只是我不知道吹向春枝的风是什么,让她如此风流婉转。

我回家并不进屋子,只坐在院子里呆看月亮。二姐和几个姑娘从车站回来,我看见她们身上沾满月光,仿佛拍一下,那些光就会纷纷落在地面上,如羽毛一般。然而她们也不进院子,只坐在大门的草丛旁小声说话。我怀疑她们也是被清凉的月光吸引,不舍得进去。村庄如此安静,夜如此安静,她们的谈话声传入我的耳朵,由于月光的清洗而分外清晰。

"你看人家春枝,真是。啧啧啧!"

"怎么,你羡慕了?那你也好好扭屁股,也来个三圪节!"

笑声就传过来,清脆的、沙哑的、尖细的混合在一起。我能想出她们笑起来的样子,有捂嘴的,有低头的,有抱着别人肩膀的,完全就是花在风里的样子。我觉得她们就是月光下的一群花朵。

"我才不了,我还怕扭断腰了!"

"我看你是扭不了,直僵硬棍,连两圪节都扭不了。"

大概有谁站起来,做着走路摇摆的样子。土夯的墙很矮,并且有缺口,那是我和四四为抄近路出去,跳来跳去导致的,当然还有我三哥。为此我不少挨二姐的揍。月光下,虽看不太清晰,但能看见她小布衫挥动月光,一片迷蒙而灵动,花在风中摆动。

然后又是笑声响起,声音很大,和着她的动作,搅动得月光也迷乱起来。接着她就倒下去,能看到捂嘴的动作,大概是笑着倒在另一个姑娘身上,真是像极了一朵花被风吹倒的情形。

"不行,不行,真不行,一点都不像,快不要扭姿作怪了。"

又是轻微的笑声,轻轻传来。

"哎,你没见老沈那个骚巴头,看春枝那个眼神,哎呀呀,真是恶心了。"有谁愤愤。

"是了么,可是春枝也是太佻了!"

我知道这个老沈,是一个老工人。因村里人们和车站工人相处很好,工人们经常到村里收鸡蛋、买肉。他们来到村里,村人们紧张接待,不仅可以知道外头的事情,还可以把家里的农牧产品换成钱,那真是开心的事情。我最喜欢工人们来我家,他们走后,母亲就可以给我买作业本了。老沈来过我家几次,圆脸白肤,慈眉善目。我并没觉得老沈不好,可是姑娘们特别不喜欢他。老沈来家,母亲自然热情相待,可是二姐总是板着脸。老沈走后,二姐还要说母亲:"这样的人,你用那样对他好了?"母亲说:"挺好的么,又不和咱做亲。"我也说:"我觉得沈大爷挺好的呀,笑嘻嘻的。"二姐扬手,要打我的样子:"你懂个屁!"我赶紧跑开,心里咒骂:"灰圪泡。"

我确实觉得老沈挺好。因为老沈不仅经常笑嘻嘻的,而且还给过我糖吃。有一次,我追逐着两只蓝色的蝴蝶,那真是少见的颜色。我被它们吸引着,一直追到铁轨旁,眼看就要追到了,一辆火车驶来,我只好停下来。蝴蝶趁着这工夫,翻飞着过了铁道。火车呼啸而过,我坐在道边的草丛里,沮丧极了。后村的仙娣拿着一篮鸡蛋走过来,她比我稍大一些。她问我:"猫儿,你这气呼呼的是怎么了?"我不想说因为蝴蝶飞走了,就没理她。她拉起我来:"走吧,去车站吧,我妈让把这篮鸡蛋给了老沈。"我听说是给老沈鸡蛋,就跳起来,上次老沈来家里,给了我和四四几颗糖果呢,我觉得他真是个好老头。

老沈正一个人在值班室里抽烟。他看见外面有人来,立马堆下笑来，过来就亲切地揽着仙娣的肩膀。仙娣一拧身，躲开，把鸡蛋放到桌子上："沈大爷，我妈让把鸡蛋给你，二十八个，你点一下。她说，正好是上次你给的钱的数目。"老沈笑笑，又摸上仙娣的脸："你看你妈，不用着急么，我去你家拿也行，看把你给累的，大爷给你擦擦汗。"我其实并没看到仙娣脸上有汗水，觉得老沈也太热情了，竟然婆婆妈妈的。仙娣却又扭过脸，转身走到桌子另一边。老沈还是笑，过来把我揽在他身边。他坐在椅子上，我就斜靠在他的胳膊弯里。仙娣向我眨眼，示意我到她身边来。我以为她要和我说什么，就离开老沈，走到她身边："仙娣，你要说什么？"仙娣不理我，转向老沈："你把鸡蛋拿出来，看放哪里，我妈让我早点回去。"老沈还是笑："啊呀，你看我忘了，行，我找个家具。"说着就在桌子底下找出一个铁盒子来，一边一颗一颗地出声数着，一边小心地把鸡蛋放到那个铁盒子里，然后又把铁盒子放到桌子底下。仙娣拿起篮子，拉着我的手就走。老沈却一只手试图再次抱仙娣的肩膀："啊呀，陪陪大爷么，闷的，大爷这有糖呢！"另一只手掏他的衣兜。仙娣拉着我灵巧地跨出值班室大门，一边扔出一句话："大爷，我们不吃了，我们走呀。"

我还是想着刚才仙娣对我眨眼，到底想说什么，难道是我做错什么了？这样的眼神，我在二姐那里经常看到，往往是在别人跟前，她突然向我眨眼，我就知道自己肯定哪里做的不符合二姐的心思或规矩。事后,果然二姐就会说我缺心眼,没成算。可是今天我什么也没做啊,甚至连话都没说。

我问仙娣:"你到底要和我说什么,不停眨眼的。"

仙娣拍拍我的头,她比我高了有一头了。她说:"你不省的?老沈是个骚巴头!"

我诧异:"甚是个骚巴头了?"

仙娣瞪大眼睛:"天呀,你连这个也不懂得?"

我有些脸红,为自己的无知。

仙娣叹口气:"哎,你还小了,长大就懂了。"

我有些不服气:"你才比我大一岁,也不是特别大啊。"自己说着都觉得没底气,后面几个字就秃噜着了。

仙娣朝后村走去,一边说我:"怪不得人家说你是书呆子,不管怎样,你以后离老沈远些!"

我本来想问问母亲,但又觉得这或许不是一个什么光彩的问题。如果是的话,仙娣就会告诉我了。为此,我郁闷了好久,再见到老沈时,不自觉地就离他远远的,虽然我确实没有觉得他坏。

可是今晚却又听到姑娘们说他是骚巴头,并且是鄙夷不屑的口气,看来老沈真有让人不喜欢的地方。

"是啊,春枝确实太佻了。不过那也是她妈教的,我觉得。"

"就是,她妈给工区的人做饭,就是个老妖精。"

"倒也不能说是老妖精,就是她妈一心想让她嫁个工人。"

"你还说她不是妖精,你看她,老眉圪缩眼的,还经常把自己打扮得红红绿绿的。"

"我听说春枝看上车站的小崔了?"

"我们都知道了,可是人家小崔好像不太搭理她。"

"小崔就是精干了,他能看上春枝?快不要说怪话了。"

有谁在低声哧哧笑:"人家看不上春枝,难道是看上你了?我看是你看上小崔了吧?"

"你,你,你……"是气急败坏的声音,并伴着拳头击打的声音。谁站了起来,笑着跑开,夜深了,我看到她嘴里呼出的白气,与月光融为一体。

"你们也不要说人家春枝,谁不想嫁个工人呢?"不知道谁幽幽地说了一句。打闹声立马停止,所有人都不说话了,一切动静都消失,整个村庄仿佛只剩下月光。矮墙的影子原来长长的,现在变得很短。

静默了很久,我已经不关心她们说什么了,我只看着矮墙的影子,还有大门口的几丛马莲,由于刚落了花,那些饱满的籽荚在月光中投下小小的浓浓的阴影。我想着里面的那窝蚂蚁,现在是不是也睡了。

过了很久,有人说:"快回家睡觉吧,说甚也不顶事,那是命!"

姑娘们都站起来,几乎都重复着"命"这个字。一时间人影散乱，姑娘们朝前朝后朝左朝右离开我家大门，散去了。月光仿佛也散乱了一样，直到二姐走到我跟前，月光才又聚拢，整体地安静下来。

二姐看见我，瞅了我一眼："你在这里干什么，不回去睡觉？"

我也回瞅了她一眼，不想理她。二姐一把拉起我来："赶紧回家，傻瓜，你看你凉得清鼻涕都出来了。"

我推开她："你别管我，你挡住我的月亮了。"

"你个傻圪泡，又犯痴的毛病了。"二姐不由分说，把我拉回家。其他人都睡了，我脱了衣服，挨着母亲睡下。二姐挨着我，一把把我抱怀里，轻声说："看冰的，傻圪泡。"二姐虽然也很冰凉，但她柔软的身体，让我一下子温暖了起来。我缩在她怀里，看着糊窗纸上破洞漏进来的月光，在棉被上形成一小团一小团的光斑，水一样，就这样在潋滟中，我睡着了。我依稀又看到春枝摇晃着走向车站，她又粗又长的辫子，在丰满的臀部，随着走路而来回摆动，风姿绰约。她甚至回过头来朝着谁笑，脸泛着瓷器的光泽。

我曾经看到过小崔和春枝在一起。包白线的绿皮火车，是运送工人的专列，顺带负责这一条线路的人们的交通出行，每晚八点都在哈达图车站准时停靠。这个时候去车站的人很多，尤其夏天，有接人的，有接菜的，有去玩儿的。而晚上又是人们的空闲时间，去车站大概等于消闲休息。所以人们晚上会去车站，尤其姑娘、小伙。然而我见到春枝和小崔的时候，却不是在车站，是在离车站不远西面的油菜花田旁。

那是一个夏天的下午，油菜花开得正旺，花田上方飞舞着许多蜜蜂，嗡嗡嗡地让人头疼。蜜蜂是我最不喜欢的昆虫，因为不好看，而且还蜇人。不像蚂蚱呀、蜻蜓呀、蝴蝶呀，甚至还不如蚂蚁，小小的可爱。然而大人们却不这样认为，他们觉得蜜蜂能酿蜜，虽然丑，可是实用。我不以为然，我宁愿不吃蜂蜜，也不要喜欢蜜蜂，即使后来吃到香甜可口的蜂蜜，但依然喜欢不起来。我穿行在油菜花田里，时不时折一枝比较周正的花枝，小心地插在我凌乱的发辫上。时而有蜜蜂飞过头顶或身边，我挥舞着胳膊，使劲儿赶开它们，然而又怕被蜇，还得快速躲开。我头上插着油菜花，手里也拿着几枝，一边挥舞着胳膊，一边躲，就小跑着出了地头。刚出地头，却被吓了一跳。明亮亮的野外，我以为除了我，是没有人的，怎么竟然有两个人，坐在那里！我一闪身，头上的油菜花就掉下来，我愣在那里，不敢动。是春枝和小崔。春枝穿着绿色的短袖上衣，领口开得很低，从我的角度能看到她丰满的半个乳房。她的脸微微红，很好看的颜色，眼睛波光潋滟。小崔两手抱着膝盖，说着什么话。他们见我也是吃了一惊，同时把目光朝向我。

"哎呀，这个娃娃，吓了我们一跳！"春枝长吁了一口气，我看到她鼻翼上的绒毛,纤细分明。

小崔也长吁了一口气,向着春枝:"没事,是个小娃娃。"

春枝捡起我掉在地上的油菜花,摩挲着放到鼻子边闻着,姿态实在好看。小崔斜着眼看春枝,把油菜花拿过来,小心地插在春枝的鬓角。春枝一边躲着,眼神慌乱:"啊呀,不用,不用。"一边却又把头靠过去,乖乖地让小崔插那朵花。眼睛却又看着我,脸更红了。小崔只不说话,专心地插着那朵花。

我觉得奇怪,想问问他们为什么不在屋子里说话,而要跑到这外边。太阳红愣愣的,春枝不是怕晒吗?这会儿怎么就不怕了呢?但我没问出口,只把手里的油菜花也给了小崔,心想,他不是喜欢给春枝插吗,那就多插几朵。反正春枝的头发黑油油的,梳得整整齐齐,很好看,不像我的头发,乱蓬蓬的。我突然觉得很没意思,一边走,一边摸着把头上的所有油菜花,都揪下来,一枝一枝地扔在身后,也把春枝和小崔扔在身后。路过工区的时候,我看见春枝的母亲坐在车站门前的椅子上,抽着一支烟,和一个工人聊天,她的腿上,搭着一块围裙,脚边放着一个篮子,篮子里是几颗西红柿和一个茄子。车站有个小食堂,是雇了春枝的母亲做饭的。她的脸上大概搽着一层白粉,却不均匀,浮浮地搁在上面,看起来有些滑稽。村里有许多女人抽烟,但我觉得姿势都不好看,只有春枝的母亲的姿势是不一样的,说不上是好看或不好看,只是看起来特别。她两只手指夹着烟,无名指和小指头就翘起来,像唱戏的样子。

见我过来,吐出一口烟,说:"猫女子,太阳晒得红愣愣的,瞎跑甚了,小心中了暑吧!"

因为我凌乱的头发,我的心情相当不好。我一边快速跨过铁道,朝村里走去,一边丢下一句:"小心你们家春枝中暑吧,太阳红愣愣的,瞎跑甚了!"

大概她被我说愣了,咕噜了一句:"这个憨闺女,枪打货,说的甚了!"

我已经飞快跑向村子,手里的油菜花也不知道什么时候没了。

秋天的时候,我和二姐去道西拔荞麦。所有的庄稼里头,我最喜欢拔荞麦,因为荞麦根扎得浅,很轻松地就能拔起来。路过车站,我看见小崔和一个女人,手挽着手,坐在站台的凳子上。

看见我和二姐,小崔笑嘻嘻地打招呼:"二莲,你这要干什么去呀?"那个女人看我们,一脸微笑。她肤色稍黑,却有挺直的鼻梁,是我见过的最直的。我下意识地摸摸自己的鼻子,还不算太塌,但却真是不坚挺。

二姐回答:"额,道西有块荞麦了,拔荞麦去呀。"

二姐看看那女人,意识到什么:"小崔,这是你媳妇儿吧,真漂亮,甚会儿结婚呀?"

小崔摇摇那女人的手:"快了,下个月初十。"

二姐拉着我走向道西,一边说:"记得给我们吃喜糖啊。"

那女人把头靠在小崔的肩膀上,齐耳短发垂过来,遮住半边脸,娇媚异常。

小崔依然五指交叉着那女人的手:"好的,好的!一定,一定!"

那天在油菜花地头,小崔认真地给春枝鬓角插花的情形,在我脑海里浮现,我觉得那个场景很好看。可是今天这个女人微笑着倚在小崔肩头的画面,也很好看。然而我莫名地有些悲伤,不知道为什么。

拔荞麦的时候,我不由得问二姐:"二姐,你说春枝好看,还是这个女人好看?"

二姐被我问愣怔了:"哪个女人?"

"就是小崔拉着的那个女人啊?"

二姐拔荞麦很快,很轻松。母亲说过:"拔荞麦,等于住娘家。"她毫不思索地说:"当然这个女人好看,春枝算什么?"

我有些不平:"明明春枝白白的好看,这个女人黑的。"

二姐头也不回,依然朝前拔:"白管甚用了,人家这个女人是城市人,包头的,有工作了。"

我觉得二姐的回答牛头不对马嘴,我是问好不好看,这和城市人与农村人有什么关系嘛!然而不知道怎么再问二姐,就随口说:"那春枝不是白白了?你们不是说'一白遮百丑'嘛,再说，春枝又不丑。"

二姐却停下来，坐在荞麦垄里，她叹口气："春枝费尽心机，甚活儿都不干，就是为了找个工人，还是不能配上小崔，哎，也可惜了春枝她妈的努力了！"

我不明白二姐的意思，只是那种莫名的悲伤情绪还在。我剥开一颗嫩荞麦，把白白的荞麦芯放嘴里，甜甜的。我知道村里的姑娘们并不喜欢春枝，包括二姐，然而我从她的口气里却听出了她是替春枝惋惜。我真不理解这些大人们，一会儿喜欢，一会儿讨厌，到底哪一种是真实的呢？

快过年的时候，春枝出嫁，嫁的也是一个工人，说是白云鄂博。他们家做了好大的事宴，是待全村的。在哈达图，只有有钱有脸面的人家才会在做事宴的时候，待全村的。我很开心，因为这样的日子总是荡漾着一种类似于过年的气息，欢天喜地的。我去吃饭的时候，看到了春枝，她正在屋子里梳妆打扮，瓷白的脸上荡漾着幸福的笑容，是愉悦的样子。春枝经过这一精心梳妆，我觉得更加美丽，像一个仙子，是那种年画上仙女的样子，眉是黑的，脸是粉的，唇是红的，牙齿是白的。然而我却发现好像少了什么，但我想不起来少了什么。

赶事宴回来的路上，二姐和巧巧聊天，我吃得肚子滚圆，因为里面有我最喜欢吃的烧鸡，我吃了很多。然而睡意却袭来，没精打采地听着她们说话。

"春枝还是行了，最终嫁了工人。"

"行甚了，你不知道小崔结婚的时候，春枝哭得死去活来。"

"不是哇，我咋没听说？春枝很少和别人在一起，人家总是独自在家的，你怎么知道？"

"我也是有一次无意间听到我妈跟春枝她妈说话，才知道的。"

"哎，也是可怜，爱了人家小崔一场！"

"爱甚了，人家小崔人长得好，家庭又好，春枝就配不上人家。"

"我就是觉得可怜，就算配不上也可怜。"

"也不可怜，最终人家嫁了个公家人，也算不错了，你没看见春枝今天上轿时，眉开眼笑的样子。"

"这样说的话，也算她达成心愿了。可要是我，我可不嫁，一个瘸子，实在不能说是个好走处。"

"也不算瘸得厉害，我今天看到了，只是稍微有点圪拐，人也算精神。"

进门的时候，门槛绊了一下，我突然就从瞌睡状态清醒过来。是的，那个男人是有点瘸，春枝确实是笑容满面的，然而确实少了一点东西。我一下就想起来，那天春枝和小崔在油菜花地头，春枝眼睛里水光潋滟的样子。是的，春枝的眼睛里没有了那种水波，我不知道，那些水哪里去了。

五　二爹的菜园子

我和四四，还有小伙伴们总是跑到后村的菜园子里去。

那里有白菜，白生生的叶帮，翠绿色的边叶，安静地卷着，有时候会露出鹅黄的叶芯。一排一排，水嫩嫩一大片，看得人心里麻酥酥，凉盈盈的，都是夏日里的清风。胡萝卜藏在黑色的土里，将一小截黄红色的屁股露出来，圆圆的屁股眼里长出深绿色的萝卜缨子，脆生生那么高，浇过水后，细小的水珠子隐藏在同样细小的叶缝间，闪闪发亮，细雾腾腾。当然，蔓菁也一样，但蔓菁不喜水，旱地蔓菁更香甜，所以，园子里少见蔓菁。主要是这两种菜，供给村人们漫长冬天的消耗。偶尔一年，会见到蚕豆，一长排一长排，翠绿茂盛，像一排排列队吹着喇叭的仪仗队，尤其是结上了一大夹一大夹豆子的时候。甚至会碰到小瓜，指甲盖大小的果实匍匐在地面上，圆鼓鼓的，给人无限希望。可我从来都没有吃过菜园子里长成的小瓜，没有长成就中途夭折，还是很早就被别人吃掉了？我不得而知。我家的院子里，也有一片小园子，是母亲开辟出来种菜的。母亲是山西人，爱在园子里鼓捣些南瓜呀、西葫芦呀、葱呀……我曾经种进去一颗杏核，竟然长出了苗，我殷勤浇水，以为不久可以是大树，可以开花、结果。母亲说：桃三杏四梨五年。我要耐心等着。可是，好像过了好多年，它还是那么二尺来高的样子，散着稀疏的叶子，我泄气了，知道它是不可能结果实的了，心中充满了无限悲哀。其实也没过很多年，也就是一两年的时间。只是那时候的日子很漫长，漫长到日头出来到落下，都可能就是永远。所以，后来我想，那些小瓜，或许如我的杏树一样，只是梦一样，声势浩大，立马铺天盖地的样子，可是，不久便偃旗息鼓。蔬菜固然让人欢喜，可园子里还有一个很大的水池子，其实是一个开口很大的井，井里水清澈无比，可以看见井壁是由石头砌上来的，可以看见一粒粒密密麻麻的小水珠，停靠在石壁上，懒洋洋地变成小水泡，再一个水珠立即聚拢过来。水多的时候，看不到底。我不敢到井沿上去，我总是担心会掉下去，再说，二爹也不让过去。小孩子一靠近水池，他就会挥舞着胳膊，或者手里拿着铁锹，抑或锄头，总之一个什么农具，大声呵斥："腾开，腾开，想往进跌了？"但总是有胆大的孩子，站在井沿上，我也斗胆站过，但从没有发生溺水事件。水浅的时候,能看到底,其实并不深,底下是石头和淤泥,毫无神秘可言。但有一池水,足以让我们高兴了。何况,菜园子旁边还有一小片榆树林,大概有二十多棵榆树,或许更多,也或许少一些,但足以在夏天让我们尽情游玩了。春天榆钱儿嫩黄成一大串一大串,身手矫健的伙伴,噌噌几下就爬了上去,扔下榆钱串来,我们吃的满口流黄绿色汁液,像极了雏鸟的嘴巴。

  多数时候,我会一个人去菜园子。我不想带四四,走路慢,拖泥带水的,一会儿鼻涕流出来了,一会儿鞋掉了。虽然,她并不求助于我,但我就是烦她。我在田埂上走走停停,看一只菜粉蝶从蚕豆丛里扇动着薄薄的翅膀,颤巍巍飞到白菜上,翅膀上似乎能落下它的白粉来。两棵白菜,头挨头紧靠着,挤暖暖一样,这么热的天,需要吗?我伸手想分开它们,看看远处劳作的二爹,就作罢。累了,我会躺在小树林里,听野蜂嗡嗡飞过,它们的家在哪里,是在那些土墙上的小洞里吗?想到这里,就后悔捅破它们的身体,去吸取那些甜甜的汁液。菜园子里总是有这样那样的声音,不很大,细细的。野蜂没来,蝴蝶没来,小昆虫不闹的时候,我甚至能听见蚕豆乐队奏出的音乐,随风而或高或低,有时会是几棵蔬菜窃窃私语着什么。我想告诉母亲或者二姐,说我听到两棵胡萝卜的谈话声,但想想她们一定不相信我,就不说了。好多时候,我躺在小树林里,就睡着了。我看见一个女人,从园子右边的水池边穿过,绕到园子的北边,停了下来。二爹从菜畦里起身,迎着走过去,去哪儿了,我不知道。园子里静极了,原野里也静极了,蔬菜们、昆虫们,甚至风都困了,摇头晃脑地点瞌睡。我听见有人在说话,是二爹和那个女人吗?时高时低,听不清楚。后来,就什么声音都没有了,但似乎有喘息的声音,是牛吗?是羊吗?忽然就醒来,太阳明亮亮的,风轻轻刮过,蚂蚁爬上了我的腿,二爹坐在田埂上抽烟,哪有什么女人?我想我是在做梦,那蔬菜和萝卜的说话,以及男人女人的说话,其实都是我梦到的?可能是吧。回头看看偌大的田野,那么大,也像梦一样虚无缥缈。我该回到村庄里去了,回到家里去。

田野是那么大,大得不知道它来自哪里,去向何方。我试图追过太阳,想一定会赶到某个边上,将这一小团蛋黄样的东西,轻轻一捏,会有汁液流出来,软软的,湿湿的,像草丛里雏鸟黄色的嘴巴。可是我走了好远好远,仿佛几个世纪(虽然我对世纪没有任何概念,但一定是渺茫的长),它都没有落下,田野的边缘还和它一样遥远,我失落沮丧,进而恐惧。田野巨大,野外的风就格外孤独,一大片,抑或一小缕,哪怕一小旋,都那么单薄,孤零零的,它停留在某个地方的时候,像极了一个牧羊人,坐在背风处,蜷着身子,一动不动的姿态。草十分硬,虽然我知道牛羊咬断草的身体,它会流出柔软的汁液,那一定是草的眼泪,宿命一样的眼泪。那么它内里一定暖和的、温湿的。

可是，风来风去，它却那么坚硬，刺棱棱立着，不合作的态度。光着脚踝从野外归来，定会有些伤痕，那是坚草锋利的叶缘留下的印迹。这些草，从来都是叫坚草。我从来没有恨过坚草，虽然，我是个"睚眦必报的小人"。但是，我不恨坚草，从第一次看到牛羊用舌头"撕拉"揽过，随即生生咬断，那些汁液从牛羊口角流出时，我就原谅了它。何况，总有一些细碎的小花，杂开于其间。那么凌厉的草原之风，路过这些小花时，也变得小心翼翼起来，走一步，绕三步，东躲西避。花朵们就挤眉弄眼地笑，笑得前仰后合，勾肩搭背，东倒西歪。我曾无数次地停留在野外，身临这些场景，我确定，坚草也在笑，它收敛着锋利的边缘，笑得开心而哀伤。我觉得和它从来就没有深仇大恨，我们从来都是肩并肩、手挽手的。

草原是如此巨大，孤独而坚硬。而小小的村庄，就分外温暖起来。如果你坐火车路过内蒙古高原，你会深深地发现，行进了好远，一望无际的平坦的草地上，突然出现一个孤零零的小村庄，二十来户、十来户，甚至几户、一户。前无遮，后无拦，单薄的泥房子。你一定会生出无限凄凉之感，觉得这些房子，会被一股大风吹走。你也会顿生怜惜，想将之拥入怀中。可是，这其实是错觉，它虽那么小，却坚韧而温暖，生生不息，前不知多少年，后不知多少世。

哈达图就是这样无数个村庄中的一个，像一个逗点，或者电线上歇脚的麻雀。然而麻雀会飞走,逗点会随着书籍的废弃而消失,可哈达图永远不会,虽然它那么孤单地停留在长长的包白线上。草原,草的原,所以草多,树少。偶尔见到一两棵,大多是榆树,同样单薄而虚弱地站立在偌大的原野上,与蓬勃的草们相比,底气十二分的不足,像是迷路在人间。如果说村庄中和了草原的坚硬与内敛的深情,使草原温柔可亲。那么什么来中和草原村庄的游离,以及好像随时就会动身而出的态势呢?是一片树林、一池水、一片菜园子……这些物事是一面镜子、一盘炕、一座锅台、一口井、一个安详的女人,他们轻轻地出现,草原村庄就立刻尘埃落定,云淡风轻,牛羊下来,鸡鸣烟生,夜来了,一切该聚拢的都聚拢了,所有的物质与精神。

哈达图多么好,有一片小树林、一池水、一个菜园子。

菜园子其实是村里的,但我一直认为是二爹的,因为一直是他侍弄着这些蔬菜。

母亲在我家的小园子里,压瓜条。她凌乱的头发落在脸上,湿湿地沾着。我说:"妈,后村的菜园子是二爹的吗?"她正掐掉一颗南瓜拐心:"不是么。"我说:"那为什么二爹能种?"母亲伸手把头发别到耳后,脸上就出现了泥道子:"那是你二爹包的。"她用小锄把一截瓜条用土压紧了,再继续压剩下的一截,一只手一直捏着瓜条,另一只手不停地动。我把腿上的一只蚂蚁扒拉下去问:"那我们也包呀!"我想如果这样,可以每天吃到新鲜的蔬菜，还有那些小瓜。母亲抬起头来瞅了我一眼："晒得红压压的，你快回房里吧！咱包了菜园子，你去放羊呀？你去种地呀？"看到母亲撵我走，我不吱声了。心想包菜园子和种地、放羊有什么关系。院墙外走过来一个女人，是二大娘。她从院墙外绕进来，一边说："二老板，你这瓜长得好了哇！"母亲直起身子："还行了哇，要是在山西，要比这好多了。"她已经压完了一棵，站起身，从园子的小口跨出来："来，进家吧。"

二大娘是河北人，口音很重，她很喜欢我，我也爱有事没事到她家里去。经常是二大娘一个人在家，因为二大爷白天去放羊，那是一个温和的很少说话的老头，比二大娘老多了。我总奇怪二大娘怎么会有如此老的一个丈夫。有一次，我在二大娘家院子里玩，二大娘和三爹坐在她家炕上说着话。母鸡从她家鸡窝里钻出来，"咯咯嗒……"一个劲儿地炫耀。我从鸡窝里摸出那颗还热乎乎的蛋，跑到屋子里交给二大娘，呼呼地说："大娘，你看，你家鸡下了个狗蛋！"二大娘和三爹互相看了一眼，哈哈大笑，我也很高兴，为自己蹩脚的小聪明。那天，二大娘给我煮了这个鸡蛋吃。

母亲和二大娘，坐在炕上，说着话。院子里的狗，伸着长长的舌头，天很热。

"二老板，你家猫猫儿能上学了吧？"

"还差一岁,人家学校不收。"

"额,七岁了,快得多了!才记得你抱着个大肚,上大禾家的炕,那时候,还在后村了。"

"哎,是了呀!"

"你看,娃娃都七岁了,可是你看大禾整天呼哧呼哧的样子,也是个没福的。"

"我就是这命,先是什么地主人家,吃不饱,现在你看他那个样子哇。不过,还是好的,娃娃们饿不上肚子了。"

"三十年河东三十年河西了,你看我们家不也是成了放羊的了。"

两人呵呵地笑。

"是呀,你看,我从山西来,嫁了个府谷蛋,你倒是一家人,也不是放了羊啦?"

"老府谷的命还算行了。三条儿就二儿打了光棍。"

"二禾也行了,包个菜园子,一年也抬掇不少。"

"哎,咋也没个女人不行,挣多少也落不住。"

"他一个人,落下了也没甚用,再说,套雀儿还得几颗米了。"

我听不懂她们说什么,也不太感兴趣,就坐在门槛上,看我家的帽帽鸡和公鸡打架。我站起来,准备帮助帽帽鸡,赶开可恶的公鸡,它总是欺负草鸡。我捡起一颗小石子,扔向公鸡,大骂:"圪泡,不会下蛋的东西,就省得个欺负人!"母亲和二大娘大概听到了,齐声笑。二大娘说:"你个憨闺女,那是人家鸡踏蛋了。"我诧异,二大娘说:"不踏蛋的鸡孵不出小鸡来。"我还是不明白,觉得真是奇怪。我起身,准备看那只公鸡现在在哪里,看见二爹从房后矮矮的院墙进来。我告诉母亲:"妈,我二爹来了。"

二爹手里提着几棵白菜,和一小袋豆荚,我高兴极了,跑回家,把这些东西接下来。母亲把二爹让上炕,二爹只半个屁股坐在炕沿上说:"坐一下下,我还得赶紧回去,要不娃娃们趁我不在,又祸害菜呀。"二大娘把烟锅递给二爹,笑着:"你还记得你这个嫂嫂了,还算有良心,就是么,七莲吃不了的,也该给你嫂嫂拿点,家大口大的。"二爹急了:"二嫂子,你说的甚了,尽说没的。再说,菜咋敢随便吃了,人家队里要数量的。"二爹抽着旱烟,嘴里冒着烟雾,抽了几口,就匆匆离开。母亲把白菜和蚕豆分给了二大娘一些,二大娘推辞着,我帮着母亲往她手里塞,我吃了二大娘好多好东西,自然希望二大娘拿走。我说:"大娘,等我家西葫芦长大,我还要给你西葫芦了。"二大娘对母亲笑:"你看,亲了的有回报哇,都知道吃里爬外了。"母亲也笑:"娃娃吗,有奶便是娘。"

二大娘又坐了一会儿,走了。我看见她出门左拐,朝三爹家走去。我回来对母亲说:"二大娘又去三爹家了。"母亲瞪了我一眼,"啪"一巴掌刮上来:"就你能,快喂鸡吧。"

哈达图分为"南村"与"后村",有二里来路。哈达图其实很小,我不明白为什么分成两个村子。南村住的人多一些,后村少一些。二爹住在后村的窑洞里,那是一眼土窑,母亲说我就是出生在那个窑洞里。那时候继父一家全部住在后村,直到母亲嫁进来,生下我之后,在南村盖了房子,才搬到了南村,分门另过。而那眼土窑,就成了二爹一个人的住处。那是一个黑洞洞的屋子,只有一个小窗子,透进来的光线远远不够,屋子里就阴沉沉的。我去过几次,觉得不好,总是不肯多待。多数时候,是给二爹送点稀罕吃的,我赶紧把东西放下,就跑出来。我不知道,二爹是怎样在这个黑魆魆的屋子里过日子的:他的灶总是冷的,不见半点烟火;他的炕总是冰凉的,没有一点温度。不过他的红色躺柜倒经常一尘不染,包括他炕上的油布,也是干干净净,没有些许灰尘。二爹不苟言笑,我想是不是他太寂寞了,这样的一个窑洞,住在里面的人,要有多冰凉。

可是,二爹的菜园子,永远充满生机,青翠满眼,葳蕤喜人。二爹在园子里走来走去,家里的那些孤凄气象一下子全部消失,这真是一种神奇的转换。二爹在家里,几乎是弯着腰的,眉头紧锁的,可是,在从家往菜园走的路上,他就完全变了个人。我不知道,是他在路上一件一件丢掉窑洞里的萎靡气象,还是到达菜园时,一下全部甩下的?总之,二爹,现在是一个王。

他双眼发亮,面容舒展而自信,浑身充满力量,正一个一个宠信他的后宫佳丽们。他把两棵大白菜间的一棵小白菜拔掉,好像拿走的是两个女人之间的矛盾。那两棵菜,也马上腰直背挺,精神焕发;他拔掉萝卜地里的几棵草,好像是除掉几个奸佞小人,萝卜们都迎风朝二爹点头哈腰、请安问好的样子;他使劲赶走一些菜粉蝶,好像是驱逐了一批多嘴多舌的宫人,整个菜园就静悄悄了,一片肃穆。然后他挺直背,站在水池边,就着水泵泵出的水喝几口,望着这一片葱茏的蔬菜,就像望着大治的天下,脸上浮出满足的王者的微笑。他坐下来,坐在田埂上,掏出烟袋,惬意地抽几口烟,太阳落在他黝黑的脸上,风扫过,他的脸依然安详。

当然,夏天的时候,园子并不太平,尤其是蚕豆结荚的时候。村里的男孩子们觊觎着这些鲜嫩的豆荚。二爹就会提高警惕,一刻也不肯离开菜园子。其实我也参加过他们的队伍,可是,走在半路就犹豫害怕,便掉队了。三哥是个好手,他总是能找到二爹不在的空档。我问三哥,二爹经常在,你就不害怕?三哥昂着头,不理我,很不屑。我对小伙伴说:"我三哥今晚要出去偷豆荚。"被二姐听到了,狠狠地打了我一顿,我哭得很伤心,不知道为什么。因为,不仅我三哥偷豆荚,其他人家的男孩子也偷啊?小伙伴也很兴奋,一直和我玩到很晚,最终因为瞌睡,回了家。第二天,我就吃到了香甜的煮豆荚。刚从地里摘回来的豆荚,连皮煮了,空气里都是幸福的味道。母亲总是在这个时候,一边看着我们吃,一边骂三哥:"以后,再也不要去了啊,小心你二爹打断你们的腿!"

二爹那么上心他的园子,怎么会让别人偷走了他的东西呢?看来他还是粗心的。于是,我和小伙伴们,也如法炮制。那是一个中午,我们躲在榆树林里,二爹一直没离开,我们几乎要放弃了。突然发现二爹不见了,我们小心地四下观望,原来他在田埂的一棵大榆树下躺着,好像还呼噜呼噜打鼾。我们几个猫着腰,轻轻地从榆树林里出来,绕过水池,接近了菜田,豆荚这时已经老了,不能煮着吃了,我们决定拔萝卜,有两个猫着腰进去拔,我和另外一个放哨。可是,她们刚猫倒腰,使劲儿往出拔一个萝卜时,二爹就站了起来,我吓得魂飞魄散,大喊:"快跑!"她们几个也赶紧窜出来,一起朝北面跑。二爹在后面挥舞着手里的铁锹,说:"小圪泡们,看爷打断你们的腿!"我们根本不敢回头,没命地跑,跑了好久,身后却没有动静。猛回一下头,哪里有二爹的人影。我们几个颓然坐在地上,才发现跑相反了方向。往回返,又怕二爹看见,可是,平坦的原野,哪有个藏身之处,只好硬着头皮,按原路返回。二爹还在那棵大榆树下,朝我们挥手:"过来。过来,小圪泡们!"我们停着,不敢动。二爹走过来,手里提着一大把萝卜,红红的,摆动着。我们几乎异口同声地说:"不是我们拔的,我们才要拔,你就发现了。"二爹把萝卜扔在我们跟前:"女女家,不干个好事,拿上回哇,看你们那个嘴哇,干的,这几个给你们吃哇,以后可是不要啦,要不可真打断你们的腿了!"说着扬了扬手里的铁锹,转身离开。我们你看看我,我看看你,不知所措。最后,一人提起几个萝卜,小心翼翼地离开菜园子,一路上也没敢吃。

小心谨慎、一心务菜的二爹,确实有粗心的时候。他竟然摔倒,把自己摔了个鼻青脸肿,胳膊腿上也伤痕累累。母亲带我和四四去看二爹。她准备了一篮鸡蛋,我和四四偷偷数过,是二十颗。还有白糖,那是母亲从供销社买回来的,包在一张黄色的麻纸里。我和四四趁母亲不注意,打开麻纸,每人捏了一小撮,那真是无上的甜啊!四四说:"姐,要不咱俩也跌倒吧,跌得厉害了,可以煮鸡蛋,也可以吃白糖。"我觉得这个主意很好,可是,后来我们密谋跌倒过多次,但怎么也跌不成二爹那个样子,倒是被母亲批评粗心大意。我们很懊恼,羡慕极了摔坏的二爹。母亲一边走一边叹气,一边数落二爹:"这个人,也真是,一点都不老实,何苦呢!"我不明白母亲的意思,觉得不老实就会摔成那样吗?奇怪。过一会儿母亲又自语:"也真是,十杀人,九奸情!我看他是不想要命了。"四四被一只蝴蝶吸引了,跑着追,不合脚的鞋,"趿拉、趿拉"地响。我却有点害怕,难道二爹会差点摔死吗?可是母亲说"十杀人,九奸情"是什么意思？我问："妈，什么是奸情？"母亲看了我一眼："你孩子，不要乱问。"我们到达二爹窑洞里的时候，他正躺在那盘小炕上，睡着了，呼呼的粗气夹杂着小声的呻吟。他被我们的开门声惊醒，想要起来。母亲赶紧说："你快不要起来了。"二爹还是努力地起来，蹒跚地要给母亲倒水。他的脸确实又青又肿，腿要抬起来的时候，就很困难，能感觉到他是很疼的样子。母亲自己倒了水，一边说："以后你可不敢了啊！"二爹不言语。母亲又说："要不你看，要个命也很简单！"二爹叹了口气："大嫂，没事，皮肉伤，用不了几天就好了。"母亲也叹了口气："唉，想办法娶个老婆吧！"二爹，递过来一个烟袋，给母亲，自己也抽起了一锅。烟雾从他的鼻里喷出来，他的脸就隐藏在烟雾里了。母亲也抽烟，两人都不再说话。小小的窑洞里，一时充满烟雾。过了好久，二爹喷出一口烟来，连带着是长长的叹气，好像叹气和烟雾是同时从他鼻子里出来的，他说："有那么简单，谁还想打光棍呢？"母亲走的时候，二爹低低地说："嫂子，七莲不知道怎么样了，你替我看看去吧！"母亲停顿了一下："哎，你还敢操这心了？你还是不疼！"我不知道，二爹为什么让母亲去看七莲，昨天我在野外还看到七莲，她在拔猪草。好好的人，为什么要去看？要去看，为什么不自己看呢？七莲家在后村，离二爹家比我们家近多了。为什么反而让母亲去看呢？我想不明白，索性就不想了。再说，我们走的时候，二爹把那些白糖，给了我和四四一人一小把，我们心花怒放，已经享受着美味，大人的事，早已抛到九霄云外。

哈达图的冬天是从晒白菜开始的，庄稼基本收完的时候，就该腌白菜了。这时候，菜园里的白菜也分到了各家各户。菜园子一反安静的常态，分外热闹了起来。男人们帮着砍菜、过秤；女人们把过好秤的白菜，分装在自家平板车里，装好了，高高兴兴拉回家去。菜园里，一派人影晃动、笑语喧哗的景象。这时候，二爹反而不忙了，坐在边边上，看着他的园子。胖娃娃一样的白菜，被码到平板车上，女人们拉回去，将黄叶子、烂叶子剥掉，再一颗颗排置在墙头上、房顶上，或者窗台上，让秋日的阳光吸取夏日里灌满的水分。到七八成干的时候，再一颗一颗、一层一层塞到大大的瓮里，撒上盐巴，进行腌制。人口多的，就可能是两瓮，或者更多。这是整个冬天的吃食。当然，二爹应该不腌菜，因为他没有女人。他的那眼窑洞里，只有一个水瓮，没有菜瓮。二爹坐在边边上，走在人群里，应该并不看人们，他只是看着他的菜如何从地里被砍倒，如何上了人家的平车，如何远远地离开菜地。他一言不发，只是抽着旱烟。白菜分完，萝卜分完，其实也就两三天的事情，菜地忽然就空了。人们都离开菜园子，四散回家。我看见二爹依然蹲在田埂上，抽着旱烟，一锅接着一锅。

其实，看着空空的菜园，我很伤感。我想念那些葱茏葳蕤的蔬菜；我想念那些菜粉蝶飞过菜叶子的妖娆姿态；我想念蚕豆乐队，只有我听到过的那些低低的欢乐的演奏；我还想念两棵白菜曾经的窃窃私语，但它们突然在这一天，就没了。它们到哪儿去了？后来的几天，我忍不住重新回到菜园子，菜园子一天比一天空，因为二爹在收拾这个残局。他打扫得很仔细，就像打扫一个曾经歌舞升平过的巨大的宫殿，里面曾经有美丽的女子、美丽的故事，不，或者还有伤心的故事，比如，我曾经想象过一棵萝卜喜欢上一滴露水的故事，天知道，我怎么会有这样的想法，我甚至不知道我想象的是个爱情故事，在我的词典里，那时候还没有收过"爱情"这个词语。但菜园子一天比一天空，直到西北风呼呼刮来的时候，菜园子完全变成一块平整干净的田地，干净到找不出一片破败的菜叶子，那是二爹辛勤打扫的结果。这时候只剩下那个大大的水井，孤零零地敞开在空地旁，里面的水已经很浅，看得到底面的淤泥和沙石，水面冷冰冰的，反射着寒光。这个秋天，我最后一次在菜园子里见到二爹，他坐在水井旁，依然抽着旱烟，眼睛望着空地，除了装烟锅，一动不动。我是从北山回来，还是专门到菜园子里来？我忘了。我也一声不响地坐在二爹身边，顺着他的眼光，看空地。二爹看了我一眼，依然不说话，只是用他粗糙的大手，摸了摸我的头发。风已经开始变得冰冷，是从西北面刮来的。二爹吐出的烟，一下子就被风吹散，他烟布袋里的烟已经不多，布袋子随着风,在他的烟袋杆下来回摆动,像一只没有胳膊的袖子。天空中有一溜大雁,急急地朝南飞去,怕冷似的,和春天时飞来的情形完全不同,甚至是狼狈不堪的。二爹坐着,我也坐着,心里茫然,不知所措。

  好像过了很久,是太阳快要落山了,还是我觉得太阳要落山了,其实也就一小会儿,我也闹不清。总之,我感觉是过了好久,两人就那么坐着,谁也不说话,各怀心思,或各不怀心思。我想说话,看看二爹肃穆的样子,就没有开口。他盯着这块空地,我想他在想什么,他也是想那些热闹的蔬菜吗?他是想他曾经被我认为的后宫佳丽吗?抑或他只是盘算着他这一年的收入?我想不来,就不想了,脑子里又回想起许多个中午,我躺在榆树林里,听植物此起彼落的凡俗生活。风撩起我的小布衫,有些冷了,我瑟缩着,本能地把自己蜷了一下,二爹瞟了我一眼:"你快回哇,你看冷的!"我没有动,二爹推了一把:"去吧,你个小娃娃,坐在这里静悄悄的,不闷?"我看见井沿边的一棵草,轻轻摆动,说:"不闷!"我反问:"二爹,你是不是闷了?"二爹不说话。我自顾自地说:"你肯定是闷了,你看园子里的菜都没了,它们不能陪你了。"二爹转过头来看我,惊讶的样子:"你这个娃娃,菜又不会说话,在的哇么能陪我了?"我说:"能了,我就听到过白菜的说话声。"二爹笑:"你这个娃娃,尽鬼嚼了,白菜能说话?"我黯然:"我就知道你不相信!"我不再说话,二爹也不再说话,脸色更加凝重起来。

不知过了多久,二爹的烟布袋已经空了,在风里来回轻飘飘地动。他站起来,拉了我一把:"走哇!"我站起来,腿有些麻了。二爹扶着我,让我缓了缓腿,他看了看空地说:"明年哇,明年二爹再种菜,你就能跟你的白菜说话了!"我有些惊奇,心想,他不是不相信蔬菜会说话吗?

我们朝村子里走去,菜园子被我们抛到了身后,我知道,来年春到,园子又会热闹非凡。二爹又会是一个王,在他的地盘上叱咤风云。

这年冬天,发生了一件事情,后村的七莲家搬走了,说是回老家了。

第二年开春的时候,菜园子包给了另外一家人,二爹给一家蒙人放羊去了,以后很少见到他。

菜园子依然在,夏天时,依然绿意葱茏。可是,不知为什么,我再也没有听到小昆虫与植物的对话,我不知道是自己退化了,还是我真是做了关于植物的梦。无论如何,我觉得植物们和我不亲了,我很是伤心。

六 知识青年

因年龄不够,我无法上学。

我很悲伤,抱着自己做的布娃娃,藏在东窑里,坐在高高的梯子上,倚着一个小洞口发呆。布娃娃是用一块破烂不堪的被单做的,我把它裁成规则的长方形,然后对卷,到中间折起来,两头不对齐,把短的一面的布卷朝两面分开,再在整体的五分之一处用细线紧紧捆了,一个娃娃的形象就出来了。其实我并不喜欢娃娃,我宁愿直面田野里粗糙的风,也不愿守着这么一个娃娃。然而今天我却紧紧抱着它,仿佛它是我最亲近的人。我满心愧疚,因为曾经把它丢弃在阴暗的角落很久,让它落满灰尘,度过多少黑暗寂寞的时光啊。我用胳膊紧紧搂着它,生怕它从梯子上掉下去。梯子很高,是把废木头用铁丝捆起来的,被长年累月闲置在东窑里。我想不出这个梯子曾有过什么用处,如果需要用来攀高,那完全没必要,因为即使要爬上房顶,对于我来说也不费吹灰之力,何况大人!我一天要上房顶好多次,望远方的羊群、望夕阳、望渐次而到的风,最多的时候是望那些从白云鄂博开来的火车,由远至近、由近至远,消失在远方,然后自己无由地悲伤失落。有许多时候,我会爬爬梯子,像只老鼠,哧溜上去,哧溜下来。我曾经在梯子旁边的小口处,偷偷藏过几毛钱,那是我从母亲的衣服里发现的,然而还是被二姐发现,交公了,为此我防二姐就像防敌人。这个小口其实是个窗口,只是太小了,并且只是个毫无遮拦的洞,风可以毫无阻拦地刮进来。冬天下雪以后,洞口会有积雪,外高里低。我曾经在一年冬天看到一双鸟的爪印,像树叶的脉络,纤细单薄。或许因为在刚下雪的时候,有一只鸟儿在这里躲雪留下的,时间久了,就被另一场雪封冻在里头,就像封存了一段隐秘的心事。那个冬天,我常常去看那个爪印,好像那只鸟还在。我想伸出手摸摸它,可是害怕手的温度会让它受惊,它是那么孤单而冷,而我却孤单而暖。直到有一天,我再爬上梯子看那两枚冬天里带给我隐秘悲伤或欢乐的爪印时,它已经没有了,雪化了!那一天我无比忧伤,洞口空空,爪印消失,冬天离去。我那么盼望春天来临,然而当这两枚爪印消失,我却那么悲伤,原来,寒冷也如此让人留恋,只因里面有一些印迹。以致后来吟诵"冬天来了,春天还会远吗"时,我眼前就会出现那个小小的透光的洞口，那两只单薄的小鸟的爪印。我就会觉得冬天其实很美好，何必盼望春天的来临。现在，我坐在梯子上，搂着那个布娃娃，看着洞口的光柱，看着光柱里飞动着的尘埃，这也是我最欢喜的时光，犹如我享受忧伤。光柱外，是大片的原野，起伏的山坡，时断时续的路。

　　一只蝴蝶从洞口下面飞过，那真是一只硕大而美丽的蝴蝶，黑色的底子，上面布满了金色的斑点，翅膀扇动时，那些斑点发着耀眼的光芒。要是在平时，我会欢呼着追上去，或者学着它的样子，摆动我自己的胳膊飞跑，仿佛我也是一只飞翔的蝴蝶。很多时候，我会沉浸在这样的时刻。有一次，秀秀和我出去玩，一只蝴蝶飞来，我也飞了起来。秀秀说，你干什么？我不理她，扇动着我的胳膊，我想我是飞起来了，我就是蝴蝶。直到蝴蝶飞远，我也跑累了，躺在草丛里休息。秀秀生气，你干什么啊，追也追不上你，你神经病啊！我看了她一眼，又将眼神投向遥远的天空，白云懒散地流动。我说："我刚才在飞翔！"她笑，看把你能的，你有翅膀吗？我抖动了一下胳膊："有，但现在翅膀累了，变成了胳膊！"秀秀不理我，觉得我太无厘头。我也不理她，渐渐困了，日头也懒散，我闭上了眼睛，我说："蝴蝶要睡觉了。"睁开眼睛的时候，我看见秀秀也躺在我旁边，手里拿着马莲，正编着草垛儿。马莲长长的叶子不时扫在她白皙的脸上，她面皮上细小的绒毛在阳光里清晰地显现出来，上面有小小的汗珠，两只灵巧的手，也宛若翻飞的蝴蝶。秀秀是我最要好的朋友，如果在不吵架的时候，尤其现在，我觉得她美极了，当然还因为她并不生气我是只蝴蝶。

这只黑色的蝴蝶，在洞口外上下翻飞，舞出各种流线，我能看到这些流线的轨迹，清晰却立马消失。然而我并不为所动，我坐在梯子上，很不开心。我想读书，一想到年龄不够不能上学，我就觉得人生真没有意义，就如我永远只有两只胳膊，而不能变成真正的翅膀，不能真正地飞翔，我沮丧极了。抬头看洞口外时，我看见一个姑娘，气喘吁吁地跳动、奔跑而来，像一小团阳光在舞动！她的身子那么灵活、敏捷、好看，简直是奔跑着的舞蹈。我看见她闪闪发亮的眼睛，神奇地散发的光芒，灼灼明亮。她一闪而过，额，我才发现她在追逐那只黑色的蝴蝶。蝴蝶远去，她也跟着远去。蝴蝶优美地在空气里画出各种曲线，她也在地面上留下各种曲线。蝴蝶自由地翱翔，她在自由地追逐。这一刻，我发现她原来是这么美，可以媲美蝴蝶，甚至可以媲美草原上下午最美的阳光！

我知道她叫张俊英，是下乡知识青年。我也不知道哈达图什么时候就有了知识青年，好像我记事的时候就在，我太小了，小得比不上一年的昆虫。昆虫虽然一年就死亡，然而她领略了春夏秋三季，我不知道有没有挺过冬天的昆虫。母亲说，蝴蝶在冬天就缩在茧里，第二年，咬破茧，重新飞出来。我想不出那要多大的茧子,是什么样的形状,难道是蝴蝶展开翅膀四角的样子,那该多好看啊!母亲说,冬天她变成了虫子,缩在茧里,所以茧是长的。然而我却觉得这根本不是蝴蝶,蝴蝶是美的,而虫子却怎么也不算好看。无论如何,这些昆虫领略了好多风景,而我,虽然经历了四季,但那能算是一种经历吗?我希望自己快快长大,可以坐着火车到所有遥远的地方,但目前,长大的好处就是可以读书。哈达图有两个知青,另一个是郭素真。我不知道她们两人来自哪里,好像一个是呼和浩特,一个是包头。她们俩都二十来岁的样子,或者更小。张俊英长着尖尖的脸,白净的面皮,很安静的样子,向来说话少。然而大家并不喜欢她,因为她并不和村民友好,每天只跑支书的家里。由于她走路时两脚有些一高一低,大家就偷偷叫她"七拐八练张俊英"。这些话当然只限于小部分人之间,谁也不敢大声说出来。因为张俊英是知青,是城市里来的,有文化,而且是哈达图小学的老师,是值得尊敬的。大家见了她会恭恭敬敬地叫"张老师",她也微微笑着,算是回答。她是多么不爱说话啊!但二姐说:"她哪是不爱说话,她是不想和普通人说话。"秀秀的姐姐巧巧也附和:"就是,你没见她和金梅在一起,那个嘴啊,像个八哥!"然后她们就笑。金梅是支书的大女儿,亭亭玉立,很好看。穿的衣服也经常干净、整洁,长长的辫子耷拉在背后,又黑又亮,长到屁股上,走动的时候,一甩一甩的,美丽极了。

我也想笑，虽然我不知道八哥是个什么样的鸟，但鸟的尖尖的喙安在张俊英脸上，想想就好笑，但我不敢笑出声，二姐总是批评我，让我不要偷听她们大人说话。我有些不平，就二姐也算大人？那么点个子，也就十几岁的样子，就大人！再说，既然你们说的话是秘密，那为什么不避开我？但想想，她们不避开我或许是忽略我，我就有些伤心，我为什么不快快长大？母亲总是批评二姐："快不要这样说人家，出门在外的，都是些小姑娘，也可怜的！"

二姐有许多朋友，几乎村里的年龄相仿的姑娘都是她的朋友，我羡慕不已。我不太合群，总是一个人待着，或者一个人在野外跑。自己哭，自己笑，自己想心事。然而她们这些姑娘经常聚在一起聊天做事的时候，我却看不到金梅的身影。金梅是支书的女儿，应该是尊贵的，然而金梅却经常和张俊英在一起。这些我也羡慕不已，我觉得尊贵的人就应该和有文化的人在一起，我想我是不可能尊贵了，因为我曾经是地主家的女儿，但我总可以有文化吧？我常常跑到小学墙外，朝学校里张望。看着学生们进进出出，看着老师们站在教室里在黑板上写字，一待就是一上午，或者一下午，直到学生们放学。这时候我才会跟在二姐的屁股后头，踢踢踏踏回家。甚至在傍晚，校园里空荡荡的时候，我也会跑到学校来，在校园里东瞧瞧西看看。哈达图学校的校园虽然有围墙，却没有大门。围墙也是很低的，如果要跳过去,也是没有问题。我趴在教室门朝里看那些乱七八糟的桌子,桌子有长的,有短的,最长的可以坐三个学生,因为下面放着三个凳子,而且桌面上被粉笔或小刀划得乱七八糟,有明显的三条竖线,桌面就被平均分开。教室里没有讲台,只有讲桌,黑板上有没有擦掉的粉笔字,我不认识。许多个这样的傍晚,我就在空空的校园里东游西窜,直到月亮升起,或者群星闪烁,才会怅怅离开。当然,这样的经历,也让我窥探了一些人间的秘密,天知道一个小姑娘在游荡的过程中会撞破多少秘密,而她又会收藏多少不同的人生片段。

  我累了的时候,就会靠在墙角休息,尤其是太阳刚落、月亮升起的时候。月光洒下来,洒在屋檐上,也会滴滴答答滴到我身上。我觉得月光就是水,我甚至能听见它滴落在我身上的声音,清冽而悠长。我试图把这种感受告诉别人,但作罢,因为他们不相信我。我蹲在墙角,双手抱着膝盖,仰着头,感觉月光的水淋湿我全身。我听到了说话的声音,那样的夜里,声音很低,却像月光一样清晰。"来,脱衣服!"是不容置疑的语气。然后窸窸窣窣,接着好像是来回推搡,夹杂着哭音:"你不要这样,你出去!"像是哀求。"我会让你早些回呼市的,你不是一直找支书拉关系吗?""我不要,求求你,我不要。"完全哭了的样子。"那个老头那么老了,你不要找他,找我,我就能办了事!""不是这样的,不是这样的,我只是找金梅的,我们是好朋友。"我不知道发生了什么,有些不知所措,屏住呼吸,一动都不敢动。"你快不要瞎嚼了,人家都说你勾引那个老头子!"压抑的哭声:"求求你,我喊人了啊!"动静突然大起来,一个人被用力推出去的声音。"你敢,我让你的名声更臭!"声音突然停了,仿佛从来没过,空气里一片死寂。接着是压抑的哭声、喘息的声音。很久,很久,月光的水也停止流淌,然而月亮还在天空,若无其事地在云朵里穿行。一个人影推门而出,几步就窜出老远,我不敢认真看,不知道是怕发现他,还是怕他发现我。门没有闭上,里面没有动静,又回到死寂。我赶紧起身,绕到房子背后翻墙而出,回到家里,立马上炕,拖下一床被子,捂着头闷睡。房子里有很多人,二姐正和巧巧在灯光下绣花,二姐绣的是蝶恋花,巧巧绣的是喜鹊登梅。母亲和二大娘聊天,母亲抽着旱烟,二大娘在做一双鞋。二哥依然摆弄着他的笛子。母亲看了我一眼:"又在哪里瞎逛来?这个野娃娃!"

一会儿,我听见二哥的笛声响起来,夜更静了。

张俊英忘我地在野外追逐着蝴蝶,让我想起那个夜晚。我不明白到底发生了什么,然而却隐约觉得这一定是一件不光彩的,甚至是悲惨的事情。从那以后,偶尔遇到张俊英,也不敢抬头看她,仿佛是她掌握着我的一个秘密,经过她的时候,我脸红心跳。可是,张俊英还是那个沉默安静的样子,只是眼皮经常垂着,永远朝下寻找什么的样子。她去金梅家更频繁了,我几次中午在雒文家旁边的巷子里,看见她匆匆穿过,朝着金梅家走去。有时是看见金梅和她勾着肩搭着背,小声说着话走过,似乎可以看见她难得的笑脸,眼睛弯弯,很迷人的样子。

我终于能上学了,母亲从学校回来,带给我这个好消息。母亲说:"多亏了郭素真,还是人家有文化,通情达理,答应了让咪细儿念字。"母亲浓重的山西音,是无论如何改不了的。母亲打发二姐给郭素真拿过去一篮子鸡蛋,那是母亲攒下的,结果又被二姐原封不动地拿回来。二姐说:"郭老师死活不要,说你们可怜的,还是留着自己用吧。"我对郭素真充满了无限好感,觉得她是世界上最美的女人。她长着圆圆的脸蛋,经常笑眯眯的样子,见人就叔叔阿姨地叫,即使见到我这样的小孩子,也会拍拍我的头:"好亲的娃娃,眼窝毛森森的!"相比之下,沉默寡言的张俊英就不那么讨人喜欢。再加上她几乎只和金梅交往,就更让人敬而远之。

要等到开学真是漫长,母亲跟我说让我上学的时候,还是马莲花盛开的时候。听到这个消息,我正从野外归来,辫子东一朵西一朵地插满了马莲花,手里也捧着一束马莲花。母亲对我说了以后,我跳起来,不停地跳,根本停不下来,好像一停下来,这个消息就没了。头发上的花和手里的花,早已散落一地,仿佛我也是一朵会跳的马莲花。母亲难得一次没有批评我疯,只是叹了口气:"哎,龙生龙,凤生凤,老鼠的儿子会打洞,骨血,没有办法!"我不知道母亲是哀伤还是自豪。然而要等到荞麦花开遍原野的时候,学校才会迎来新的一批学生。我一遍一遍地往地头跑,一块地跑到另一块地,跑所有种荞麦的地。可是它们却一点也不着急,我恨不得一棵一棵把它们拔高,可拔高又能怎样,还得它开花,它不开花,我依然不能上学去。我想了一些办法,比如,对着它们吹一口气,它们或许会开花。因为孙悟空不就是吹一口仙气就会变出许多事物来,可是我毕竟不是仙人,吹的不是仙气,花当然不会开。我很烦恼,连飞过的鸟呀、蝴蝶呀、蜻蜓呀、蚂蚱呀,也不理了,我挥动着胳膊,希望它们不要打扰我。我突然想起母亲说过,她是天上的采花兔,因为犯了错误,被打到人间来受罪。对呀,母亲不就是个仙人吗?即使不是完整的仙人,但总有仙气。我晚上小心翼翼地对母亲说:"妈,荞麦花为什么还不开?""快秋天的时候才开了。"我说:"妈,仙人是不是法力很大啊?""是呀,那还用说?"母亲对世上存在仙人深信不疑。我说:"妈,你不是说你是采花兔吗?"母亲黯然:"你姥姥让人算卦,说我是采花兔,是又怎样,还不是受不完的罪。"母亲叹气,身子拧过去不再理我。"妈,你想办法让荞麦开花吧。你对它们吹吹气,它们或许就开花了。""你又发呆了,说的甚了,我有那本事,还用受罪?合住眼,睡觉。"母亲又叹了口气,我也叹了口气，各怀心事。

　　看来只有等待了，我只好经常跑去望望，或者坐在地头逗无聊的蚂蚁玩儿。反正知道这是没办法的事情，所以也就静下心来。正是这样，荞麦花反而长得快起来，一两场雨过后，它就打苞了。荞麦秆也由绿色转为红色，花苞露出粉红色的嘴巴，空气里都开始充溢甜香的气味。赶场养蜂的人也逐渐来了，将蜂箱子摆开在地头，他们安静地坐在地头，等待着收获蜂蜜。不过，采蜂人，好像更喜欢在油菜花田里，荞麦地里偶尔也会飞来嘤嘤嗡嗡的蜜蜂，我想它们和我一样是属于不听话的，爱乱逛的。我待在地头的时间越来越长，我甚至想将来做个养蜂人不错，可以安静地闻着花香，吃着蜂蜜，听着野外的风声，还可以偶尔和路过的人，说说话，听听远方的消息。然而我不敢到养蜂人跟前去，我害怕他们蜂箱里的蜜蜂蜇我。我曾经被一只野蜂蜇过，疼得要命。中午的时候，荞麦花是最香的时候。我怀疑太阳是有香味的，中午的阳光最强，花也最香，应是两者的结合。中午吃过饭，我最爱往荞麦田里跑，睡在地垄间，暖烘烘，香喷喷。荞麦已经很高了，我睡在里面，就被完全遮住，我会舒服地睡着，梦见好多美好的事物，也梦到了金梅和张俊英。她们俩紧挨着坐在花丛里，轻轻说话。她们俩真是好朋友，多么亲爱啊！金梅躺下来，躺在张俊英的怀里，张俊英俯下头去，亲吻着金梅的嘴巴。两只嘴巴紧紧合在一起，发出纠咬的声音，还有喘息的声音。"金梅，让你爹想办法，让我早点回呼市。"金梅不说话，伸出胳膊，钩下来张俊英的头，又亲吻上去。"你走了，我怎么办？""你跟着我来呼市啊，你爹那么有本事。"接着两人翻滚在荞麦地里，我觉得好有意思，怎么像两个小孩子摔跤，又像两朵花纠缠在一起。我醒了，坐起来。风轻轻刮着，荞麦花随风荡漾，波浪般涌动，好看极了。我看见金梅和张俊英赤身搂在一起，旁边散乱着她们的衣服。我有些害羞，我看见了她们美好饱满的乳房，在阳光下闪耀着光芒。我只好又躺下来，闻着荞麦花甜香的气息，又睡着了。

荞麦花全部开放的时候，我背着书包上学去了。书包是二姐背过的，虽然有些破了，但破了的地方被二姐绣上了一朵花，很好看。我趾高气扬地走在校园里，得意极了。我再也不用靠在土墙外，眼睁睁地看他们读书，而独自悲伤。虽然，我还是喜欢一个人走，但毕竟我是一个真正的学生了。我甚至看着那张语文课本封面的"你办事，我放心"的插图偷偷地笑。可是郭素真却不是我的老师，我多么希望她是我的老师啊，我喜欢她拍着我的头说："好亲的娃娃，毛森森的眼窝。"不过我可以在校园里看见她，也是很开心的。只要她的娃娃脸出现在校园，我就莫名温暖。然而，不久，她就离开了哈达图，返回了包头，后来她再也没有来过。二姐说，郭素真根正苗红，又是家里的独女，所以就能早早回城。我有些遗憾，为没能当成她的学生。因为她带的五年级,我还想着我升到五年级的时候,就顺理成章地让她教我。等待了一个夏天,我已经有很大的耐心了,我想,只要一直往上升,一定有一天会到五年级的。可是她却走了,人生真的是有许多不完美。我已经会用"完美"这个词了。我和二姐说了"不完美",二姐笑了:"了不起了,会甩文了!"然后又笑:"小屁孩,懂个屁。"

张俊英却还留在这里。我想起那个夏末的午后,她和金梅在荞麦田里嬉戏,想起她压抑的哭泣,又想起她追逐蝴蝶的美丽,我有说不出的滋味,觉得她此刻一定很心酸而落寞。然而她一贯是这样安静沉默的样子,落不落寞,谁也看不出来。可是她很瘦,像一副骨架顶着一套衣服。上体育课的时候,看到她带着学生在校园里做操,一股西北风,就能把她吹走的样子。我莫名心疼,虽然那么多人不喜欢她。我问母亲,为什么郭素真能回城,而张俊英却不能。母亲叹气,说不知道,大概还是因为成分不好。她家是高干家庭,父母好像也在下乡,根本顾不了她,而她自己又那么个性格。哎!是的,这年冬天,金梅出嫁了,嫁到白云鄂博附近一个苏木的牧人家里。金梅出嫁的时候,支书招待了全村人,吃喝了两天。我没看到张俊英和金梅的告别,我甚至那两天没有看到张俊英。我想,那么好的朋友出嫁,她是该高兴呢,还是该伤心。人们都说,金梅死活不想嫁人,要自己过一辈子,被他父亲狠狠打了一顿,才不得已嫁人的。我相信这种说法,因为哈达图的姑娘十七八就嫁人,而金梅嫁人的时候已经二十三岁了。如果她想嫁人的话,怎么能这么晚呢!她人又好看,家庭又好。许多人想不明白,这世上还有不想嫁人的女人,奇怪!我觉得也是。

冬天,大雪纷飞的时候,学校也快放假了。草原的冬天来得早,雪也来得早。有时候收回的庄稼还在场里,就下雪了。下雪的时候,我就不想待在学校了,我也不能往野外跑,我只想待在家里,烤着火炉,烧土豆吃;或者趴在窗玻璃旁,数玻璃上的冰花呀、冰草呀、冰人呀,那真是个丰富的世界,我能从一块玻璃上,看出许多个故事,或者许多个场景。然而我不告诉别人,我自己一个人对着玻璃笑,反正别人也不关心,也听不懂。一个冬天,玻璃带给我的乐趣太多了。有一次,我看到玻璃上有两个赤身裸体的人,有着高高的乳房,我想着一定是淘气的张俊英和金梅。这两个人,别看平时安安静静,原来没人的时候,偷着顽皮。我想和二姐说这两个人,想想还是算了,她们不喜欢张俊英。不过,这年冬天,玻璃上结冰花的时候,张俊英离开了哈达图,在金梅出嫁的第二年,她也离开了。然而她离开的时候是生着病的。我记得很清楚,虽然我记得一场风比记得一个人清楚,但我却记住了张俊英。我想,我应该是她隐秘的小小知己,即使她不知道。那段时间,张俊英整天躺在宿舍里,没有力气。我曾偷偷跑到她的宿舍外张望,她躺在炕上,身边放一张桌子,桌子上有一只茶缸,茶缸上印着红红的"先进"二字,然而里面却没有水。她的脸苍白消瘦,没有血色。她闭着眼睛,呼吸均匀,手边摊开一本书,有风吹进去,书页轻轻翻动着。再后来,听说她不断发高烧,嘴里说胡话。村里只好派人把她送回呼和浩特,回来的人说,她呼和浩特家里的锁,还是砸开的,里面很久没住人的样子,灰尘蛛网,到处都是。人们说:"这真是个苦命的姑娘。"二姐和一些姑娘听后,红了眼圈,我想她们或许不讨厌她了。

后来再没有她的消息,郭素真的也没有。

七　他只是在铁轨上打了个盹

我在春风里穿行的时候，哈达图正举行盛大的赛马比赛。

我不会骑马，甚至骑驴都不敢。胆小倒在其次，主要是我对这些不感兴趣。我总是被另外的一些物事吸引，比如：一缕风吹过，一朵花盛开，一只蜻蜓盘旋……当然，一匹马在原野上奔腾，踢起阵阵尘土，也总会让我目眩神迷，不能自已。可从来没有想过要驾驭它，从来没有。

我觉得自己就是一匹野马，春天来临的时候，总是迫不及待地冲向原野，撒欢奔跑。何况，一场微雨过后，马莲花开满山坡，就像从天空扯下的片片云彩，轻得让人不敢触碰，蓝得让人心疼，犹如一场梦，不敢触碰，一碰就碎。我穿行在原野上，守着春天，守着东风，守着马莲花，像守着一个天大的秘密。春天来临，我总是这样兴奋而无法言说。我想对北归的大雁说，想对总是忙碌的蚂蚁说,想对一块红色的石头说,甚至想对满天的星星说。可是说什么呢?不知道。我在野外遇到哈达图的牧羊人老伍的时候,老伍正坐在石头上对着天空发呆,他的羊散落在山坡上,静静吃草。我随着他的目光看,天空什么也没有,只有几朵白云悄然移动。我从他身边经过,他没在意,依然望着空阔的蓝天。我不由自主又抬起头望天,依然是那几朵白云,形状也没变。好久,他缓缓移回了视线,问我:"猫女子,你瞭甚了?"我反问:"你瞭甚了?"

他笑:"大爷甚也不瞭。"我说:"那你抬个头,瞭甚了?"他笑:"甚也不瞭。"我很疑惑:"那你是瞭那几朵云彩了?"他看了一眼,又抬头:"云彩有甚瞭的了?"我也抬头,原来那几朵云彩早已幻化得不成样子,只留下飘忽的丝丝缕缕。我继续问:"那你瞭什么?"他不再言语。这时,一对大雁飞过,我恍然大悟:"大爷,你也有个说不出的秘密?"他转头:"鬼嚼甚了?甚秘密?"我想他也一定如我一样,不想说出或无法说出这个秘密。我笑着跑开:"大爷,你一定是有个秘密。"他被我扔在草原的背后,就如我被抛在春天的谜团里。我重新揣着满肚子无法言说的秘密,走在春风里。身后传来老伍吆喝头羊的悠长的声音,接着就是一串沙哑的歌:"大青山的石头,乌拉河的水,一路风尘我来呀么看妹妹……"

我回到村里的时候,村前的大片原野上已经热气腾腾。五月的马莲花开得正美,原野里,一丛一簇,到处都是。花的蓝与天空交相辉映,你简直分不清哪是天空,哪是花丛。骑手们有的牵着缰绳,静静等待,他的马摇摆着头,漂亮的马鬃犹如姑娘的秀发垂在脖颈;有的已经跨在马上,不断调整着自己的身体,他的马在他身下配合,不时打个响鼻,像是被洁净的空气呛了一下。我总是被空气呛着,我想马也是,就觉着这匹马格外亲近,简直是我的好朋友。还有的环搂着马的脖子,一副深情的样子,附在马耳边,诉说着什么动听的话……村口井边挤满了人:老人们盘腿坐在草丛里;小孩子们坐在石槽边沿,有的干脆躺在槽里,仰望着蓝宝石一样的天空,另一个小孩子撩起他的衣服,抓他的肚皮,笑声就传播开来;最好看的是姑娘们,三个一群,五个一伙,勾肩搭背,窃窃私语,美目盼兮,巧笑倩兮。有的姑娘手里拿着一束或一朵马莲花,鼻子边嗅嗅,然后拿眼睛瞧着那些茂腾腾的骑士。我看见二姐穿着一双露着脚趾的布鞋,她靠在艾叶的身后,悄悄把两只脚,缩呀,缩呀……我不知道她要把它缩到哪里去,最后我看到她用另一只没破的鞋踩着破了的鞋,正好掩盖住了那个破洞洞。我低头看着自己的鞋,是三哥穿过的,破烂不堪,恨不得五个脚趾都露出来。我自己笑出来,因为我觉得我的脚趾头,像我一样,不想被憋在臭烘烘的鞋里,争先恐后要从破洞里跑出。我使劲把脚趾头从里面戳出破洞,一下子,有三个脚趾全部冲出。母亲正好看到,一巴掌打了过来："你个傻货，再戳，你的鞋就飞了。"我有些委屈，不过确实是，再用力，鞋帮与鞋底就要分家了。

大哥和二哥坐在井边的红胶泥土堆上，我挨着他们坐下来。他们的骑马把式不好，所以从不参加赛马。二哥好歹还会骑，大哥却是马背都不敢上。大哥手里拿着一棵嫩草，一截一截地吮吸草节里的汁液。我把我从地里摘的黄芥嫩苗给他。春天的时候，草木峥嵘，困了一个冬天的植物，和我们一样，突然生机勃勃起来。草原上可吃的植物太少，但这难不倒我们，尤其是我。首先是地里悄悄长出的"辣麻麻"，那是一种贴着地皮长的草，叶子呈锯齿状，形成一个个三角形，刨出它的根，细细的，白白的，轻轻搓去根皮，就可以吃了，辣辣的，麻麻的，泛着丝丝的甜；然后是"狼泡泡"，也是贴着地面长的草，叶子边缘泛红。它的根可比"辣麻麻"粗多了，味道也好许多，颜色也好看，微红色。有了"狼泡泡"的日子，"辣麻麻"就没人吃了。我们一群小孩子，拿着铲子，到田里去，首先占地盘，把发现的"辣麻麻"或者"狼泡泡"圈起来，以示有主。圈的形状不一，以示与别人的区别。然后再漫不经心地挖。可是，再过些日子，胡燕来的时候，这两种就都不能吃了，老人们说："孩子们，不要吃了，胡燕擦了屁股了。"我们就会很沮丧，有不甘心的，偷偷挖出来，却发现涩得无法下咽。但我从没有怨恨过胡燕。我家屋檐下住着一窝胡燕，每年它们从南方归来，重新入住的时候,是我最开心的时候。我已经忘记了它们用"狼泡泡"擦屁股的恶习。胡燕飞回的时候,我家的窗户就可以打开了,用棍子支起。我站在家里窗台上,倚着窗户,听着南风吹进来,柔软得像二姐的手,抚上我春天里也同样分外柔软的身体,看着像穿着黑缎子衣服的胡燕,双双飞入飞出,呢喃私语。我想知道它们说什么,就努力屏住呼吸,仔细听,可是,最终也没有明白。我觉得自己好无能,很不开心。好在不久它们的小宝宝就要出世了。我最喜欢在下雨的时候,站在窗台上,仰头看它们的窝,小雏鸟从窝口伸出尖尖的嘴,张得大大的,像要接住屋檐上滴沥的雨水,嘴角黄黄的,可爱极了。有一次,我生病了,母亲给我煮了鸡蛋。我留了个蛋黄,趁母亲出去,赶紧爬上窗台,踮起脚尖,想将蛋黄从窗口喂给小胡燕。可是够不着,我从地下拿上小板凳来,放在窗台上,重新爬上去,小心翼翼地将蛋黄伸到窝前,小胡燕喳喳叫着,争着张开口,挤向我手边。我一点一点地喂它们,生怕喂不到某一个。可身子突然一个趔趄,连人带凳子摔到炕上。母亲听到声音,跑回来。我身上很疼,却不敢哭。母亲问:"你这是做甚了。一个女娃娃,登高踩低的,不像话!"我说:"我拿鸡蛋喂小胡燕来。"母亲瞪大了眼睛:"快不要胡说了,你的东西能轮上别人吃,更不要说胡燕了。"我很着急:"真的,不信,你看去。"母亲笑了,不再理我。我很伤心,为她把我想成是一个吃货,为她不理解我。

　　胡燕来了以后,"狼泡泡"是不能吃了,可是这时候,庄稼也就长起来了。麦子、荞麦、莜麦、黄芥、土豆……这里头,黄芥最好,它的茎在未开花前是可以吃的。我们偷偷去地里采摘,掐上一大把,截成同样长短的小段,扎成一小捆一小捆,装在衣服兜里,随时拿出来,去掉皮,甜而汁液充盈。这当然不能让大人看到,他们会批评我们,说又糟蹋了庄稼。可是我看到大哥吮吸草茎,就毫不犹豫地把装在兜里的黄芥小段给了大哥。大哥拿起一看,顿时变了脸:"你又掐去了?说了你多少遍了,不要糟蹋庄稼,不要糟蹋庄稼!你这个娃娃,真是'做官不觉民受苦'!"我马屁拍到了马腿上,心里头怒火"烘烘"升起,可是不敢骂他,在家里,我最怕大哥。大哥最有学识,什么"沈万山",什么"曹操八十三万大军过江东",他随口就能说出许多掌故来。我是个故事迷,总缠着大哥给我讲。有一次晚上,大哥被我缠得没办法,说:"大哥给你讲'曹操八十万大军过黄河'吧?"我高兴地安安静静躺在被窝里。大哥坐在炕沿上,抽着旱烟,不紧不慢地说:"曹操带领着八十三万大军,连夜赶路,直达黄河边,他指挥战士们一个挨着一个过河。'滴咚'一个。"过了一会儿又说:"'滴咚'一个。"再过一会又说:"'滴咚'一个。"然后又是长长的间隙。我有些不耐烦,着急问:"大哥,后来怎么样了,为什么老是'滴咚'啊?"大哥呵呵地笑:"你着急个甚?才过了三个,总共八十三万呢!"我才知道他在糊弄我,扭过头去,不一会儿也就睡着了。

我噌地从他身边站起,一边走一边嘴里嘟囔:"看你那个劲气,灰圪泡!"却不敢高声骂出,怕他再不给我讲故事。二哥却向我挤眉弄眼,意思是给他,他要吃。我才懒得理这两个连马都不会骑的兄弟,扬长而去。二哥捡起一块小石头,使劲扔过来:"灰圪泡女子!"这时候,我看见素叶从姑娘群里走出,走到大哥身边,挨着大哥坐下。二哥看了素叶一眼,又一通挤眉弄眼,然后赶紧起身走开。

村书记老谢站在已经排成一列的骑手旁边,手里拿着一根马鞭。骑手们待在各自的位置,马儿不肯消停,不断地扬蹄,摆动着身子。骑手们手握缰绳,不断调整自己与马的姿势,等待老谢马鞭在空中的那一声脆响,然后箭一样飞出。老谢甩鞭虽不是最漂亮的,但却也气势夺人。草坡很远的地方,有一些人,手里举着小红旗,不断摇摆,以示与老谢联系。老谢口里含着哨子,手里拿着马鞭,举起手与远处的人打了一些手势,突然,就瞪大眼睛注视面前这一溜骑手。骑手们拉紧缰绳,把马调整到蓄势待发的状态。这些马也真听话,那一刻都弓起了脖颈,甚至连气都呼吸得轻了,如人一样屏气敛神。只见老谢慢慢将头侧过,手中的鞭倏忽一下扬起,鞭梢飞向天空。老谢手腕接着一抖，鞭梢在空中旋出了一个漂亮的弧线，那迅疾的过程，能让人看到那个白色的线条，凌厉而优美。鞭花璨起，清亮尖厉的声音，连着他口中的哨音，同时响起。骑手的手几乎同时抖动，马儿也几乎同时奔腾，一跃已是好远。我被这种景象镇住了，虽然只有十几匹马，但在我眼里，真是万马奔腾的景象。我的嘴巴大大的，好久都无法合上，眼珠一动不动，朝着骑手们飞奔的方向。甚至眼前飞过的我平时的老朋友们，蝴蝶呀、蜻蜓呀、蚂蚱呀，都没能影响我的注意力。我是一个多么喜新厌旧的人。虽然后来，我悄悄对田野里的这些昆虫们道过歉，但终没有去掉我的愧疚之心。但此刻，我被这种壮丽景象迷住了，原来骑马可以如此漂亮与激动人心！直到远处传来欢呼声，我才意识到我张大的嘴巴与直勾勾的眼神。这是我经历的第一次赛马，也不能这样说，是我记事以来的第一次赛马，也是最精彩的一次。后来，很少有这样规模的比赛，即使有，也是三五个，两三个要好的年轻小伙子，在野外自个儿赛一赛，那情形，实在不能与这次相比。再后来，没人比赛了。我多看到的是，马在田野里，拉着犁，默默地懒散前行着，身后翻起一列列深黑色的土，我似乎听到它们的叹息，但它们叹息什么呢？我不知道，只是总生出莫名的忧伤，类似于孤独，或者也不是。草坡越来越少，被开垦的土地越来越多，马也就越来越多地加入耕田的行列。有一年，我上初中，春天的野外，沙尘暴,风刮得昏天黑地。我周末返校,走在路上,看到两匹马,拖着四铧犁,翻着田地。我捂着鼻子,眯着眼睛,不让沙尘进入。昏昏忽忽中,我听到其中一匹马仰头打了个长长的响鼻。我不知道,它或许是被沙子呛着了。可是那一刻,我着着实实感到凄凉与无奈。那时候,我学习了《黔之驴》,我并没觉得驴子愚蠢,反而为其无奈。就像此刻,马拉着铧犁。漫漫尘沙中,行走在田间地头。

得第一名的是后村的生生,他兴奋地摇动着手中的缰绳,他的马也跟着旋转、仰合。在姑娘们的惊呼声中,策马穿过了她们,吓得姑娘们四散,像七零八落的花瓣。我能看到马蹄上的草屑,在空中飞扬。可是,我身边的毕力格却说:"唉,要是老伍上,哪有他们的事!"毕力格是村里唯一的蒙人。可是我一点不觉得他有蒙人的样子,因为他不说蒙语,且戴个眼镜,文文弱弱的,一点也不彪悍。我转向他,他正对着旁边的人说:"你们没见过老伍当年在草地,真是骑马好手,鹰一样。"眼里是仰慕的神色。我想起今天早晨在后山坡碰到老伍的样子,像个落窝草鸡,哪里有鹰的样子!我经常看到老鹰在空中翱翔,那么高,那么高,甚至要高过蓝天。可是,一个俯冲下来,像一阵强劲的旋风,呼一下,就叼住了鸡,噌一下,以迅雷不及掩耳之势,冲入蓝天,根本不给你眨眼的机会。在我心里,老鹰简直就是神,令人恐惧而敬畏。老伍那个样子,怎么可以和老鹰比呢？旁边的人说："老伍也老了，现在不行了。"毕力格却说："鹰老了也应该是鹰，不是胡燕儿。"可是毕力格接着又叹了一口气："毁了，草原上毁了一个好猎手，就像苍天少了一只雄鹰，可惜啊！"虽然我并不觉得毕力格是蒙人，但我喜欢听他说话，可是他轻易不说话。别人正待说什么，毕力格就叹着气转身走了。毕力格一家都这样，和外人都不多说话。毕力格是蒙人，但我没见过他骑马，除了名字，他真的再没有任何一点像蒙人。对于这唯一一家蒙古人，我充满无限好奇。我不知道他们一家是怎么来到哈达图的，因为哈达图几乎都是外来户，流浪来的，走口外来的，讨吃来的。可是我也能断定毕力格不是本哈达图的，因为他们一家很和善，且不太与村人交往。倒是村东头姓郭的一家汉人霸气得很。在这个草原上，这个草原名字的村庄里，这家唯一的蒙古人，在我看来，是那么孤独，那么寂寞。我没见过毕力格的父亲，我只能见到他的母亲，那是一个极美的妇人，虽然，我见她时已经六十来岁。她总是穿藏青色袍子，腰里紧着一根红腰带，腰带垂下一个头来，翻转着像一朵花。她有着极长的头发，在后脑勺编成一根粗粗的辫子，然后绕着头围盘起来，竟然能盘两圈多，非常好看。我曾经幻想，如果她的发辫上遍插鲜花，那她岂不成了花仙子。同时看看自己细软的稀疏的头发，心里充满了沮丧。她有时候，也把发辫梳成两根，耷拉在两肩上，垂在胸前或后背，能长到小腿肚。她家有好多羊，扫羊圈或撒草料的时候，发辫随着她的身姿，不断摆动，真不知是她的发辫美，还是姿态美，总之让我入迷。有一次，傍晚，我从野外归来，路过她家羊圈，正是羊儿回窝，她忙着将羊赶进羊圈。我伏在她家的圈墙上，看她举手投足，看她鼻尖与皱纹里渗出的汗水，在柔和的晚霞里，那么迷人，那么温暖。我多么想变成一只小羊羔，在她柔软的手里，温顺而乖巧。她的面容沉静安详，长眼宽额。高中毕业那年，我去云冈石窟，看到一窟菩萨，那拈花微笑的样子，瞬间让我想起哈达图毕力格的母亲。

我妈说，毕力格的母亲，是蒙人，但毕力格好像不是。我弄不明白这是为什么。我曾看《故事会》，看完给母亲讲，母亲不识字，但也极爱听趣闻轶事。有一次说一个宫女为了保存慈禧头上的几颗夜明珠，东躲西藏，一辈子隐姓埋名，没有结婚。母亲听了，长长叹气："可怜的女人，连个孩子都没有！"我纳闷：她为什么没有孩子啊？在我的心里，女人到了一定年龄自然就会生孩子啊？她为什么就没生呢？这让我困惑了好久。同样，关于毕力格的出生，也让我糊涂。毕力格母亲是蒙人，为什么毕力格好像不是？他难道不是他妈生的？我问过母亲，母亲也含糊其词，说不明白。我问黑爷，毕竟黑爷来哈达图早。黑爷也不清楚，只是说："亲生倒是亲生的，但看他那样子，应该不是蒙人。说是来哈达图的时候，就只是毕力格他妈和毕力格,没有其他人。"我问他父亲怎么没来,黑爷说:"毕力格或许就没有父亲。"我更糊涂,他怎么会没有父亲?黑爷就给我个脑瓜崩,说:"娃娃家,你问这干什么?"我很郁闷,不过郁闷的事情太多,不要指望从大人们那里得来,他们总是摆出一副高深莫测的样子,或许其实他们也不知道。想到这,让我对大人充满了不屑。就是,比如我在外面把阳光装入眼睛,回家睁开,阳光就飞满屋子,这是不争的事实,可是他们说我傻,到底谁傻呢?呵呵,我为自己而偷笑。

再看到老伍的时候,我竭力想把他与蓝天上的雄鹰联系起来,可是,那不可能。他依然是一副落窝草鸡的样子,衣服前后不整,东一片,西一片,像是挂在他身上的烂布片。有次,母亲看他实在不成样子,对他说:"老伍,把你褂子脱下来,我给你缝一下,都成了布条了。"其时老伍正赶着他的羊群,路过我家西墙。他手里拿着一颗蔓菁,正用手抹去上面的泥土,送往嘴里。听母亲说,忙伸左手摇摆:"嫂子,不用,反正是夏天,也凉快。"然后嘻嘻笑。我看见他的手,脏乎乎的,几乎看不出肤色。母亲也不坚持:"额,又是一颗蔓菁当早饭了?"老伍一边吃一边呜呜答应。母亲说:"人们都说你家财万贯,何必这样苦?"老伍的蔓菁已经下肚,用手胡乱抹着嘴:"嫂子,你听他们瞎嚼了,哪有甚家财了,我光棍一根,每天放羊,你觉得能挣下几个钱?"母亲笑:"都说,你老子很有钱。"

老伍笑着不答，弯腰用羊铲铲起一块石头，直腰，扬手，羊铲绕起一个弧线，石块远远飞出，头羊就乖溜溜地朝正北方了。母亲自言自语："真是个怪人！"

老伍的家在后村。夏天的时候，我经常去二爹的菜园子，曾经无数次路过老伍家。那实在是非常普通的泥房子，由于年久失修，泥皮脱落，甚至能看到一块一块的裸露的土坯，土坯的缝隙里住着野蜜蜂。院子里一团糟，遍地土块、石头、横生的野草。院门倒是锁着的，因为他经常在野外放羊。锁子是一把非常好看的铜锁，虽然旧了，已经看不出颜色，但样子和我所见到的普通锁子不一样，横扁的，比一般的锁大，上面有美丽的花纹，可惜不细看，是看不出的。我曾缠着二爹带我去老伍家看看，二爹总是说："有甚看头了，一个光棍的家，凄烟冷火。"然后二爹就叹气："二爹家你又不是没去，就那个样子！"我说："那人们说他有钱？"二爹说："不知道，可能了吧，那又怎样？"我和二爹坐在菜园旁边的井沿边，看蝴蝶一只一只飞过，翅膀扇动着透明的阳光。我闷声："那他家里一定摆设很好的呀！"我知道村支书老谢家，那是哈达图最有钱的人家。家里窗明几净，房间里整洁漂亮。我想，即使老伍是个光棍，不太打扫房间，但至少有不错的家具吧？二爹挥手驱逐一只苍蝇："没有，甚都没一条，有个烂箱箱，当凳子。"看来，老伍真不是有钱人。我也无由叹气："看来人们净瞎说。"二爷抽出旱烟袋来,燃起一锅,眯着眼睛说:"也不是,老伍幼时家在草地来,是蒙人。"我惊讶,老伍也是蒙人?就脱口说:"他怎么可能是蒙人?他不是姓伍吗?"二爷说:"应该是个蒙人,他喝了酒的时候,说的都是蒙话。可是平时不说。"我奇怪:"那为什么啊?"二爷说:"不知道,我们两个肯一起喝酒,才知道他会蒙语。酒醒了,他就不说了。并且,告我不要说给别人。"真是奇怪,我想不通,做蒙人有什么不好?二爷说:"老伍,好像他是家里的第五个娃娃,才叫老伍。"我问:"那他真名叫什么?"二爷摇摇头:"我也不知道。"中午的阳光晒得人昏昏欲睡,二爷躺下来,一边说:"一个人一个活法,他就那样,不说了,跟你一个娃娃家,说甚了。"我看见二爷没精打采的样子,也不再追问。只是心里奇怪,这个老伍,到底是个什么样的人呢?为什么村里的人家大门都不锁,至多用棍子拦一下,就连老谢家也只是用一只大狗看着,而不是锁着。而他的大门却用那么精美的锁子锁着,他在锁什么?

从二爷的菜园子返回来的时候,我专门又去了老伍的家。院子里依然死气沉沉,即使在阳光里,即使有许多杂草,依然显露出的是衰败的景象。我特意摸了摸那把锁,因着阳光的照耀,有些温热。那些花纹在我手里,仿佛散发着看不见的光泽。一小群野蜜蜂飞来飞去,添了一点凄凉的生机。

再次碰到毕力格的时候,我就跟在他屁股后头,不吱声。其实我想问问老伍的情况。我对这样的事情,总是穷追不舍。我想我或许不是要一个什么结果,我只是痴迷于神秘或貌似神秘的物事。毕力格要到野外拾粪去,胳膊上挎着一只箩头,右手拿着一只羊铲。他回头看了我一眼,并没理我。我一直跟在他后头,一边也把捡到的大片牛粪,扔到他箩头里,一边思考怎么开口。这个人我实在是不熟悉。倒是毕力格看到我的样子,有点失笑:"猫女子,你这是做甚了,跟在我屁股后头?"我见他开口,很开心,可是一下子不知道怎么说,只好嗫嚅着:"你看见天上的那只老鹰了吗?"我真是胡诌,哪来什么老鹰,我甚至没抬头看过天空。毕力格抬头:"哪儿了?哪儿了?"我不好意思,只好也煞有介事地抬头,说:"额,飞啦。"毕力格笑,不再说话。我吭哧吭哧,还跟着,我觉得脚底的小草都笑我。跟了一会儿,只好又说:"你说,老伍是个猎手吗?"毕力格奇怪地看我:"不是呀?"我说:"那天你不是说,草原上少了一个好猎手,就像天空少了一只雄鹰。"他不解地看我,突然笑了:"额,你是说那天赛马的事情。"我使劲点点头,继续把碰到的大片牛粪捡起来,扔到他的箩头里。他说:"老伍不是个猎手,但他是个好骑手,他一上马,好家伙,真是没法说,谁也比不上。"我说:"你见过?"毕力格说:"老人们说的。"我问:"你妈吗?"他看了看我:"你问这个干甚了？"我抿嘴笑，不好意思起来。他说："老辈里人们都知道，在希拉穆仁，他是最好的骑手，可惜啊！"我说："可惜什么啊？"毕力格见我兴致勃勃，干脆放下手中的箩头，盘腿坐在草地上，我圪蹴在他旁边，手支着下巴。他说："老人们说，他爱见了一个姑娘，俩人可好了。可是因为老伍家和那个姑娘家，正好是多年的仇人，所以俩家都不同意。"他停了停又说："不同意倒算了，可是这俩人偏偏好得不得了，谁也离不开谁。"他看我的样子，就说："说了，你也不懂，娃娃家。"我说："额，可是，后来呢？"毕力格揪扯着腿下的草，说："俩人就准备偷跑。"我睁大了眼睛。毕力格继续说："可是，被发现了，老伍被狠狠打了一顿，说是腿都骨折了。"我急着问："那个姑娘呢？"在一个故事里，我总是更关心女人，这种特点一直延续到现在。毕力格说："不知道，有人说，嫁到很远的地方，也有人说疯了。"我突然心里难受了起来，失去了问下去的欲望，我站了起来，不假思索地说："这不是真的吧？那个姑娘不可能疯。一定不是真的。"毕力格笑了："你要问么！这也是老辈们说的，谁知道是真是假。"

我闷闷往回走，已经完全不再理会老伍，脑海里一直有一个穿蒙古袍的姑娘，穿行在密密的草丛里，她有着美丽的面容和忧伤的神色。

我也不知道，过了几年，我已经上学了。那是一个秋天，大雁忙着往南飞。大人们忙着收庄稼。田野里，麦子倒下了，菜籽倒下了，胡麻倒下了。田野露出黄黑色的肌肤。虽然是丰收的景象，我却一点也不高兴。那么多葳蕤茂盛的东西，怎么在几天的时间里，呼啦啦就不见了。怎么能不让人伤悲？更何况，我的野蜜蜂们、蚂蚱们、蜻蜓们、蝴蝶们，以及蚂蚁们，也突然间，消失得无影无踪。整个冬天，再也没有可以和我说话的小东西了。虽然西北风会卷着雪花来，但雪花是大家的，不是我的！我确实万分不开心。

放学回家，吃饭的时候，二哥突然和母亲说："老伍也死啦。"母亲停下她咀嚼的嘴巴，那是一只扁扁的嘴巴，她三十多岁就掉光了所有的牙。母亲张着的嘴，像一个黑洞。她说："甚会儿来？怎么没的？"二哥说："我回来的时候，听人们说，中午的时候，给火车碰死了。"母亲黯然："这个老伍，孤苦伶仃，可怜的。"我也被这个事震到了，那个老伍，那个衣衫褴褛的老伍，那个传说富贵的老伍，那个有着故事的老伍，没了！我们一家人，谁也不再说话，只能听到母亲和继父长长的叹息。上灯时分，邻居山雀来，依然是尖脆的声音，却也带着一种感伤："你们知道了吧？老伍也死了！"母亲递给她旱烟袋，让她就着煤油灯抽旱烟。她说："我们家老汉看圪来，倒是没甚大伤。"她吐了一口烟，继续说："你说这个小气圪泡，火车道跟前还扔的几棵蔓菁跟萝卜。"这个曾让我讨厌的女人，眼圈发红："唉，他那是在铁轨上坐的来,可能是点了瞌睡了,不小心,就要了个命。"秋天的风在外面刮着,有不小的声音传来。植物说没就没了,庄稼说没就没了,一个人,也说没就没了!

老伍是光棍,后事是老谢带着村人收拾的。由于农忙,由于他本来就是光棍,所以很简单就办了。

后来,听人说,他的那个当作凳子的烂箱里,放着一个珍珠马鞍,拿出来的时候,光亮如新。人们都睁大了眼睛:老伍果然是个屹缩老财,有这么值钱的东西,都不舍得好好吃饭。我却在他们的描述中,记住了在那个烂箱子里,还有一串漂亮的景泰蓝的银项链,也光亮如新。这是我后来给它定的名,因为当时谁也不知道那是什么,只是说,有一个项链,像是银的,上面有点点的蓝色。

八　二哥的翻毛皮鞋

不知道为什么,我总是把二哥与夜晚联系在一起,是因为他总在夜晚吹笛子,还是因为我总是把夜晚与美与忧伤与神秘不可知的东西联系在一起?

我几乎喜欢所有的夜晚,并深深潜入其中,沉溺其中。当然这并不代表我讨厌阳光。

我喜欢阳光,就如喜欢空气与水,与此还有区别,因为它不只提供给我生命所需。从很小,我就知道,阳光有着另外的意义。这种意义来自一个场景:那是在我很小的时候,五六岁,还是七八岁,记不清,这不重要。我总是像一只鸟,或一只小兽,属于野外,尤其是春夏。清早的第一片阳光如水般泼向庙梁,泼向碾麦场,泼向东墙,泼向院子,再向西泼向鸡窝,越过西墙泼向玲玲家,一直向西,穿过数家房顶,穿过有时是荞麦,有时是黄芥,有时是小麦的田地。阳光经过这里会更加兴奋一些,因为,经过这里,就经过了另一种生机与鲜艳,它们或许在此之中有了另一种对话。我只能想出阳光从东到西的一路大面积泼洒而来的新鲜喜悦,却无论如何想不出当阳光遇到一大群花枝招展的庄稼时,会说些什么,雪白的荞麦花,金黄的黄芥花,麦子貌似不开花,可实际却有着草绿色的花蘖,风吹过时,有着密密淡淡的香气。它们如同各种各样的少女,应该会令阳光驻足,可是,我听不懂它们说什么。我很是为此沮丧和郁闷。最后,它们逾过铁道,照亮车站那些红砖砌成的美丽的房子,一直向更远的地方去了。这时候,我早已在野外了。我在干什么呢?天知道。是在逮蚂蚱,抓蜻蜓,还是拔野韭菜?要么是在草丛里寻找鸟窝,小小圆圆的鸟窝,就那么敞开在草丛里,或者麦垄间。窝里面有时会是嘴巴黄黄的雏鸟,有时会是几颗小小的鸟蛋,青灰色的底子上长满了细密的斑点,像女人脸上的雀斑。要么只是发呆,想不通风来自哪里,去向何方。当然有时候会拔掉一大溜玲玲家正在分蘖的麦子,因为玲玲妈老是看我不顺眼。还有什么呢?总之往往是太阳到半空的时候,我才拖着被露水打湿的裤脚,头发散乱地从野外回来。母亲并不生气,她有太多的孩子,没时间管我,只要我不饿着肚子就行。有时候,她也会很愉悦,轻柔地喊我过来,嗔怪地说:"头发像个鸟窝,回去拿梳子,妈给你梳一下头发吧。"这是我最幸福的时候:阳光从天而至,轻柔而温暖。那是世界上最美的阳光,那是无与伦比的早晨。之前之后,与母亲给我梳头无关的阳光与时刻,都无法与此相比。母亲坐在门槛上,我顺着她两腿,席石阶而坐。母亲的胸怀柔软得犹如棉花,又比棉花有着诱人的温度。她飞舞着木梳,我能看见阳光穿过木梳的缝隙呈美丽的条状,与木梳的颜色相映生辉。间或,她会用唾沫抿一下梳子,便于更顺利地进入头发。我的头发,总是乱在一起,很难梳通。我浑身暖融融、懒洋洋的,说不出的舒服。那只芦花鸡咕咕地叫着,走一步,提一下爪子,头昂一下,风情万种的样子。一只大公鸡从墙上飞下,落在芦花鸡的身上。芦花鸡吓了一跳,想要逃跑,却被公鸡紧紧抓着,不能躲开。不知道谁牵着牛从大门上路过,和母亲说着什么……我睡着了。这种时候,我总是瞌睡,头也抬不起来。母亲只好把我抱在炕上,先让我睡觉,睡醒了再说。母亲把我放在靠窗的锅头,炕热烘烘的,阳光从破了的窗纸间漏进来,形成许多小圆斑,不断地变换位置,我呼呼睡去。母亲当年四十五六或四十七八岁。从山西到内蒙古已经五六年或七八年。她四十岁生我,生我时已经有了好多孩子。她低过头,受过饿,讨过吃,满口牙三十岁时就全部掉光。可是我没太见过母亲哭泣,更没见过她抱怨,她总是一脸笑容与安详。那些时刻,我无法分清母亲的笑容与阳光,或许它们本是一体,而我在这一体里,安然无心地睡去。

我对阳光给予生命理解之外的另一种意义，就有些敬畏了。依然是一个上午，依然是我从野外回来。母亲给妹妹梳头。妹妹的头发真多，一根一根的发丝很粗，她一根头发，可以抵得上我三根头发。由此，我很是嫉妒。我的头发从小就少，所以我的辫子总是很细，两根辫子没妹妹一根粗。母亲曾跟人们说"贵人不顶重发"，我为此找到了骄傲的理由。当妹妹黑油油的小刷子骄傲地摆动之时，我摸着自己长而细的辫子想，我是贵人！许多年以后，妹妹坐在阳光里对着基督祈祷，平静安详。我突然想起贵人之说，那是多么美好的一个托词啊。当时我的物质生活比妹妹好一些，可是我心里充满了痛苦。而妹妹，这个虔诚的基督徒，永远是一片和乐的景象。她从不高声说话，更不骂人，顺时而然。为此我对生活有了另一种理解。妹妹想让我信基督，那时候，我正痴迷于对佛经的学习，作罢。妹妹轻轻一笑，也作罢。

妈妈给妹妹梳头，妈妈坐在门槛上，妹妹偎在她怀里。我坐在石阶上，看鸡啄食，听圈里留下来的小羊，撒欢地鸣叫。不知怎么回事，可能是妹妹伸手抓了一下眉棱骨，就抓破了，血朝着阳光，呈一条细细的直线，往外喷。母亲试图用手止住血，可是几次都失败。我更吓坏了，从没见过血作喷射状，我站在石阶上，手足无措。这时母亲好像想起了什么，一把拉起妹妹："快，到屋里来！"顺手抓起一把土，堵在伤口上。回到屋里，血果然慢慢停止流动了。母亲心有余悸地说："阳光下，血流动很旺盛，只有到了背阴处，才会好些。"

因了对阳光情感上的依赖，我甚至忽略了许多属于影子的东西，我希望永远是童年，阳光灿烂，不谙世事。比如我，从来就恨不起来。大伯死于战争，奶奶死于运动，家离析于运动。或许时间离我太远，我没有感同身受。因而我更模糊于人间各种大事。四岁那年，我裸着上身，从野外疯回来，走在洒满阳光的土路上，鸡鸣狗叫，一派祥和。我突然看到穿梭在村里的人们臂缠黑纱，有的人胸前还戴着小白花。我弄不明白怎么了，但感觉奇特。对于死亡，四岁的我真不能理解，更何况如此伟大的死亡。我只是觉得村庄突然变得肃穆而美好，人们说话，不再高声大气，变得温和有礼。十多年后，我回到山西老家，见到位不受人待见的老太太，她有一个儿子当兵。据说，那次伟大的死亡，让老太太大哭了好几天，见人就说："我的儿子怎么办呀？"我依然不明白，为什么会这样。但他的儿子后来我见了，复员，有了工作，娶妻生子。

对于夜晚的热爱，与上面所说完全不同，有些类似于喜欢花朵，那种单薄与美。人们热爱花朵，其中主要因其美，但又各自有各自的理由。而喜欢何种花朵，何种形式的花朵，也是因人而异。我喜欢单薄的、疏落的、暗色系的花，比如蓝色。牡丹确实真国色，但那种繁复与雍容，令我敬而远之。而透明、单薄的花瓣,与枝头零落的点缀着的花,让我目眩神迷,心生疼痛,欲罢不能。当然,夜晚本身要博大许多,可是在童年,夜晚却是单细的,蕴含了说不出的忧伤与郁结。而忧伤与郁结,好像并不属于热烈而拥挤的绽放,不属于"红杏枝头春意闹",引得游人如织,而趋向于"涧户寂无人,纷纷开且落"的随意与寂寞。所以,夜晚,是另一种花朵,在那小小的我的心里。有一年,我去头分子村,在人家的院子里,看到一种花朵,那种惊艳与忧伤,至今在我心头,历久弥新。花瓣只有四片,薄到透明,仿佛阳光可以从花瓣上方渗入下方,本来很淡的紫色里,显现出一丝一丝的纹路来。空旷的院子大概有五六株这样的花朵,摇曳在一些韭菜与葱的菜畦间,那些花因而显得更加美丽,却也更加孤寂。花朵随着微风,一片一片,轻柔地摆动,透明的花瓣,仿佛扫上我小小的心头,轻而重地压在我胸口上。而它本身的轻让人担心会突然随风而去。那个上午,我被惊到,我之前从没见过这么美的花朵。小小的心里有着被震撼到的神奇,同时升起了无边的忧伤,那是一种切实的忧伤,随着几朵美艳无比、孤寂无比的花,穿越时间隧道,一直延伸到我的成年。后来我见过许多花,每年花开的时节,到处去赏花,却再也没有见到那种情形,那种花。与忧伤相遇,在毫无心机的时光,是一种宿命。母亲后来告诉我,那是洋烟花。但凡美到忧伤的东西,或许因为生命本身带着毒。

我们是奔着幸福与快乐而来,可是我们为什么离不开忧伤,并为此沉迷?我喜欢那么多的夜晚,多是如此。一个姑娘变作媳妇的那个夜晚,应该是最快乐的时刻,可是怎么又不是另一种忧伤呢?即使这夜,她独守空房,白色的单子没有出现那动人的血色,可是,那也是一种蜕化,蜕化本身,是一场纷纷扬扬的花开与花落。

我热爱花朵有多少,就热爱夜晚有多少。生活不是花朵,实实在在,让人欢喜或叹息。可是生活何尝不是花朵,如果隔了多年的时光来看,生活全部葳蕤盛开。而在当年不谙世事的我眼里,亦如是。

内蒙古达尔罕茂明安联合旗,是个半农半牧的地区。草场丰美,原野广大,庄稼与牲畜安然成长。人们在这片毫无心机的土地上,安逸悠闲地生活。游牧民族的遗风犹在,故并不建造耗财耗力的大房子。人们劳作一天,要么放牧,要么锄地,或者收割。放牧是天天要去的,而种植、锄地与收割,几乎只需两个季节,且因土地平旷,出入方便,并不特别费时。人们并不很着急地要去干什么,一切随心,日出而悠然作,日落而安心息。

这样的许多夜晚,我们一家人围着煤油灯,母亲做针线,我和妹妹在炕上翻跟头,二姐绣花。有时候,会有邻居或村里的人来,说些桑麻或牛羊之事,抽着旱烟,任夜色在外流动。

这时候,背景音乐往往会响起,从墙皮并不厚的泥坯房里飞出,带着炉火的温度,弥散在整个村庄里。随着风的飞扬,飘向更远的地方。这个音乐是笛声,单一却丰富,那样的广大原野,那样的疏落的村庄,那样的清澈的夜晚,那样的婉转笛声,"安宁"更具有概括性,比什么词语都丰满而富有张力。这个词语,也是我最喜欢的。后来,读白居易的《琵琶行》,里面"岂无山歌与村笛,呕哑嘲哳难为听",很是让我愤怒了一阵子。想来白老,或许是因为不喜欢浔阳,所以才做如是语,就原谅了他。

吹笛子的是我二哥。二哥坐在火炉边,头微微歪着,笛子横在脸腮边,两只手一上一下,轻握笛管,手指上下开合,动作非常优美。随着他嘴唇的轻撮,声音就缓缓如水从笛管,从他的掌心流出。音乐响起时,我会很安静,凝视着二哥,觉得他真是好看。二哥确实长得漂亮,用现在的话说是帅哥一枚。在哈达图,大家公认,最漂亮的青年是我大哥,排第二的是我二哥。大哥聪明能吃苦,合作社的时候是村里的记工员。但很多时候,我看到大哥早早起来,套好马车,在村头大声喊:上工了……上工了……然后人们陆陆续续汇集在一起,坐上马车,开向田野,那里有大片的庄稼。二哥是个灵巧人,会制作与修理很多东西,会摆弄乐器,比如口琴、笛子。可是,他们娶不到媳妇。

二哥的笛声与夜色融为一体。那笛声仿佛是一条通道,里面飞舞着各种形状的花朵,有丝状的,有瓣状的,有条状的……

但无一例外,都是黑色。黑色的花朵,是我那个年代,那些夜晚,泛起在心头的一种植物。当然我没见过黑色的花朵,我以为是草原上花朵少的原因,总有一天我走出这大大的原野,会见到。后来,我知道不可能有黑色的花朵,很是失落。但我依然在夜里听到某种动人的音乐或某些湿润的文字时,会想起这种玄色幽冥的花。二哥挺爱逗我玩的,可这种时刻,他沉浸在他自己的世界里,眼睛微闭。他吹完一曲,会停留一小会儿,不知想什么,然后才好像是突然回过神来,眼睛明亮,神采飞扬。他有时会将笛膜揭下,重新换上一张。物质太过匮乏,但二哥总是有办法,总是能找到最薄最韧的纸,用唾沫沾湿,再次贴上,笛声重新响起。吹完了,他会将笛子擦拭干净,其实上面本来就没有尘土。然后小心地收藏起来,不让我们找到。其实,我想他是最防我的,因为,我总是对他的笛子好奇。二哥的笛子,我曾经翻箱倒柜地找过,但最终没有找到。

二哥会修理很多东西,比如,手电不亮了,他捣饬几下就好了。比如,三爹家小收音机发不出音,这让我们所有人心慌不已,因为我们每天下午六点半要听书。那时候最红的是《杨家将》,是刘兰芳说的。我们被里面的故事情节深深吸引,当然也被刘兰芳的声音吸引,或者二者已经融为一体。我由此知道的最早的历史是宋朝,而且知道杨家满门忠烈:大郎替了宋王死,二郎替了赵德芳,三郎马踩如泥浆,四郎、八郎北地为驸马，五郎出家为和尚，七郎被绑花椒树，被一百零八箭射死。六郎呢？正在打仗。还有一群女将，甚至烧火丫头也是英勇无比。我对这些个女人们充满向往，想象有一天我也可以驰骋沙场。所以总是自己一个人胡乱练习些自认为的武艺。当然，不让别人看到。我对杨家故事津津乐道，回家会给没时间听的母亲讲。但我最感兴趣的还是萧太后头顶的红头发。我想不出一个人头上有一撮红头发，会有多么滑稽。也想不出这样的一个女人，会是多么丑陋。后来读历史，知道了萧太后应该是一位美丽女子，且手段高明，才理解历史根本不能道听途说，更何况小说。可是有一天，收音机坏了，大家都成了热锅上的蚂蚁。花开两朵，才表了一支，怎么行？二哥去了三爹家，三爹根本不信任他，觉得二哥是个不务正业的人，收音机这样的精巧玩意儿，怎么能让他弄呢？二哥找了个三爹不在的时候，将收音机翻来覆去地摆弄，还拆开了后面的壳子，这样三弄五弄，竟然又正常播放。

二哥不爱上地，却爱摆弄这些小玩意儿。我们家削土豆皮的刀，就是二哥制作的，超级好用。二哥总是能找来一些废旧铁皮，用火烤，用小锤子敲，一会儿变成扁的，一会儿卷成圆的，用不了多长时间，就变成了一个生活用具：削土豆皮刀，压粉条的铁皮心，擦土豆丝的擦子，几乎家里所有的器具，都是二哥自己制作的。

二哥最爱看电影，只要知道哪个村子放电影，他一定会去。那时候，每个公社都有电影放映员，隔三岔五地到村子里。傍晚时候，把幕布挂在墙壁上，机器支起在一个合适的位置，夜色暗下来，机器的光亮起，光线呈喇叭状，投射在幕布上，人物就活了起来。我曾忧心忡忡地对二哥说："每演一次电影，要死好多人，谁要去演电影啊？"二哥手里夹着一根纸烟（天知道，他哪来的纸烟），吸了一口，呼出一团烟雾，很帅的样子。他低头不屑地看我："你懂个甚，那都是假死，要不，人都死光了。"我想不出明明鲜血直流，倒地死去，怎么会是假的呢？我想继续问二哥，二哥已经走开，走到前面大姑娘们集中的地方去了。他总是爱往女孩子们跟前凑，这也让我很想不明白。二哥这到底是看电影呢，还是看女孩子呢？

尤其是有"二人台"戏团来演出的时候，二哥最为兴奋。他最爱看"二人台"，台上一男一女，红装素裹，插科打诨，手舞足蹈，这种时候，满村子都是香艳的风情。我总是在戏前占个位子，等演出开始，好舒舒服服，不受影响地去看。可是，等锣鼓一响，就不见了二哥。有次，我途中上茅房，看见二哥站在很远处，依然手里夹着烟，和一个姑娘说着话。那个姑娘我不认识，想来是外村的。我回家，跟母亲说："二哥不好好看二人台，跑去和一个女人说话。"母亲没有抬头，只是叹了一口气。二哥跑过来，在我头上，使劲弹了一下："多嘴杂舌，不是个好东西。"

可是,这次以后,母亲给二哥买了一件皮夹克。黑油油的皮面,发着光。二哥是最爱美的,这似乎使他显得游手好闲。因为他总是花很多时间,捯饬自己。比如,对着镜子梳头发:二八分、三七分,不断变换花样。这下,更是让他春风得意。早晨很冷,他穿皮夹克,中午很热,他依然穿着它。走路的时候,头抬得高高,脚抬得高高,趾高气扬的样子。只是在上地的时候,他才把它脱下来,小心挂在铁丝上。我为此很是对母亲生了气,我想要个作业本都没有,倒有钱给他买皮夹克。我郁闷地对二姐说这事,我知道二姐有时候很讨厌二哥,因为他的游手好闲。我想唤起二姐的同情,可是二姐这次,坚决地站在二哥这边,让我觉得人心真是难以捉摸。

但很多时候,二哥是沉默的,即使是去相亲。虽然二哥心灵手巧,人也英俊,可就是说不上媳妇。这让母亲很着急,甚至动了让二姐去换亲的想法。二姐声泪俱下,与母亲斗争,才作罢。二哥相亲的次数越多,他越沉默。我曾看到他坐在院子里吹笛子,整整大半夜。那是个有月亮的晚上,我们都在屋子里说话,母亲和乡邻们聊天,我和妹妹依然在炕上翻跟头。二哥蹲在院子里,先是一声不吭,过了好久,笛声就响了起来。声音并不高,旋律低沉。二哥对曲谱是无师自通,只要他听过的歌,就能吹出来。有时候我能听出他吹的哪首歌,而有时候,我无法听出是什么歌，我疑心是他自创的。比如这晚，二哥的笛声是那么陌生，低沉地压在人心头，让人听了有说不出的伤感。家里人们说着话，说着说着，都停止了。邻人回去，我们钻入被窝，母亲吹灭灯，呆坐在黑暗里。窗户纸破洞漏入的光打在她身上，感觉凉凉的。半夜里醒来，母亲还是那样坐着，二哥的笛声还在低低响着。和着移动的月光，也是凉凉的。我爬起来，从窗户看出去，二哥还是那样蹲在院里，影子静静地贴在地面上，也是凉凉的。

二哥终于拥有了一双皮鞋，是那种军用的翻毛皮鞋。我不知道他哪来的，因为我想，家里一定不可能给他买。我做作业用的本子，都是买来的糊窗纸，裁剪一下，母亲用针线缝在一起，就成了作业本。纸面粗糙，高低不平，总是写不好字，我为此哭过不少鼻子。我怀疑二哥的皮鞋是村子里来的解放军给的，或者是用鸡蛋和车站的工人换的。

那一年，村里来了解放军，有十来个人。清一色的小伙子，绿色军衣，帽子上闪闪的五角星，个个英姿飒爽，住在大队的队房里。他们好像是来种地的。我家就在队房的后面，解放军们经常来玩。其中有一个叫刘青的北京小伙子，个头不高，年龄大概比二哥小一些，比二姐大一些，他们处得很好，大家都称他"小刘"。曾记得，他们一起跳大绳，两边两个人将长长的麻绳绕起，抡得高高圆圆，中间的人踩着绳点来跳。小刘身手非常矫健，经常一把将我抱起，噌一下闪入晃动的绳中，在绳中间，腾挪闪躲，上下左右，奔来奔去，然后，突然抽身，呼一下就跃出绳外，将我放下。大家的笑声响起在村子的上空。我怀疑这双鞋就是小刘送的。

另一种可能是用鸡蛋和车站的工人换的。车站和村庄有着无言的默契：公家供应给铁道工人的蔬菜吃不完，会低价分给村人。每隔两三天，村人们就会派代表去车站"接菜"，三四筐、五六筐不等。接菜的晚上，孩子们也非常兴奋，空气里都是美好的黄瓜味、西红柿味、小白菜味。母亲会用鸡蛋换菜回来，当晚，我们就会吃个够。工人们会买村庄里的鸡蛋，一毛钱一个。村人们总是攒着，攒到一定数量，就拿到车站，或者工人自己来村里买走。鸡蛋就成了村人们的生活来源之一。大嫂不会算账，就卖一个收一个的钱，这让我心里很是瞧不起她。我曾经悄悄偷过家里一颗鸡蛋，换了一个工人的一小袋零食，是膨化的玉米。那是一个中午，阳光懒洋洋的，母亲在炕上点瞌睡。我心里藏着一只兔子，不停地跳动。我已经觊觎了好几天柜子里的鸡蛋，终于等到母亲点瞌睡，其他人不在的时刻，我轻轻推起柜盖，拉开一条缝，刚够我细细的胳膊伸入。我一边观察母亲，一边使劲将胳膊伸入。母亲翻了一下身，我头上的汗就来了，赶紧装作若无其事地在柜子里瞎翻的样子。等到母亲又没了动静，我抓起一只鸡蛋，飞快地拿回胳膊，柜盖响了一下，声音好大。我不敢回头，逃了出来。跑出门的时候，余光里看见卧在阴影里的狗，伸着长长的红舌头。我的心虚得要蹦出胸口，飞也似的跑出大门。后来我怀疑母亲看到了，她只是不想揭穿我这小小的把戏。她知道她的女儿是怎么回事，她其实是对生活、对她的孩子洞若观火的。我也确实没再干过这事。可惜母亲去世过早，我没来得及印证。

我想象着二哥穿着他的翻毛皮鞋，在村里走来走去的骄傲模样。可是小伙伴们还是经常在我面前说："外来户，胶皮肚，吃得多，走不动。"我不知道该怎么反驳他们，就说："我二哥还有翻毛皮鞋了，你们有吗？"但这种炫耀，我自己都觉得底虚和丢人。我们确实是外来户，不过我自己对"外来"这个概念模糊。我是出生在这个土地上的，从落地起，就呼吸着这里粗粝的空气，感受着生硬的北风，看到的是苍茫的总是落不下来的落日，以及听着绵长的牛马羊的叫声。可是二哥就不是这样，他总是很生气，扬起手要打他们，他们一下跑开，声音就更大了，二哥追着他们，扔出土块打出去。这时候，我总是很开心，也帮着二哥，给他捡土块石头，递到他手里，虽然，我早已忘记了二哥为什么打他们。我确实不是一个温柔的女孩子，我总是向往快意恩仇的生活。邻居"山雀儿"——她是玲玲的妈妈，说话总是提着嗓子，一开口，尖厉的声音就划破村庄的云层——总是爱笑话人："哎——"声音是平着拉长的，"你们说哇……"依然很长,"那个山西老板(称老太太)家的那个娃娃。"手也比画起来,"不叫个东西……"她开始数落我们的不是,哈达图村,虽然有两家来自山西的,但另一家的女人比我母亲年轻,且住得离山雀儿家远,所以她说的就是我们家。然后,不知道她说些什么话,总之一串接着一串,尖而亮回荡在空气里。我们极不喜欢她,二哥给她起名为"山雀儿",我们觉得没有再比这个绰号更合适她的了。虽然有时候,她被她老公用铁棍打得爬不起来,一瘸一拐地跑来向我母亲诉苦,母亲就小心地安慰她。而我们却觉得活该,谁让你嘴巴那么讨人嫌。她老公晚上偷了我家的猪食,第二天,若无其事地来我家串门,虽然知道他可恶,却远比不上对"山雀儿"的讨厌。她一张嘴影响了我们对她的判断,事实上,很多时候,我们被语言掩盖。

有一次,在路上,我们狭路相逢。不知道她说了一句什么,我就拿起一块大石头,朝她扔去,然后接连不断地扔小石头,她一边跑,一边喊:"灰圪泡娃娃,为甚要打我了?"一边还威胁:"看我告诉你妈。"她在前面跑,我在后面解气地大笑。许多年后,我回到内蒙古,见到她,老了许多。原来高高的个子,佝偻了起来。依然是好看的面容,我突然意识到,她是长得很好看的。她的脖子上挂着十字架,她信了基督。看到我,高兴地说:"哎呀,这个娃娃,长成这么大了,真是个好闺女。"她早已忘了我打她的事情。我上去抱了抱她,有泪水涌上来,我使劲把泪水咽回肚子。她说起我母亲:"哎,你妈,实在是个好女人,挺想她的,经常梦见。"其时,母亲已去世好几年。

车站的工人都穿着油黑发亮的皮鞋,下到村里来的时候,雄赳赳气昂昂的。我妈那会教我唱:"雄赳赳,气昂昂,跨过鸭绿江……"但我觉得这个词语说得倒像这些个工人。我不知道村里的姑娘们为什么都想嫁给工人,我一直认为他们长得好看。为什么他们就长得好看呢?他们穿着制服,干净、笔挺。要紧的是他们说普通话,非常有礼貌。每到晚上九点,包白线的绿皮火车到站的时候,姑娘们花枝招展地去车站,说是去接站,可是,我很少看到她们接到谁。多数时候,站在那个小小的站房前,和工人们说笑。夏日的夜晚,草原上的夜凉津津、甜丝丝的。随着过往的火车汽笛声与工人手提灯的摇晃,夜就变得暧昧起来,空气里都是花香云影。绿皮火车过去,站台上会下来一些人,但多数与姑娘们无关,即使有关,此时或许也无关。绿皮车呼哧着朝南去,站台人影散乱,随即就安静了下来,通往村庄的路上就多了无精打采的窈窕身影,姑娘们回家了,她们在想什么,我不知道,她们都不说话。

一个早晨,阳光从破烂的窗纸间洒落进来,我爬起来,睡眼蒙眬地看到二哥坐在小凳子上,低着头,手来回动着。二哥比大哥懒一些,总是不肯早起。我穿上衣服,跳下地。原来二哥在往他的翻毛皮鞋上涂鞋油,已经涂了一只的一半。两只手上都黑乎乎的了。母亲从外面回来，大声呵斥："那能涂上，一会儿就又掉了，快去铲羊圈去。"二哥没抬头："额！"手依然不停地来回涂抹着。母亲一把夺去，二哥一闪，把鞋藏起来，洗洗手，走出去了。吃过晚饭，二哥又拿出鞋来，接着涂抹。没事的时候，母亲也懒得管他。那个晚上，我睡醒了过来，依然看见二哥在涂抹，不时还拿起鞋来，在灯光下，细细端详。

第二天早晨，二哥穿着他的黑皮鞋与皮夹克在村子里走来走去。我跟在他屁股后头，他不让我跟，我偷偷地跟。他回头，我就藏在某堵墙的后头，他转过去，我就跑出来。我也被他的鞋吸引了，觉得二哥真是神奇，哪天，把我的布鞋也涂成皮鞋的样子。二哥年轻英俊的脸上，洋溢着迷人的笑容。一只狗从旁边经过，他用皮鞋踢了一下，狗叫着跳开。二哥就弯腰，拂了一下鞋上的灰尘，其实只是个动作，他的鞋一点灰尘都没有。碰到二后生，二哥说："二后生，今晚上去车站哇？"二后生看也没看他说："行了。"扛着一把铁锹走开了。整个上午，二哥在村里转来转去，还去过好几家家里。直到母亲喊他回家吃饭上地的时候，他才不情不愿地披着一身阳光回家。

后来的许多个夜晚，我都能看到二哥黑亮的翻毛皮鞋整洁地摆在门口的小凳子上。尤其是在有月亮的时候，月光斜斜洒入，在散乱一地的布鞋中，二哥的皮鞋，鞋面上朦胧地泛着光泽，万分干净，万分寂寞，万分忧伤。

九　杏女

满满被绑着跪在大队院子里时,我正在一些不明真相的风里,穿过村庄。那时候,我总是弄不明白风的意思:比如为什么时大时小?为什么会旋着转,而且是围着我?我总觉得风刮过草和花的时候,是截然不同的。我曾经看到在风里倒伏的坚草,刺棱棱顺着风的方向倾斜,随即就立起来。我能感觉到坚草与风抗衡的力量,毫无妥协与相容。可是风刮过花的时候,花是东倒西歪的,无力的,懒洋洋的,甚至是很享受的,过好久才慢慢站起,一副慵懒的样子。我丝毫看不出花对风的对抗,那似乎更接近于一种调情?当然,那时候,我不懂"调情"二字。虽说不出,却是有着类似的想法与情愫。后来读"侍儿扶起娇无力",才觉风对草与花,确实是不同的,那应是一种宠幸或爱抚。可是我当时不懂,我很疑惑,我试图问风,它们却总是嘻嘻哈哈，不屑一顾绕过我远去。为此我很是郁闷，长久郁结于心，想要同别人讲，知道会被认作疯子，作罢。

　　我光着上身，从村外回来，天知道我与田野有着什么样的联系，我总是跑到野外去，浑身沾满野草或花香或风的气息回来。路过大队院子的时候，看到满满被反绑着，跪着。大队院子很大，空阔，所以站上几十个人，仍显得落落。我绕过敞开的大门，从侧面爬上土墙。大队的院墙，土夯实了后，再用泥抹上一层，坚固了很多。不像我家的打麦场，墙只是用土夯筑成，爬上去，不仅会沾满一身土，土还会簌簌落下来。而我家纯粹就没有院墙，只矮矮地用几块泥坯摞起，有的高，有的低，零零落落。这是母亲从山西逃难而来与大哥辛苦建成的，但母亲从不觉得自己的家简陋。她说："有吃的就好，这算什么！"二姐跟我说，从山西出来那年，父母是一路讨吃而来，为了生计，还把襁褓中的四哥卖予别人。我问："为什么啊？"二姐说："没吃的，幸亏你在肚子里，要不该把你给人了。"听到这我有些沮丧，我其实很想被给人，因为我总觉得别人家比我们家富有。但我没说，我知道这是不好的，一个孩子竟然不爱自己的家庭，这还得了！我说："为什么没吃的？"二姐恨恨："狗日的不给吃的。"我追问："谁是狗日的？"二姐说："那些说咱家是地主的人。"二姐这时候，往往很激动，就像后来把我名字从"王猫猫"改成"李三莲"一样义愤填膺。

她说:"爹没死没活地干活,结果秋天分粮食的时候,一粒也不给。一个王八蛋说,你家是地主,哪能吃我们贫下中农的粮!"二姐说着就哭了:"村里分土豆,爹跪在场里一个一个地帮人们装,结果到最后,一个土豆都没给爹。爹回家来,蹲在院子里哭,那泪啊就像泉水,不停歇。"说到这里,我也哭了。二姐就过来训我:"你哭什么,你又没经历过!"可是我妈从来不说这些陈芝麻烂谷子的事情,她总是闭着没有牙的嘴巴,闲着的时候,会抽烟,那种装在羊棒骨的旱烟,吐着一轮又一轮的烟雾。烟雾里,我看不清她的脸,也看不到她的喜怒哀乐,更看不到那段历史。

我爬上大队院墙,骑在墙头上。队长站在人群前讲话,书记坐在他后面的椅子上,抽着烟,烟雾不断。我听不懂他在讲什么,只记住了零零星星的"强奸""五年徒刑"等词语。周围的人们也不说话,他们的表情木然,却各不同。满满头要低到地上了,脖颈软得像面条,一个人的脖子怎么可以那么软!我看不到他的脸。我只看到满满的老婆站在满满身边,一把鼻涕一把泪,不断用脚踢着满满的屁股。这让我诧异,这个在我看来美丽的女人,从来都是安静的,怎么现在这个样子呢?我有些不能接受。我实在觉得没有多少看头,或许我是被什么又吸引了去,就哧溜从墙头上溜下来,但不小心被抹到墙里的小石子锋利的棱角,划破了肚皮,血慢慢渗出。我放声大哭,疼倒在其次,我是觉得自己活不了了,血都渗出了一大片,红红的,马上就要死了。一边哭,一边用两手捂着肚皮,不敢松开,好像一松开,命就像一只小鸟,忒儿地飞走了,然后,我就死了。母亲正在院墙外翻着羊粪,诧异地看我。我哽咽着,手依然不敢松开。我说:"妈,我要死了!"母亲一把拉过我来,问:"怎么了?"她没有看到我的肚皮,我的肚皮被手捂得严严实实。我依然说:"我要死了。"母亲笑:"你个神经病,又发什么疯。"我哭着朝着大队院子看,母亲误会了我的意思:"怎么了,大队审判人,又没审判你。再说,满满还不会死,你怎么就会死了?"我又低头看着肚皮大哭:"疼!血!"母亲这才意识到我的手捂着肚子。她要把我的手拉开,我不肯。我坚信,只要我的手开了,命就飞了。不是说,人死了,灵魂会从身体上脱离出来,自己走了吗?我说:"不要,会死的。"母亲又好气又好笑,一把扯开我的手,看到我肚子上渗出的一长溜血迹。一边赶紧找了块干净的毛巾,给我裹上,一边训我:"死,死有那么容易吗?这离心脏还远了!"我看到阳光如蝶般在我家院子里飞舞,甚至追逐着那只芦花鸡。我发现自己并没有死,心有余悸地吐了口气。我觉得母亲的话不对,上次我的手指破了,我说快死了,她说:"这离的心脏还可远了!"这次明明在肚皮上,应该离心脏很近的。我不满意:"妈,手指离心脏远,可是肚皮离心脏很近的!"母亲包好了我的肚子:"你又翻墙了吧，不像个女人家。"她没有回答我的反问，又去墙外翻那些永远也翻不完的羊粪。

我有些困了，坐在草丛里点瞌睡，摇摇晃晃中看见有一辆卡车驶出村外，车后站着两个穿公安服装的人。母亲自言自语："哎，这个满满，四十几的人了，一点也不懂事！"我才突然想起，车上拉走的是满满。我突然想起"强奸罪""强奸"是个什么玩意儿啊？我想问母亲，但一想，这一定是个不光彩的词语，就没好意思问。但我还是好奇，就问母亲："满满为什么会被绑起来拉走啊？"母亲不抬头："犯了罪了！"我问："什么罪？"母亲抬手擦了一下汗："强奸罪么！"这正是我感兴趣的，因为我知道满满一定是犯罪了，只有犯罪的人才会被公安带走。我迫不及待："什么是强奸罪啊？"母亲说："你个娃娃家儿，问这个干什么？"我说："我不知道么。"我突然觉得满满被卡车拉走，会不会被枪毙？那么他要死了吧？心里不寒而栗。我问母亲："公安会枪毙满满吗？"我心里甚至想到电影里那些枪毙人的场景。母亲说："谁知道？"母亲不再理我，只是头抵在锹把上，若有所思。后来母亲突然说："你爹老实巴交，没什么过错，都被斗来斗去的，何况满满犯了这么大的错！"空气里混杂着青草腐烂的气息，和蚂蚱闷闷的声音。我不明白母亲说什么，也不想再纠缠下去，只好怏怏地回家，再说我确实困了，肚皮也隐隐发疼。母亲在我背后自言自语："这个满满不应该呀,虽然不太老实,但也不应该呀!"

不过我也确实没有觉得满满是坏人。其实确实不了解他,我还很小,这个世界却那么远,我根本看不到,更不明白。但我并没觉得他坏,是因为他有一个安静的心灵手巧的老婆。满满的老婆凤女子,长得细眉长眼,很少说话,总是很安静地坐在她家炕头上剪窗花。这是她给我的第一印象,这个印象直接影响了我成年后对美女的判断的标准:细而弯曲的眉毛,细长的眼睛,眼角梢朝上。安静,会做手工,比如裁剪、绣花。满满的闺女俊霞,和我年龄相仿,我有时会到她家。几乎每次都会看到她妈安静地坐在炕头,干净的油布上凌乱地放着红纸,有时有一些彩纸。她则右手拿着剪刀,左手拿着花纸,对着阳光,认真地剪着,不时有碎纸屑落下来,细纷纷的,落在炕上,落在她俏生生盘着的膝盖上。偶尔她会吹一下被剪的花样,把上面自己不肯掉下来的纸屑吹下来,然后对着阳光瞧。那种情景我觉得安详极了,美极了。有着这样老婆的男人,怎么会是坏人呢?可是他确实是被公安带走了。而满满老婆在大队院子里哭泣的情形,瞬间让我对"人"有了不一样的看法。我总认为,满满老婆不应该是这样的,她应该是坐在阳光里,剪着窗花的姿态,永远安静,永远美好。我不知道这是怎么了。后来,我专门去了满满家,我想看看满满老婆成了什么样子。当然她依然会剪窗花,依然会眯缝着眼对着阳光瞧她手里呼之欲出的花朵，依然是她如水般平静的细眉长眼。可是，我分明感觉有什么东西从这个画面里抽离出来，软塌塌的，似乎欠缺了能立起来的东西。或许，这是六七岁的我模糊地对模糊人生的想象。某一年，满满女儿俊霞出嫁，那时她已经出落成一个丰满的女子，胸脯鼓鼓，走路的时候，颤巍巍、仿佛要掉下来的样子。满满已经老了，满满老婆也老了，依然细眉长眼。我留意了一下，他家的窗户装上了玻璃，已经不再贴窗花了。两口子招呼着众人，喜气洋洋却也有着悲戚之色，毕竟是嫁女，而且是远嫁。说是嫁给一个蒙人，要到很远的草原上去。我只看到一个母亲，一个老妇人，那些记忆里的她美好的景象，与现在完全不搭，好像那个剪窗花的美丽妇人从来都没有出现过。

可是，这以后，不再看到杏女。

大哥是村里的记工员，秋收的时候，大哥最先起来，一边套马车，一边高喊："上工了！上工了！"拖长的声音，横着穿行在透明凉爽的空气里，我能看到这些声音兢兢业业地到达每家的窗前，进入每个劳力的耳朵里。这时候，我总是很兴奋，跑前跑后，追逐着这些声音，追逐着美好的早晨。当然，还帮着大哥套车，这主要还是因为我想跟着到地里去。我喜欢看着风追逐着麦子涌起的波浪；我喜欢看着麦子一大片一大片地被割倒，裸露出空旷的原野里；我还喜欢看见麦捆子，两个头对头被人字形放置，像极了两个抱头痛哭的兄弟，麦子遇到麦子，可不是兄弟遇到兄弟？"老乡见老乡，两眼泪汪汪！"何况兄弟二人？当然，我还喜欢看到劳作的人们，此起彼伏地呼喊，大声说笑，姑娘在前面跑，小伙子在后面追，秋天突然高了的天空下，洋溢着无法抗拒的青春气息和不可名状的某种冲动。

杏女的声音是最亮的，杏女的身材是最丰满的，杏女也是最调皮的。杏女或许还不满十六岁，但是身体却发育得比风刮得还快。二姐比杏女大两岁，可是瘦得像根筋，脸上也总是缺少血色。杏女却不同，个子虽不高，可是却胖胖的、圆圆的。脸圆，肉乎乎的，人人都想掐一把。胳膊圆，胸脯圆，屁股圆，就连笑声也是圆的。她的笑声清脆，圆润。她一笑，大家能看到她的笑声像珠子，在麦浪上滚动，能滚到每个人面前的麦子上，滚到每个人的心里。她奶奶说："这死丫头，只长肉，不长心。整个一个傻闺女。"杏女是她奶奶带大的，我从来都没有见过她的父母。我以为她父母死了，可是二姐说，她父母并没死，只是不生活在这里。我问二姐："那为什么她父母不接她回去？"二姐说："我也不知道，人们说她父母是'右派'。"雒文也是"右派"，可是他和家人生活在一起啊。为什么杏女的父母不能和杏女生活在一起呢？二姐说不知道，我就问母亲，母亲说她父母被下放到很远的地方，她是下放前被送到乡下她奶奶家的。我问："下放是什么？"母亲说："就是放到下面去了。"我不知道什么是"放到下面去了"，难道"下面"是"土地下"？天！不会是死了吧？由此我对杏女有了万分的同情。可是杏女自己却很快乐。杏女割麦子总是很快的，她割着她的几垄，总是把别人远远甩到后头，然后，她就调皮地藏在未收割的麦子里，等别人靠近的时候，冷不丁窜出来，吓别人一跳，然后自己咯咯大笑，身体在麦林里前仰后合，她总是首先自己就笑了起来。被吓到的人，就追着要打她，她就跑，笑声珠子般滚在麦浪里与空旷的地头上。所有人都会停下来，认真听她的笑声，看她在麦林里如一只圆圆的小鹿，矫健优美地伸展着她的四肢。追她的有时候是一个姑娘，有时候是一个小伙子。二姐总是忧心忡忡：这个杏女，调皮捣蛋也该拣着人啊，让一个小伙子追，是个什么事啊？可是杏女仿佛不知道男人和女人的区别。当然许多人，只是逗她玩，追追撵撵一阵子，也就罢了，大不了用土疙瘩打打她。况且，这种贪玩，是不被允许的，队长会提出批评，怕耽误了劳动。可是，有些大胆的小伙子，会追着把她压倒在麦林里，要她讨饶才好。这时杏女就会大喊："救命啊，欺负人啊！"一边喊，一边大笑。老成些的人会说："哎，小伙子，行了啊，行了！"当然，这种情况并不多，所以，杏女依然调皮，依然活泼。哪怕是劳累了一天，收工回家，她坐在车上，还会叽叽咕咕和人说话，打打闹闹。

可是杏女不再出现在人们面前了。我以为她是找她的父母去了，二姐却说杏女就在家里。那一年的秋收，冷清了许多。

我也懒得跟他们上地,况且我也要上学了。母亲对二姐说:"你去看看杏女吧,可怜的娃娃。"二姐说:"看过了,她瘦了很多。"母亲叹了口气,不再说话。那是一个夜晚,我睡在被窝里,看月光透过窗户纸洒进来的斑斑点点,听母亲和二姐有一搭没一搭地说话。二姐说:"杏女说,其实满满并没对她怎么样。"母亲说:"那也不应该,她一个小女娃娃,甚也懂不得。"二姐说:"是,满满也太坏了,他竟然把手伸入杏女的衣服里,杏女就大喊'满满强奸人了'!"母亲说:"这个娃娃,或许还不知道'强奸'是个什么意思,所以她就瞎喊了!"二姐说:"杏女说满满不知道怎么了,突然就抱住她浑身亲起来。"母亲又叹口气:"这个满满,也不是个东西,一个小娃娃,怎么就能这样。"母亲和二姐不再说话,我数着被窝上的光斑,想着杏女在麦林里的笑声,想着她像小鹿一样的身姿。好久,被窝上的光斑不断移动。二姐说:"当时正好金锁在山后遛马,听到了,过来,满满就跑了,杏女趁机赶紧跑了,金锁就把这个事情告了队长。"母亲也没睡着,说:"现在正是'严打',也算满满倒霉。"二姐恨恨地说:"倒霉甚了,活该!"母亲说:"杏女可怜的,她的父母谁知道活不活的了,她奶奶说到现在都没个音信儿。"

  杏女再在村里出现的时候,是准备嫁人了。那已经到了冬天,杏女把自己裹在厚厚的衣服下,脸埋在头巾里,不再抬眼看人，总是低着头。和人说话，眼睛不知放在何处。我看见她虽然穿着厚厚的衣服，却不再圆润，衣服和人完全是两回事，衣服兀自厚重，人兀自瘦弱。就像她和这个她才要进入，却立马远离的世界。她要嫁给村里的二头，二头家里穷，岁数已经很大了却娶不回媳妇儿。二头其实是个很精干的后生，我曾经看到他独自把石阶上一袋麦子噌一下扛起来，像我拿一块砖头般轻而易举。其实，想要娶杏女的人还很多，二姐说，虽然杏女名声好像不好，可是不难嫁出去。我知道，确实，村里以及外村的适龄青年很多。在那块土地上，那个时代，或许娶一个媳妇儿生儿育女比一个虚无的名节重要许多，毕竟，那是一块蛮荒的土地，而正是这种蛮荒使得人直奔生存主题，使人直奔人心深处，也成就了某种宽容，所以，我爱这块土地。可是，杏女奶奶选择了年龄大的二头，她或许觉得身强力壮的二头可以保护这个没心没肺的可怜孩子，并且，和自己在一个村子里，照应起来方便。

过了几年，杏女就生了一男一女两个孩子。满满老婆凤女拿着许多营养食品去看了杏女。母亲说："凤女，也是个好女人。"二姐说："杏女那个没心没肺的女人，她完全忘了过去的事情，高高兴兴接待了满满老婆。"母亲说："不忘了要咋样？哭？闹？骂？一个村里抬头不见低头见。再说，忘了才好，这样，她也活得开心。"二姐还是郁闷，觉得杏女原谅满满老婆是一件很不好的事情。对于伤害，二姐总是耿耿于怀。母亲就骂二姐："你这个犟骨头，你就是喜欢过不高兴的日子。"二姐说："难道你忘了那些让你低头的人了吗？"母亲说："没有呀，那哪能忘了？"二姐得意："这不结了，你也忘不了吧！"母亲说："你以为，杏女忘了吗？她只是不恨了。我也不恨那些人了，恨了又不管饱吃！"二姐瞥了母亲一眼："我想剥了他们的皮！"

满满没有被枪毙，这让我很欣慰，因为我喜欢凤女，我不希望她没男人。我对一个家庭中有没有男人，其实并没有多大的理解，"有"和"没有"有区别吗？比如我家，其实就是母亲和一大堆孩子，虽然继父在，可经常病在床上，和没有区别并不大。虽然父亲每年会来一次，但太稀少，根本形不成一个家庭完整的要素。但是，满满被押走的那一天，凤女的伤心与愤怒，让我觉得，这个男人对她来说一定会很重要，那就让他回来，我不希望我喜欢的女人伤心。满满回来的那天，我正要上学去，远在五十里之外的公社。没有交通工具，我需要自己走着去。母亲把我送到庙梁西，说是庙梁，其实却没庙。我怀疑曾经是不是有过一个庙。就如有一个村庄叫"合教"，但村里几乎没有一个信教的，甚至不知道"教"是个什么东西。我也曾经问过人，但几乎没有人知道。我就问最有文化的雏文，雏文说可能是毁掉了，他也不太清楚，因为他来哈达图也没几年。但他就坚定地说："一定是毁掉了，那个时候，有什么不能毁呢？"我又问黑爷，黑爷说也说不准，也说大概是毁掉了。我又问黑爷"合教"是什么意思，黑爷说不清楚，大概以前有几个教派，在这里合在一起。我问什么是"教派"，黑爷说，就是那些什么基督教啊、喇嘛教啊、佛教啊、天主教啊、红教啊。我被说得一头雾水，细问黑爷，他也只能说上这些。

母亲送我过了庙梁西，路上出现一个人，低着头，背着一卷铺盖。母亲一边叮嘱我，让我自己一个人走快些，一边看那人。母亲认出是满满，忙问："咦，满满，你回来了？"那人抬头，俨然很瘦，但面孔却白皙。我想，坐牢也挺好的，能让一个人白呢！村里的人都被晒得黑不溜秋。他点点头，不说话，赶紧又低头从母亲身边绕过，急急朝前走了。母亲不再看他，只是叹口气，继续叮嘱我："你走快点，小心点。"我抹着眼泪背离母亲，我不知道该小心什么，是小心狼吗？这个地方是没有狼的，连母亲都说过的。她在老家山西曾多次看到狼，但这里没有。这里曾经有黄羊。黑爷说，那时候黄羊一群一群的，到处是。可自从修起了铁路，就再没出现，硬是给吓跑了。我很遗憾，我想那应该是一群美丽而胆怯的动物，要不为什么会怕火车？可惜我看不到了。所以我拼命想一群一群黄羊的场景，是像家里养的羊那样吗？黑爷说，那不是，黄羊角很长，身形很灵巧，哪像家羊那样笨呢！额，原来黄羊还是聪明的！二姐那会儿背课文:"黄洋界上炮声隆,报道敌军宵遁。"我一直以为她背的是"黄羊",理解成黄羊听到炮声,就逃跑了,正好契合黄羊胆小,连个火车都怕。没有狼,那让我小心什么呢?我一边悲伤,一边觉得母亲多事,有什么可小心的。但还是有让我害怕的,是沙尘暴。沙尘暴来了,昏天黑地,那才瘆人呢!可是,草原上经常是沙尘暴,能小心得了吗?我一边走,一边胡思乱想,早已把满满忘到九霄云外。

许多年以后,我回到了内蒙古。我和妹妹在我大哥家里聊天,母亲已去世多年,房子也倒塌了。真是房子起,房子塌啊!我很是感慨。和妹妹聊与之相关的流年往事。这时,进来一个妇人,四十来岁的样子,脸上虽有不少皱纹,却因为化妆遮盖了不少,眉目清秀,身体清瘦,却显娉婷。我认不出是谁,只是觉得,这真是个妖娆的妇人,不仅因为她化妆,她的脚指甲上也涂着红红的指甲油,趿拉着一双露趾头的高跟凉鞋。她坐在炕沿上,两条腿翘着,脚指甲一晃一晃在凉鞋里分外风情。她说话的样子也极妩媚,虽明显有些做作,却也很可爱。妹妹说:"把你闲得,闺女嫁了,儿娶过,真是神仙日子!"她笑:"哎,是了么,闲得人身上疼了还。"妹妹笑:"我看你是打麻将打得身上疼了。"她说:"哪是呢,我昨天晚上没打,在网上和朋友聊了一晚上。"妹妹说:"啊呀,你真时髦了。"她撇撇嘴:"人家他老子给买了个电脑,说是嫌我闷了。我就学会了聊天。"她望了望门外，低声对妹妹说："网上，还能找对象呢。"然后捂着嘴，呼噜噜地笑。妹妹也笑："快不要瞎谝了，一个电脑能找对象？"她往妹妹跟前凑了凑，又放低了声音："你还不信，有一个男人硬是要跟我见面了。"妹妹睁大了眼睛，她还没有电脑，不明白其中的缘由。妹妹说："哪的人了么？你能知道是甚东西了？"她说："能视频了哇，我们在视频上看来，是一个三十来岁的男人，还挺好看的。"妹妹更加惊讶："二头知道了不？"她笑："不知道，不叫他知道。"这时，外面有人喊："杏女，杏女，快来。"她站起来说："我走呀！"说着就一摇一摆风情万种地走出了屋子，我看见她红红的脚指甲，在她的凉鞋里没有时光地妖娆招摇。

她走后，我惊讶："她就是杏女啊，怎么和以前一点也不一样了？"妹妹说："是啊，她就是杏女，人家儿成女就，现在好活多了。"我说："她奶奶还活着吗？"妹妹说："早死了。"妹妹突然想起什么："前几年，她跟一个河南人跑了一段时间，后来又自己回来。"我说："二头呢，不管她吗？"妹妹说："也管了。管不了。"我想再问问她父母的事情，想想算了，一来，妹妹也不知道，二来，事情过去了好多年，大概也能推断，况且知道了又有什么意义。这与她的人生已经没有关联了。

走的那天早晨，我在站台上看到了她。她也要上火车，想必是要去包头。她穿着鲜艳，走路轻轻摇摆，身姿窈窕，那十趾蔻丹依然在凉鞋里绚烂。这个女人，俨然是一朵极力将生命延展的花朵。我不知道，她是怎么成长的，或许不需知道，生活会塑造许多人，就如，季节会催生各种花朵。只是我不知道，她是要去走亲戚，还是要会见那个网友？火车轰隆而来，她上了另外一个车厢。我突然回想起那个圆润的姑娘，想起她灿烂的笑脸，想起她珠子般的笑声，想起她在麦林里奔跑，想起人们都望着她的情景，那个画面真美，美到让我想哭。我坐在座位上，抹了一把脸，满是泪水！

十　东头起　南头起

　　我不知道彩虹为什么老出现在东方，母亲说那是因为太阳在西天上。可是太阳是从东面升起的呀？母亲说，下雨才可以出现彩虹。我大概有些明白，下午下雨后，才会出现彩虹，这时候，太阳在西天，彩虹自然在东面。可是过后我就又不明白了，那上午有时候也下雨啊，为什么东面没出现彩虹？难道因为上午下雨后不出太阳，还是出太阳也不出彩虹？想得头疼，也想不明白，总之我见到的彩虹都在东面。我还想，要是彩虹和太阳在同一个方向，一个五彩缤纷的半圆里头套着一个清晰明亮的太阳，那多好！可是从来没有这样的情况出现。但这些还不是我最纠结的，最让我纠结的是，我去追彩虹的时候，得绕过东头起。草原的彩虹，是紧贴着地面的，它一出现，我总是赶紧朝着它跑去，我想顺着彩虹一头攀爬上去，那我就可以上天了，那将是多么惊人的事情。可是彩虹总是在东头起的东南方向，我必须先绕过东头起，才能赶到彩虹那里，但我并不喜欢东头起，尤其是东头起的小胖子肉肉。

哈达图住着来自四面八方的人们，操着不同的口音，我从来没有觉得这有什么不合适。这也直接让我后来毫无违和感地融入城市，我觉得城市里很安全，这样的语言环境总是让我如鱼得水。曾经有人问，你做梦睡说，会用什么语言，我想了想，说，各种。是，我会各种方言，这要看我梦中所处的环境。这让他们很惊奇，因为有人甚至连普通话都说不了，而有的人融入不了城市，是因为他们特别不适应这样南腔北调的语言环境，他们在这里万分不安，只有回到原住地，那个只有一种口音的地方，才让他们呼吸均匀，无比幸福。而我不是，我总是这样与别人格格不入，母亲说我是"脱国曹"，我虽不明白那是一个什么具体的意思，但可以听出母亲的无奈与鄙夷。虽然哈达图是如此支离，但有一块地方，却是固定的、合一的、紧密的，别人无法插进去，那就是东头起。

东头起，泛指姓郭的，大概是弟兄五个，他们是住地户。弟兄五个是我的推测，因为我真的不知道这五个人到底是哪五个。我只知道老四和老五家，老四叫四大个，个子真高，我得仰起脖子，才可以看到他的头。他有五个女儿，几乎个个都高，但五闺女却不高，我不知道她是因为小，还是就是长不高，总之她和我一样高。老五叫满满,有个会剪纸的巧手老婆,这让我很是喜欢。但为什么一定是五个呢?因为没有老六。而最让我讨厌的小胖子肉肉,却不是这两家的,那他到底是老几家的,我弄不清楚,我不熟悉。总之,他住在东头起的最东面,院子里面拴着一条凶恶的狗。肉肉见着我就骂:"外来户,胶皮肚,吃得多,走不动。"我怀疑这是他们东头起人的共识,因为我曾经被东头起的一个大人骂过,我忘了因为什么,但我记得他挑着一担水,从秀秀家门前走过,骂我:"小圪泡,山西圪蛋,都不是好东西。"从此我对东头起有了很深的恨意。为了报复肉肉,我曾经在有月亮的晚上,轻手轻脚地跑到他家院墙外,接连扔进去几块石头,狗就嘹亮地乱吠起来,我心惊肉跳又心满意足地飞也似的跑开。为什么要选择有月亮的晚上,因为没有月亮,我不敢,我害怕有鬼。月亮明亮地照着,我断定鬼不会出来。哈达图太大,那是一片广阔的原野,上面居住着最多的当然不是人,而是大片的植物:树、庄稼、坚草、九股层、甜草苗、头疼花、羊齿齿花、小鬼下脖子、凝棘、马莲……数不清的昆虫:蚂蚁、蚂蚱、蜻蜓、蝴蝶、粪巴牛、野蜜蜂……天空中有云朵,白的,或者蓝的,还有灰黑的,傍晚的时候几乎都是让人目眩神迷;当然还有马牛羊,当然还有风,我怎么能把风落下呢?草原的风无处不在,我出去时,它在我衣襟上、裤脚处、头发中、睫毛间,甚至被我握在手心里,装进袖筒里带回家。我如此详细地一一说出来,是因为它们都是我的朋友,我不舍得落下它们中的任何一个,但我还是不能一一列举,我为这心生不安与愧疚。我太忙了,弄花弄草弄昆虫弄风,忙得我不亦乐乎,所以顾不上关心人,尤其是大人。

事实上,东头起住的不只是这姓郭的五兄弟,还有一家,来自山西临县,对,我不曾谋面的故乡。我对故乡毫无记忆,因为我不仅落地在哈达图,而且在我落地的时候,我相信有一缕风钻进我血液里了,那是草原的风,充满了我,与我成为一体。而其他东西,再也无法进入我的血液,比如每年来的父亲、比如临县来家讨吃的人、比如粽子、比如信件,这些都是临县的零碎印象,那只是被强加给我的据说是我前世就应有的信息,我却不能接纳,我觉得那是故事,与我无关。然而临县还是给了我很深的印象,点点滴滴,闪耀在我的记忆里。就比如除了上面所列举的故乡信息之外,故乡还是暗夜里原野上一长串荧荧火光,那是东头起临县的阿姨去世了。

不知什么时候,哈达图又来了一家临县人,是一个女人和他的儿子,还有一个傻外孙女,住在东头起。母亲常去他们家,人们说,老乡对老乡,两眼泪汪汪。我认真观察母亲和那个阿姨,虽然她们谈话时,总是有唉声叹气,但却没有泪汪汪,这让我怀疑这句话的真实性。她家的儿子与我二哥差不多大,却极聪明,二姐说他是"精得忽赛赛的",大概就是聪明到了极点了。

不久，他就娶了哈达图的一个女人为妻。这让我们极为叹服，进而怀疑起二哥的智商，同样是临县人，同样是走口外的，同样穷，为什么人家就能很快娶妻，而二哥却娶不到。我很心疼二哥，我觉得二哥人英俊，又会吹笛子，手还很巧，他其实很聪明的，可为什么娶不到媳妇呢？为此我在野外偷偷和风说过，风停在我脚边，不说话，大概它也不知道，这世上就是有许多弄不明白的事情吧。

比如她家的那个傻外孙女。我其实并不太想跟着母亲去她家，因为我不喜欢东头起的气息，但我非常喜欢和她家的傻外孙女玩。她叫桃梅，我觉得那是世界上美好的名字，而且她也配这名字。桃花和梅花是什么样子，我没见过，二姐说桃花很漂亮，春天的时候，开得粉腾腾的，像云霞。梅花她也没见过，但见过满满老婆剪的"喜鹊登梅"的剪纸，是很好看的。总之这是两种再美不过的花。桃梅的脸就是粉腾腾的，眼睛黑得像宝石，清澈的宝石，一尘不染。

我经常在她的眼睛里看到我，我就戏弄她："你眼里有个铜人人，我眼里有个尿人人。"我自恃比她聪明，所以总是肆无忌惮。

她有些胖，身体像发面馒头，饱鼓鼓的，已经有了乳房。但她毫不在意，玩得高兴了，就把衣服随便脱了，露出背心，露出晶莹的肌肤，甚至乳房。她姥姥就一边骂她，一边赶紧给她穿上，她也不拒绝，任凭她姥姥穿，可是过一会儿，就又脱下来，她姥姥再穿，她再脱，如是反复。母亲和她姥姥忧心忡忡：这可怎么办？傻成个这？从她的脸看起来，她就是个小孩子，甚至比我小，可是她姥姥说她已经十六了。

她认真地凑在我脸跟前，仔细瞧我的眼睛，还用手拨开我眼睛，端详了好久，嘻嘻笑："你眼睛里是我，你眼睛里是我！"

我说："对呀，你眼睛里是铜人人，我眼睛里是尿人人！"

她依然笑嘻嘻："额，是了，我眼里是铜人人，你眼里是尿人人。"

她大概不知道我在骂她，重复着，却还是顺着我的意思说着我的话。我有些泄气与惭愧，泄气是因为，骂一个人，而没有得到回应，是件真没意思的事情；惭愧的是，她让我突然觉得自己是多么不地道。这时候，我就会丢下桃梅，悻悻地回家去。但我心里总是憋着一股什么劲儿，无法散发出来。出门，我并不从来时的方向返回，而是从东走，走入东头起的核心处，中间夹着一家，过去是四大家和肉肉家。肉肉多半会在门口玩儿。他比我高一头，很壮的样子。肉肉见到我，脱口而出："外来户，胶皮肚，吃得多，走不动。"我的泪哗哗而出："去你妈的，你才是外来户，你个胖圪泡，去死，去死。"我边哭边骂，空气里都是战争的气息。肉肉不知所措，却也不肯停口："你哭甚了么，爷又没打你，哭死了？"他家的狗，吠吼着试图扑腾出来,我被吓住了,站在那里,哭也不敢了。桃梅追我出来,见到我这个样子,扑上去就揪住肉肉的头发,一只手掐肉肉的脸。肉肉不明真相,两只手乱舞,却因为被揪疼了头发,哇哇大哭。一时之间,厮打声,嚎哭声,狗叫声,乱成一团。

肉肉家大人跑了出来,一脚踢在桃梅肚子上,一边骂:"寻死了,圪泡么,你个傻子,好厉害呀!"又瞟眼看到呆站在旁边的我,大骂:"怪不得,山西圪蛋,要么呆,要么傻,还这么厉害,这群外来户圪泡们,早点死尽吧!"

桃梅"啊呀"一声倒下,龇牙咧嘴,想要撑着,却大概太疼了,撇了几下嘴,大声哭了出来。

母亲和桃梅姥姥听到了声音,跑出来,赶紧过来拉起桃梅,对着肉肉家大人说:"啊呀,娃娃们,谁家的不打架了,不要这样么!"

肉肉的头发还是被抓下来一绺,桃梅下手确实挺重的。肉肉家大人揉着肉肉的头,白着眼:"你们家桃梅那么大人,咋就成了娃娃了?赶紧管你们的这个傻圪泡哇。"

桃梅姥姥扶着还捂着肚子的桃梅,往回走,声音低低地:"她不是傻子嘛!"

但被听到了,肉肉家大人大骂:"咋了,傻子就应该欺负人,我看你们外来户就是这种德行,要么傻,要么呆,看爷怎么收拾你们!"

我知道他说的"呆"是说我,因为我有"书呆子"之称。母亲看着站在旁边的我,一把拉过来,一边往回走,一边小声骂我:"我就知道是你这个大搅头惹了祸,害得桃梅受了苦。"我反而不哭了,只是心跳得突突的,有些害怕和担心。我是挺害怕肉肉家大人凶恶的样子的,但我更担心桃梅会不会被这一脚踢死?我想问问母亲,桃梅会不会死,但看到母亲生气的样子,只好闭嘴。

第二天,我悄悄跑到桃梅家院子门口,桃梅正在院子里,抱着小羊羔晒太阳。脸依然粉腾腾的,眼睛黑亮,反射着太阳的光辉。我放了心。

不过听说,肉肉家大人果然伙同东头起的那几家,到了桃梅姥姥家,要个说法,说他家肉肉总头疼,就是因为桃梅揪肉肉头发揪坏的。这事情,后来竟然惊动了南头起村书记呼延虎,据说,桃梅家赔了肉肉家一只羊才作罢。为此母亲心里很过意不去,那年八月十五的时候,特意杀了一只羊,给了桃梅姥姥家半只。

桃梅姥姥去世的那年,桃梅已经嫁人,是很远的一个村子里的光棍,大概三十来岁年纪,说不久就生了一个孩子,是个女孩儿。桃梅不懂得生孩子,这个女孩儿生在了草地上,当时她出去追一只羊羔,结果生了孩子。她却不慌张,坐在草地上,抱着那只羊羔,抚摸着羊羔柔软的毛。这被远近村庄当作了笑谈，但都庆幸桃梅命大，孩子命大，母女都安然无恙。

关于故乡的一些零碎印迹，包括桃梅姥姥去世夜祭那晚的原野上的荧荧火光。我并不害怕人死亡，但我担心花儿会枯萎，蝴蝶会死去，草会衰亡。我曾经流着泪把一只死去的乌鸦轻轻埋在石块垒成的窖里，但我真的不害怕人死亡。继父去世那年，我守在继父灵前，没有一点恐惧之心，同学前来看我们哭丧，我竟然羞涩地笑了。为此，二姐认为我呆得不可救药，我觉得也是，虽然这样我多么不开心，但我改变不了。所以桃梅姥姥去世，我只记住了出夜祭的时候，长长的送丧队伍，在野外一点一点，形成一长串的火焰，我觉得那又神秘又美丽。母亲先是到桃梅姥姥棺材前哭，母亲的哭到现在都让我记忆犹新。母亲拉着我，面色平静，我并没有看到她的悲戚之色。然而到了桃梅姥姥灵前，突然就跪将下来，哇的一声大哭。我甚至被吓了一跳，一边也跟着跪下来，一边看母亲的脸，母亲不仅嘴里念念有词，而且泪水如拧开的水管，唰唰而出。我看出她是真伤心的，然而我一点也不能理解母亲，这种突然的悲伤来自哪里？许多年后，我也哭过别人，虽然我并不会念念有词，但那种伤心无法言说。我才真正理解了这种貌似凭空而至的情感。那时候，母亲已去世多年。

母亲跟着送丧队伍，这时候她已经不哭了，一边走，一边说着什么，并不时与前后的人小声说着话，我却被一路上的小小火焰吸引，一团一团，闪烁着，眼睛般。远远望去，形成一串明亮的线条，美丽无比。我离开母亲，走到队伍最后面，看着这火焰蜿蜒的长线条，开心极了。我顺着这线条走，跳过一个火焰，再跳过一个火焰，朝前看，朝后望，仿佛自己也是一小团火焰，闪着明亮的光辉，我甚至笑出了声。我多么希望这些火焰不要熄灭，能永远这样亮下去，那我每晚都可以去看看它们，想着自己也变成火焰，或者只是坐在屋顶上，只遥望着这种温暖明亮，也是好极了。可惜，夜祭完了不久，我回家，再回望的时候，已经熄灭了大半，我沮丧极了。

我再也没有看到过那么美丽的景象，母亲也再也没有那么在丧礼上哭过，因为桃梅奶奶是临县人，母亲大概才会这样。所以，故乡于我，就是这些碎片。所以他们骂我外来户的时候，我气愤又无奈，我的血液里穿行着哈达图的风，可我却是外来户！

我说过我是个经常瞋眦，然而却不能必报的"小人"。首先也不可能全报，因为力量不够。我曾经在野外自己学拳，希望能够学成，报复那些我不喜欢的人，比如肉肉家的大人，比如那个骂我山西圪蛋的人，然而，除了能接连不断侧手翻之外，一无所成。所以对于那些大人我觉得我无能为力，只好想着等长大了，再找他们算账。其次，我的记性很不好，除了对肉肉的仇恨，其余的人，我用不了几天就忘记了。在肉肉家骂过桃梅与我之后的好几天，我决定再也不和东头起的人有来往，和他们断交一辈子。然而，当四闺女与五闺女来找我玩儿的时候，我把这些全部忘到脑后，一步三跳地跟着她们出去了。

四闺女个子比我高，细长的眼睛，五闺女双眼皮，白净俏丽，她们是东头起四大个的女儿。我从来不去她们家，当然不是因为她们是东头起的人，跟她们玩儿的时候，我才不记得她们是来自哪里。这时候，我觉得她们和风呀，草呀，花呀，蝴蝶呀，差不多。她们从我身边跑过，和风从我身边吹过差不多。我握着她们的手，就像握着一把野花，那种九股层的花，蓝色，鲜艳恬静。所以，玩儿的时候，我就会走神，她们就笑我，嘻嘻哈哈的样子，也像极了花东倒西歪的样子。我没去她们家的原因，是因为她们的大姐。按理说，她们的大姐，应该叫大闺女。因为她的妹妹们一字排开叫：二闺女、三闺女、四闺女、五闺女。可是她叫"芝兰"。草原上的人起名字，很是漫不经心，仿佛只是一个记号，像给羊的背上涂上红印泥、蓝印泥，只是为了与别人家区别，除此之外，毫无他意。比如有人叫"六四"，那是因为，生他的时候，他爷爷六十四岁了。比如二后生、三后生，当然大后生就不能这样叫了，那样也未免太胡乱，总得有个开头的，稍正式点的，羊群里都还有个头羊呢，何况人。最让我觉得人和草原上的生灵差不多的一个名字是羊换，他们家不生孩子，就和别人家用羊换了一个孩子，顺便取名羊换。

芝兰是个郑重其事的名字,我想,生第一个孩子的时候,是不是就比较稀奇,所以格外在意。而后来的孩子,大人们早已过了那个欢喜劲儿,就随便点个名了。为此,我很是伤心,虽然我有正式的名字,而不是叫"七七",但想想母亲生我的时候,已经不再把我当一回事,就像生下来一个猪儿子一样。大概也是这样,母亲很少抚摸我,她有太多孩子,哪有那么多精力?可是母亲经常抚摸妹妹,这让我更加痛苦。我觉得我是世界上最不受欢迎的人,所以才总是到野外去,在那里,置身在各种原野的物事中,会感受到某种莫名的温暖。我们都很害怕芝兰,因为她是老师。所以我们几乎都不到她们家去。

芝兰当老师非常严格,我很庆幸,她并不代我的课。我曾经见她把四闺女打得出了鼻血,那让我们害怕了好久。哈达图的学校是复式班,一年级和三年级一个教室,二年级和四年级是一个教室,五年级单独一个教室。哈达图是一个大队,由附近的好几个村庄组成。每个村庄虽然都有学校,但只有一二年级,三四五年级就得来哈达图上。然而很少有孩子能上到五年级,大多念完二年级就不念了。能念到五年级的寥寥无几。我能完整读完小学,是沾了我家就在哈达图的光。

四闺女是三年级,我是一年级,我们在一个教室里。老师给一年级上课的时候,三年级在自习;给三年级上课,一年级在自习。那是一个夏天的上午,阳光从玻璃外照进来,晒着窗户边的学生,暖得让人点瞌睡。芝兰在给三年级讲课,她个子很高,腿长长的,讲课的时候,声音嘹亮。我朝窗外望去,学校低矮的围墙外,散落着一丛一丛的马莲,重重叠叠,一直延伸到杨来宝的窑洞跟前。马莲花开得正旺,像蓝色的云霞。天空没有一丝云彩,仿佛真是全部掉落在地,变成一片一片的马莲花。远处有人骑着马,飞奔而过,我似乎能看见马蹄踏起的灰尘,在马后也如掉落的黄云朵。一群羊,安闲地在山坡上吃草,看不到牧羊人,大概躲到哪里睡觉去了。一只蜜蜂从窗前飞过,接着是一只蝴蝶。我的视线,就随着蝴蝶去了。教室的门开着,不时有小缕的风漏进来,吹动门跟前同学们的书页,轻微地响。蝴蝶竟然从门里飞进来,轻轻地落在立着的教鞭上,许是累了,安静悠闲地闪动着翅膀。同学们听课的听课,看书的看书,走神的走神,或许都没有注意到这只蝴蝶。我看看周围的情况,得意极了,觉得蝴蝶是我的,我就专心地看着它美丽的羽翼在一束光里摆动。那根教鞭是芝兰特制的,草原上很少有竹棍,真不知道她从哪里弄来的。我经常见她挥舞着它,吓唬同学们,当然也见她用之抽打同学的屁股,也左不过两三鞭,但那也足够让同学们恐惧了,所以她的课同学们很安静。蝴蝶还在教鞭上立着,一动不动,偶尔扇动翅膀。两个同学被叫到黑板上演算算术。突然,我听到一声大叫:"郭四,你这是做的什么题?你给我站住。"蝴蝶被吓飞起来,不知所措,转了几圈,大概找不到门，就落在教桌角上，我能看到它缩作一团，虽然那其实并不能明显看出来，但我知道它一定是这样，我的心也缩作一团，疼。四闺女已经演算完题目，走到桌子间，听到声音，立马转过头来。我看到她的肩膀不自觉抖了一下。她不知所措地看着芝兰。芝兰一个箭步窜下来，右手揪住四闺女的后衣领，一把就把她推到了桌子底下。她的头碰到了谁的桌子腿，额头上立马就青了一大片。没等四闺女爬起来，芝兰继续揪着她的衣领，把她拖到黑板前。四闺女连滚带爬，勉强在这拖拉中站起来，一脸蒙圈地看着黑板，又眼泪汪汪地看芝兰。芝兰见她这样子，更加恼火："连这么简单的题你也做错，你脖子上那个是脑袋，还是糨糊瓶子啊？"四闺女下意识地伸手摸自己的头，嘴里嗫嚅："脑袋……"还没说完，芝兰拿起她的教鞭就在四闺女的屁股上抽起来。四闺女疼得脸都扭变了形，泪水更是哗哗而出，却不敢哭出声，手上下乱动，又想抹眼泪，又想捂着自己的屁股。我们都被吓呆了，大气不敢出。那只蝴蝶不知所措地乱飞，竟然落在芝兰的头上，大概觉得不妥，又飞起来，不知道该飞往哪里，只好又落下来，落在了芝兰手里的教鞭上。芝兰气坏了，虽然我们不知道她怎么突然来了那么大的气。她大概没有看到蝴蝶，只是觉得教鞭现在或许也解不了她的气，就把教鞭扔下，照着四闺女的脸，呼呼扇耳光。蝴蝶又飞起来，转了几下，终于找到了门，一下就飞出去，绕了几下，就绕到了马莲花丛那边。我长出了口气，却又被眼前的景象吓住。四闺女的鼻孔里流出了鲜血，顺着嘴唇流下来。芝兰这才停止了扇耳光，鼻子里喘着粗气，从兜里掏出手绢，扔给四闺女："郭四，人笨么，连鼻子也不耐，赶紧擦了，回座位吧。"

这让我见识了东头起人的厉害，她打自己的亲妹妹都可以如此下狠手，那么对别人，该如何？好在后来再没有发生这样的事情。但让我心生恐惧，我不想升入二年级，因为二年级和三年级的算术都是芝兰教的。我回家问二姐："我能不能不上二年级？"二姐纳闷："你不是爱念书爱得不行么？怎么就不想上二年级，你难道不想念书了？"我嘟囔："我只是不想上二年级。"我从来没有对上学，尤其是上二年级如此消极。二姐摸摸我的头："不烧人呀，说甚的胡话了，你学习那么好，为什么就不上学了呢？"她又叹气："像你这么个书呆子，不上学可怎么办呀？"她忧心忡忡。我知道和她说不清，就和母亲说："我能不能不上二年级了？"母亲说："你是不想念书了？"我摇头。母亲笑："额，你是想跳级，那个郭素珍说，你这个孩子学习那么好，能跳级了。"我使劲儿摇头："我就是不想上二年级。"我停了停又说："我也不想上三年级。"因为三年级也是芝兰在教算术。母亲没那么多耐心："那哪能了，跳级也不能跳到四年级啊，你快不要胡思乱想了。"我最终没有和她们说我是害怕芝兰，才不想上二年级和三年级。因为不久我就忘了这件事,我总是被其他事情吸引,而且我说过我记性不好。好在不久芝兰就不是老师了,她嫁人了。芝兰不教书后,四闺女开心了好久,成绩也好了很多,因为我竟然见她得了奖状。可惜,念完四年级,四闺女也不念书了。和我一起念书的女孩子,越来越少,等上初中的时候,无论男孩女孩,整个哈达图大队就只我一个人了。

南头起也养着一只大狗,其实比东头起的凶恶多了。如果说东头起是一个家族的话,那么南头起就单薄多了,然而,南头起其实比东头起有更大的威望。因为南头起单指一家,是呼延虎家,也是在地户,是哈达图大队的书记。他个子并不高,却很壮,国字形脸,很威严的样子。他家的狗并不拴着,有人从他家门口经过,狗就从他家大门呼地窜出来,朝着人大叫。这时往往是他老婆从屋里走出来,轻声呼唤:"虎虎,不要瞎叫,回来。"那是个相当好看的女人,虽然年龄不小了,却胖瘦适宜,风姿绰约,面容白净,声音圆润,显然是不太干农活的人。那狗就乖乖地回到院子里,然后她就与路人打招呼,说抱歉的话。多数时候,他家的大门是关着的,那大门是铁栅子的。哈达图有这样大门的人家不多,一般人家几乎就没有大门,只是四面土夯的矮墙,只在南面留着一个口子,供人出入。但我还是被他家的狗咬了。我和伙伴们玩儿捉迷藏,那天他家的大门是开着的,一个女孩子就藏在他家院子的一个小圈圈里。玩得很开心的时候,我们总是忘掉了一切,所以我就忘了他家的狗,径直跑进去追那个女孩儿,狗不知道从哪里跑出来,紧追着我,我吓得魂飞魄散,飞似的跑进那个圈圈。可是那个圈圈的口上有个矮墙,当我一条腿跳进去,要把另一条也跳进去的时候,狗一口就咬住了我的腿肚,我抱着头哇哇大哭,好像被咬着的是我的头,而非腿。他家闺女金梅出来,好不容易弄开了狗,我的腿已经鲜血淋漓。呼延虎一边大声训斥着狗,一边把我抱回他家,掀起我的裤腿,给上了些什么粉状的药,包了些布条。她女人给了我一把糖,装进我的裤兜里,然后呼延虎把我背回家里,母亲千恩万谢。虽然他家的狗咬了我,让我再也不敢路过他家门口,但我丝毫不恨他们家。我经常想起呼延虎宽厚的背,像一盘炕,温软而舒服。没过多久,我的腿就好了,而且没有留下一点疤痕。我是有多么旺盛的自我修复能力啊,和草原上的植物一样,死掉一茬,又出一茬。倒是因为狗撕烂了我的裤子,金梅给我家拿来一块布料,说是她妈说了,让给我做一条新裤子,可怜的娃娃。我欢天喜地,以为可以有新裤子穿了,然而最终没有见给我缝,我依然穿二姐替下来的裤子。但替给我穿的时候,已经很破烂了,因为二姐也是穿别人替下来的裤子,比如二哥的、大哥的。我不知道那块料子哪里去了,我怀疑是给大哥说亲,给了大哥的丈母娘家了。

哈达图的冬天是漫长的,从八月十五过后,就几乎进入了冬天。但冬天却又是消闲富有的,因为冬天意味着要过年,过年就意味着杀猪宰羊。黑爷说:"穷半年,富半年,且待有了两个钱,又遇了个过大年。"我不知道黑爷的话里的生活艰辛与流年易逝。我很开心能够富半年,能够过大年。大人们在家里谈天论地论人生论来年,而我满世界地跑。虽然冬天冷到能冻掉人的牙齿,我还是乐此不疲。我跑到野外,看坚硬的荒草从厚厚的雪堆里直直刺出个头来,我就蹲在雪地里,用手指拨拉那草,草发出枯黄干燥的沙沙声,硬硬地轻微摇晃一下,就又恢复原状。就这样我能一棵枯草玩一上午,直到手指头冻得疼,才肯离开。当然,我也会顺着谁在雪地里留下的大大的脚印,往前走,直到走累了,再踩着这脚印回来。所有的昆虫都绝迹,但麻雀还在,一大群一大群散落在雪地上,一会儿飞起,一会儿落下。它们大概也是冷,用这种方法取暖。因为我就是用走来走去保持身体的热量。当然,麻雀也可能觅食,可是雪地里哪里来的食物?再就是看远处的雄鹰飞过,看到眼睛生疼。然而我并不觉得无聊,因为我知道,春天就藏在这冷和这雪里,单等来年东风一吹,一切就又活跃起来:草绿,云轻,风软,蝴蝶翻飞,花盛开。

大概阴历十一月份时,家家户户杀猪宰羊。每家会杀一头猪,杀几只羊,至少也杀一只,过年就可在家里守着炉火,开开心心吃肉。但有一家会杀牛,就是呼延虎家。我家也有牛,我很希望我家也杀牛，但我家不杀牛，因为牛来年还要耕田。可是呼延虎家据说有一群牛，在更北面的草场上，雇着专门的放牛的人。呼延虎家杀牛的时候，村人们会去帮忙，因为他家会杀好几头牛。杀牛的时候，我去看过一次，我看见那几只牛并不拴着，却不乱跑，只乖乖地跟在屠夫的后头，大大的眼睛不断流出泪水。当杀手拿出刀要捅向牛的脖子时，我赶紧跑了回来，抱着我家牛圈的老黄牛，无声地流眼泪。继父看见我这样子，并没问我什么，他知道我是怪异的孩子。那以后我再也没有希望我家杀牛，事实上我家就从来没有杀过牛，不是因为怜悯，是因为杀不起。

我问二哥："呼延虎家为什么杀那么多牛，能吃得了吗？"二哥说："他们要送公社了么。"

我奇怪："他们公社有亲戚了？"

二哥说："给公社书记了哇，还要给旗里头的书记了。"

我张大了嘴巴："额，书记家的亲戚都是书记，怪不得。"

二哥大笑，不理我。

所以我一直以为，呼延虎做了哈达图多年的书记，就是因为他们是做书记出身的。就像我从学校里拿回奖状，别人就会夸我学习好，母亲就会撇撇她早已没牙的嘴："哎，没办法，家里祖辈就是读书人！"大概这读书人是世袭的，书记也是世袭的。

呼延虎家的儿子叫喜喜，上学的时候，会来家叫三哥，然后两人一起相跟着去学校。金梅的母亲说，我家是读书人家，喜喜和我三哥一起，一定会喜欢读书，会是个好的。但事实上三哥并不好好读书，拿枪弄棍，生事打架。好在成绩还不错，且不久就从哈达图回到了山西。

我家是读书人家没错，但事实上，三哥后来并没有承袭读书人的家门，当了兵，后来在一家企业谋生。倒是呼延喜喜后来又当了书记，那时候不是公社，已经成乡了，他在乡里叱咤风云，踩得整个达茂旗的地皮响。二姐后来说起来非常遗憾，她说："猫猫，你要是没回了山西，一定能嫁给喜喜，你看人家喜喜，做了西河乡书记，又要到旗里头，做个甚书记呀，你看你要是没回山西多好，我们跟着也沾光，娃娃们找个工作，就是动个嘴皮的事情。"我确实记起来，呼延虎对我很好，见到我就眉开眼笑，多次对母亲说："把这个猫女子给了我们家喜喜哇，你看娃娃袭人的，学习又好。"

有一年我又回内蒙古，二姐说："喜喜也死了。"我问怎么回事，二姐说："你不知道，喜喜胖得不成样子，又能喝酒，大概是喝酒喝死了。"

十一　村外的小泥房子

　　村里有许多废弃的泥房子,窗户大开着口子,像黑洞洞的眼睛,任凭风呼噜噜进去。有一段时间,我认为这些大口子,是沟通人间与天的通道。在一些漆黑的夜晚,会有神仙悄然通过这些口子来传达某些神秘的有关人间祸福的信息。就如母亲曾经说过的一些谶语:天上三环套,地上人头抛。我问母亲什么是三环套,她说就是突然出现三个环子套在一起。我还是不明白,我怀疑母亲或许也说不清楚。但母亲却说,毛主席死的那一年就出现了三环套。别人也附和,说,是啊,要不那一年周总理也死了,而且还出现了大地震。我也知道那次大地震,是从一些别人扔掉的废报纸上看到的,但这些废报纸,不是整张的,总是破破烂烂、皱皱巴巴,一小块一小块的,没有完整的内容。我捡起来读,最让我感兴趣的是"蓝光闪过之后"。

我并没太关心那是多大的灾难，也不关心其中的浓重悲伤。那时候，我对这些极度不敏感，远不如一朵花落了让我伤心。"蓝光闪过之后"，"蓝光"，我对"蓝光"产生了浓厚的兴趣，那是怎么美丽的一束光啊！是原野上的闪电那种光吗？是那种有着刺人眼目的天空的花朵吗？我对闪电这种天空的花朵痴迷而恐惧，总是在闪电的那一瞬间，闭上眼睛，然后倏然睁开，再胆战心惊地闭上。那种心尖上的遽然痉挛，许多年后，还能在某个时刻突然发生，仿佛想到一个爱人。夜晚，我路过那些开着口子的房子时，总希望而害怕遇到一个神仙，可是没有，无论希望还是害怕，都没有。母亲说，她小时候，遇到一个神婆，说她是天上的采花兔，被派到人间，到时间就要回去。而且母亲总强调她看到过鬼魂，村里的其他一些人也看到过。可是，我什么都没看到。我想，他们都与"天"有关系，有神性。而我没有，要不怎么什么也看不到呢？哪怕是骇人的东西也好。我很沮丧。

那些房子一般都是空的，有的甚至炕皮都是开的，露出厚厚的黑烟尘，萧条地显示着曾经生活的痕迹。也有一些房子，里面还会有一些破烂的家什：铁锅呀、缺口的碗呀，或者要散开的席子。有一次我看到有个破房子里有半截碗，上面有漂亮的花纹，在白白的瓷上，鲜艳妖娆地绽放着。这里曾经住过什么样的人家，有这么漂亮的碗，为什么走的时候不带走呢？太不珍惜了！我赶紧从窗洞爬进去，将它取出。爬出的时候，不小心割破了手，血流得挺厉害。回家后，不敢跟母亲说，不敢把手伸出来，生怕母亲看到了，骂我一顿。但是还是被二姐看到了，一边找了块破布条给我裹，其实已经不流血了，一边骂我："一天不干好事，教你做个营生，你就圪哼，做这些乱七八糟的事，一下也少不了你！"我不敢吱声，只怕她继续生气的话，会摔了那只破碗。后来，我小心翼翼把那半只碗拿到石头上磕，磕到只剩上面漂亮的花朵。这比把一块砖头磨成小圆球麻烦多了，要小心翼翼地打制，去掉无用的地方，又要避免弄碎了瓷片，还要保全花朵的完整，花了我好多个下午。我把它藏在东窑的一个隐蔽的旮旯里，只是和最要好的朋友玩的时候，才拿出来，充作过家家的装饰。我不知道这些房子里的人家哪里去了，正如我不知道哈达图的人来自哪里。

有一年我跟着继父去什拉文格，路过陈六九壕。我看到一些废墟，只剩光秃秃的夯基。但可以推测，这里曾经是一个村庄，或者住过一家人。至少陈六九住过吧，要不为什么叫陈六九壕呢？可是，这些人或这家人去哪里了？草原上的村庄与村庄总是离得很远，十几里是最常见的。而村庄最明显的标志是有一口水井。我看到陈六九壕是有一口水井的，可惜已经干涸，杂物落进井里，一眼就能看到，浅浅的。我朝井里张望，看见一条蛇，细细地附在井壁上，好像也朝我张望。我吓了一大跳，头发几乎要竖起来了,出了一身冷汗。天,多么可怕!我是最怕蛇的。后来回到山西,有好长一段时间,我一个人待在家里,做饭或者挨着墙壁捣黄豆钱钱,经常有蛇从破院子的石缝里钻进钻出,有时候,它们会从我身后飞快地窜走。我毛骨悚然而又无能为力。我望着圪棱上那座还算体面的,曾经是我家的,但现在已经是别人家的大院子,心里有许多悲伤。我想不出我养尊处优的姑姑们是如何在这个大院里、小小的绣楼上度过她们美好的年华。许多年后,我只能在这眼破窑洞里,与一些蛇共处我最美好而落寞的少女时光。我羡慕死了我的那些姑姑们。虽然,我出生时,她们已经流落各处,并且有一位已经在一所大宅子里黯然去世。可是我还是无端地嫉妒。

陈六九壕已经只成为一个纯粹的地名了。那些夯基上生出一些杂草,在风里,左右摇摆。旁边有几处蚂蚁的窝,蚂蚁忙忙碌碌地进出,好像有很长的日子要过。但哈达图的废弃房子,虽然废弃,却还是房子的样子,里面的人或许走了不久,还有着生活的痕迹,总是能让人遐想,这里曾有什么样的生活,有什么样的喜怒哀乐。不过对于村人来说,并没什么,就如天总是要下雨的,总是要刮风的,总是要出日头的。过一段时间,总有一些没来头的外地人,住进来,或一段时间,或一辈子。

大哥家旁边的一眼废窑洞,有一年就住进一对母子,说是河南来的。说是一九六〇年就从河南出来了,居无定所,停靠了好多地方，总是待不久，最后，来到哈达图，住下来。支书老谢给了他们一些地，就生活了下来。那个儿子年龄和二哥差不多，名叫进明，年龄很大了，总是娶不到媳妇。但和二哥很要好，看着极和善。可是二姐私下里总是说这个进明脑子里缺东西的了。我不知道缺什么东西，脑子里怎么会有东西，觉得二姐尽瞎说。我很喜欢他，有一年，他好像回了一次河南老家，给我买了一本漫画书。书是黑白的，黑白分明的黑白。里面一只攥紧的手，在有力的胳膊的挥舞下，那只手像是铁锤一样砸下来，手里紧紧攥着的是几个贼眉鼠眼的人，这几个人被攥成瘦长条，嘴巴张开着，丑恶而可怜巴巴。最可笑的是，一条盘着的蛇，很是妖娆，蛇头是一个女人的脸，嘴巴大大张开，旁边几根线条发散出来，是一组重复的字："我要当女皇！我要当女皇！我要当女皇！"我笑着给母亲看，母亲说："这是说江青。"我问她怎么成这样了？母亲说："鬼知道，三十年的河东还倒河西了！你家倒是地主来，东山上的好人家，不是也走了口外！"然后叹气："谁知道了，那是人家上头的事。"我很是不解，那么多历史在我的头脑之外，远没有一朵花，或一棵草的开落与我的关系紧密。

后来，进明他妈嫁给村里的一个老光棍，叫大佬的。这个光棍大佬是本地人，弟兄三四个，他是老大，唯独他没老婆。可是，过了没几年，又分开了。进明和他妈后来不知道去了哪里，有人说回了河南,但只是道听途说,谁也没见过。我很是为进明伤心,怎么就连个媳妇都没娶到。二姐说:"你看他那个缺弦样,只能跟他妈一起过,都不是好东西!"母亲打断二姐的话:"就你能,你省得个甚了!"二姐不服气:"就是吗,人们都说,娘母睡一个炕,人家大佬不让。"母亲要给二姐一个巴掌,二姐跑开,嘴里还是不服气的呼呼声。二姐实在是不喜欢进明,我不知道为什么。我曾经问二哥,二哥说不知道,又说,进明也确实脑子不好,分不清个轻重。我不知道这些糊里糊涂的话,但为着那本书,很是同情进明。在哈达图,能得到一本书,真是了不起的事情,尤其对于我来说。我很珍惜这些书,可惜,后来南来北往,找不着了。

进明和他妈走了以后,那眼窑洞很快衰败下去,不知哪一年,纯粹不见了。或许,也是坍塌了。那些土坯呢?土坯也没有了,夯基平平的,长满了草,看不出曾有过人活动的痕迹。后来,大哥扩大自己的院子,在那里打了院墙,并垒了一个圐圙,放草料。进明一家的痕迹,纯粹没了。

还有一个小伙子,不知道为什么,名叫"大仙爷",也是河南人。他黑黝黝的皮肤,很结实,有着很深的双眼皮,吃饭呼噜噜地响,总是很香的样子。他是孤身一人,为什么到内蒙古,以至为什么到了哈达图住下来,别人都不知道。他只是很认真地帮各家干活,赚一口饭吃。但对他的身世,他讳莫如深,总不肯说。他曾经帮我家干活,母亲总是给他把饭盛得满满的。其实我知道,即使他不给我家干活,母亲也会给他饭吃。母亲见不得穷人受罪。有一年在山西,她因为是地主老婆,吃不出饭来,去邻村讨吃。天下雨了,她躲在一家人家门口。那家女主人其实认识母亲,不仅没给她饭吃,并且不让母亲在她家门口避雨。母亲很受伤,说给我们听的时候,我眼泪汪汪,母亲却没有,连眼圈都不红,只是说,以后看见穷人了,给一口饭吃吧,不是到了万不得已的份,谁去讨吃呢!所以她看着大仙爷,就觉得心疼。大仙爷也确实懂事,总是抢着干活,很是勤快。母亲甚至有把二姐嫁给大仙爷的念头,被二姐义正词严拒绝:"你知道他是个什么人了?没根没基,你知道是好是坏?"母亲说:"挺老实勤快的小伙子!"二姐说:"老实勤快的可多了,我都嫁吗?再说,你知道他到底怎么回事,万一是个逃犯了?"母亲愣了一下,很少的,没有对二姐发火。二姐的话,让我对她刮目相看,也让我对大仙爷有了不同的想法。后来的一年,大仙爷突然走了。有人说去其他地方打工了,也有人说,回老家了,不一而足。

  哈达图太多这样的事情,一个人的来去,一个家庭的来去,和天空飞过的鸟一样,来时有影,去时无踪。就如我家,今天,在哈达图已经找不到任何踪影,只有大哥的房子,立在村头,被另一家外地人住着。

我还是照样往野外跑，我整个童年，其实只属于野外。这些世间事，在我脑海里，如风一样，过去就过去了。可是那些与我息息相关的花呀、草呀、昆虫呀、飞鸟呀，都已经不在，而这片土地的被我忽略的那些人与事，却渐渐清晰了起来，或者说模糊着清晰起来。

我碰到那个妇人的时候，她在捡麦穗。

秋天的原野，因为庄稼一片一片被收割完毕，而显得空荡而苍茫。西北风渐近，我的小布衫已经不太能抵挡秋风的侵入。想着天气一天比一天冷起来，蚂蚱们不在了，蝴蝶不在了，蜻蜓不在了，我心里充满了无限忧伤。我知道大雁回河南找它们的老舅舅去了，可这些昆虫呢？我问过母亲，她说："你笨呀，冬天冻死了呀！"这和我想象的不谋而合，我在村外大哭过好几场。恰好有一次，老伍放羊经过，看我哭得伤心，便问："猫女子，你这咋了？"我不理他，兀自抹泪。老伍摸了下我的头发："你个小娃娃，不在家里待着，跑在野地里哭，甚也省不得，瞎哭。我看你是傻的了。"我伸手擦了把泪，冲他喊："你才傻了，连个老婆都没有！"老伍大笑："我是傻了，可是你更傻，傻哭。"我抽泣着说："有人要死了。"他愣怔。我说："蚂蚱要死了，蜻蜓要死了，蚂蚁要死了，都要死了。"老伍规整了一下他的羊说："你咋知道它们要死了？"我说："冬天，它们不是被冻死了吗？"老伍还是笑："说你傻，你还真傻，它们不是死了，是睡觉了。它们忙了一年了，熬人得不行，冬天就休息睡觉了。"他的羊跑散开来，他站起来，一边挥舞着羊铲，一边走："这个娃娃，你也不想想，要是冻死了，明年春天，你还能听到它们的叫声吗？看到它们飞吗？"我想想，也是啊。他一边走一边唱："大青山上卧呀卧白云，难活不过人想人……"

秋天的时候，我跑野外更勤了，我要在它们睡去之前，多看它们几眼。可是它们还是一天比一天少了。走在野外，我有些无精打采，孤单了很多。穿过一片已收割的麦田的时候，我碰到了那个妇人，她在捡麦穗。我有些惊讶，我从来没见过这么个妇人，她是哪来的？她梳着齐耳短发，在耳后夹着两个发夹，把这些纹丝不乱的头发整整齐齐地归拢在脑后。弯腰低头的时候，脑后的一绺会垂下来，站起时，就又乖乖到脑后。这让我惊讶，村里妇女的头发，从没见过打理得如此条理整洁的。她胳膊上挎着一个篮子，篮子是破的，上面打着补丁，看着整齐而干净。已经有半篮麦穗。她捡得很专心，仿佛周围的世界不存在。当她抬头擦汗的时候，才注意到了我，轻轻笑了一下，并没说话，继续往前走，搜寻麦穗。我看见她面孔白皙干净，很漂亮的双眼皮，那一笑，真是说不出的令人舒服。我看看自己凌乱的头发，脏兮兮的手，非常不好意思，赶紧把手藏在背后，飞也似的离开。

路过菜园子的时候，才发现，菜园子北边的一所破空泥房子的院子里，晾晒着衣服，好像粉红色的内衣，和一双尼龙袜子。大门被木棍拦起来，一条条的，整整齐齐，是很漂亮的篱笆墙。窗户上糊上了报纸，窗台上放着一个破碗，碗里是一小束野花——秋天开得最艳的蓝野菊。野菊在风里轻轻摆动，柔软而美好。

　　晚上躺在被窝里，我悄悄和二姐说这奇怪的女人，和那泥房子的变化。二姐表示不相信，说："你这个神经病，你梦见了吧？"我知道二姐不知道，她每天有很多事情做，做饭呀，上地呀，洗衣服呀……她有干不完的事情。可是，那也不该不相信我呀。我说："真的是我看见了，后村碰见的，而那个泥房子就在菜园子旁边，你又不是不知道？"二姐或许很累了，鼻息渐重，说："知道了呀，可是谁有心思栽一碗野菊花？你一贯胡诌，我又不是不知道。"二姐睡了，月光从破烂的窗纸里洒进来，形成一个一个小斑点，在被子上跳动。我想着那个妇人，和那碗野菊花，慢慢就睡着了。

　　过了几天，人们果然说起，说后村住进了一家人，是一对夫妻，看样子不像农村人，也不像一般流浪人，问从哪里来的，只是不回答。二姐这才信了，我很得意，就是嘛，我从来不撒谎的，只是你们不知道而已。母亲知道了，拿出家里的一小袋面，让二姐给送去。二姐不肯，说："人家就从来不太跟村里人说话，我去了怎么说？"母亲说："不管怎么样，生活总是不好吧，要不还用跑出来，还用捡麦穗？"我说："妈，我去吧？"二姐瞪了我一眼："腾开吧，看你那个样子吧，还没有面袋子高。"我跟在二姐屁股后头，乐颠颠的。我不由得喜欢那个妇人，只是不知道那个男人是个什么样子。我说："二姐，你说，他们是哪里来的？"二姐把面袋子，从左肩膀倒在右肩膀说："不知道，人家支书老呼延问了，人家还没说，只是说，不好意思，不好意思，占了贵地的房子，过一段时间会走的。"二姐模仿那个男人的语气，是普通话。二姐自己就笑了："还'贵地'了，酸文假醋的。"我问："他们说的是普通话？"二姐又换肩膀，那个袋子看来还是很沉的，她停下来，歇了歇，吐了一口气："不知道，村里的人们这样说的。"我说："二姐，我和你抬着吧？"二姐看了我一眼："算了吧，你那么低，还不如我自己一个人扛着。"二姐说："到了人家家里，你可是要有礼貌了啊。"我不吱声，为二姐小瞧我。二姐说："人家说，那家人，家里可干净了，说话虽然酸文假醋，可是文文雅雅的，不像我们，高喉咙大嗓子。"到达那所泥房子跟前时，二姐有些喘不上气来。她从小体弱，说是有伤寒病。篱笆门是开着的，那个女人正在院子里晾衣服，我看见依然是那件粉红色的内衣，已经很旧了，却还有着很精致的蕾丝边，非常好看。她抬头看到我们，有些惊奇，招呼我们进来。二姐肩膀上扛着袋子，手里拉着我,她温热的手心里,满是汗水。那女人说:"你们是俩姐妹吧,进来。"我们进了屋里。进门的时候,我特意看了窗台,什么也没有。可是一进屋,看到里面窗台上,那只破碗还在,里面是吃剩下的萝卜根,亭亭地立在水里,上面的叶子非常茂盛,长得翠绿喜人。一个男人坐在炕上,正在一张木板和草墩组成的桌子上看书。看到我们,将书合起来,塞到身旁的一个用报纸糊着的大箱子里。箱子好像被书塞满了,口上都堆出来,我看到一本封皮上,写着"红与黑"。他不解地看着我们,也看着那个女人。二姐有些不好意思,不断收着自己的脚,鞋面上有一些污垢。二姐把面袋子放下说:"我妈说,让我们给你们送点面来。"那女人还是像那天一样,无声地微微一笑:"太谢谢了。"然后对着男人说:"老王,赶紧给孩子们拿几个糖。"然后让我们坐,并倒了一碗水,让我们喝。我们只好坐在炕沿上,因为地下实在没有可坐的地方。她对我们,说:"老王啊,这地方人真好,你看,这已经好几家了。"那叫老王的男人,其实并不老,神色有些凝重,说:"是啊,这我们什么时候能还得起?"他们的声音温和而低沉。我脱口说:"我妈说了,是给你们的,不用还。"我的声音那么高,在这个安静的屋子里,显得有些突兀。二姐悄悄使劲捏了一下我的手,也低低地说:"不用还的。"老王从箱子里取出几个糖,交给女人,女人把它塞到二姐和我手里。二姐一个劲儿推辞,那女人说:"拿着,拿着,不多了,就这些。"她的话干脆而坚定。二姐只好收起。我们走的时候,那女人送我们出来,说:"代我问你家大人好,说我们太感谢了。"风从窗缝里拂来,我闻到她身上好闻的香皂的味道。

二姐一路上闷闷的,不说话。我却很开心,拿出糖来,竟然是奶糖,上面画着一只大大的白兔。我想舔一下,看着二姐的样子,又偷偷放回口袋。回家后,二姐也找来一只破了的瓶子,把吃剩的萝卜根倒栽在瓶子里,不久叶子就绿绿的,屋子里也一片生机。

我对老王的书箱子,充满了好奇。在哈达图,没有哪家有书,即使有,也是孩子们的课本,翻开都是"你办事,我放心""担着枣儿上北京""吃水不忘挖井人"。我读小学前,就看遍了这些。可是,老王的书箱里是什么书呢?那《红与黑》,又是什么书呢?

我又一人跑到后村,菜园子早已一片荒芜。西北风呼呼刮着,随时都会有漫天的雪花落下。我蹭到那屋子前,他家的篱笆门紧紧闭着。我不知道该怎么进入这个家门,我真的很想知道,老王的书箱里有什么书,虽然我那时还不很识字。另外,我想看看,在冬天,她的破碗里会是什么花。我正犹疑不决的时候,老王从外面回来了,手里抱着一捧柴。天知道,他哪里弄来的硬柴。在草原,草很多,树却少,即使灌木,也并不常见。他看到我说:"你干什么啊,冷的,来,回来热热。"这个男人也是白皙的面皮,说话慢腾腾的,让人无由踏实。我跟着他进去。女人正在炉子边看书,上面却不是汉字,也不是蒙文,是一些字母样的文字。他家的炉子真是不同,竟然是泥炉子!我很惊讶,我们村里的人家都是在当地放一个铁炉子,冬天专门用来御寒。可他家的是泥炉子,矮矮胖胖地蹲着,实在俭朴可爱。我说:"咦,你家的怎么是泥炉子啊?"那女人握了下我的手说:"你好,孩子,来坐这。"她的手真软和啊。我坐在她身边一块石头上,石头上铺着一块布缝的垫子,应该是旧衣服拼凑成的,厚厚的,倒也软和。老王说:"这炉子好吧?我自己制作的!"他露出得意的神色,看着他的妻子。那女人说:"看把你能的,好了,外面很冷的。"她一边放下书,一边站起来,去取碗,准备倒水。我拿起那本书,全是洋码子,根本看不明白。女人倒了水给男人,又拿起书。老王看我看书不解的样子,说:"你看不懂的,这是英文书。"我有些羞赧。女人不再理我们,埋头看起书来。那男人,从书箱里也取出一本书来,我不认识上面的字。他摇了摇,说:"孩子,这叫《查拉图斯特拉如是说》。"我根本不知道他说了一长串什么,他自己就笑了:"唉,你小,不懂。这是好书啊。"我还惦记着那什么《红与黑》,便问:"叔叔,那《红与黑》是什么书啊?"他说:"你怎么知道?"我不好意思:"上次来你家,我看到,你那个书箱上放着的。"他说:"那是本外国小说,讲爱情的。"

我问:"叔叔,'爱情'是什么?"老王说:"就是一个男人和一个女人相爱了,在一起了。"他看我不解说:"就像你妈和你爸,就像我和阿姨。"然后用眼瞟女人。女人看了他一眼,抿嘴笑。我不解,却又不好意思问。我只好变个话题:"叔叔,你们是哪儿来的?"他说:"可远了,从哪儿呢?"他看着女人又说:"你说我们从哪儿来的呢?"女人说:"说这些干什么。"然后看我。老王说:"她是个小孩子,不懂,没事。"又面向我:"你知道北京吗?"我笑了,说:"我知道,是毛主席住着的地方。"接着我就背课文一样:"我爱北京天安门,天安门上太阳升,伟大领袖毛主席,指引我们向前进。"其实我会唱,但没好意思唱,只好背出来,向他证明我知道"北京"这个地方。他面色沉重,一边听一边摇头。我想,一定是我的普通话说得不好,还不如唱!我非常想得到他们的肯定。无由地,他不再说话,只是看着炉子里的火苗,自言自语地说:"我们从哪儿来呢?我们也不知道,呵呵。"他定了定,看看女人,又看看一头雾水的我,说:"唉,我是从哪里来呢?"他又看了下火炉,说:"宝贝,你知道上海吗?"我生平第一次听人叫宝贝,心里温暖极了。我说:"知道。"老谢家有一面镜子,镜子的边上,印着"上海"二字。而且,村里人批评人们乱跑,总说:"你还要到北京、上海了!"好像那个时候最远的地方就是北京、上海了,而且"乱跑"总是不好的。我用手比画着说:"那是一个这么大、这么大的城市。"老王和那女人都笑了。老王说:"孩子,你长大了一定要到上海去,那真是个美丽的城市。"他接着说:"那里有美丽的外滩,有繁华的南京路,有沉静的黄浦江。"这些我都不知道,我突然觉得外面的世界,真不是我想象的那个样子,我总以为萨拉齐就是最远的地方了,可是现在才知道,远远不是。我说:"我怎么才能到上海去呀?"老王说:"好好念书啊。"我点点头。外面天色已有些晚,那女人说:"老王,快不要说了,让小孩子回去吧。"老王望望窗外,已经开始飘雪花,就对我说:"回去吧,孩子,你妈要担心你了。"我依依不舍地走出他家,我看到他家的窗台上依然放着那只破碗,碗里依然是翠绿的萝卜缨子。

  冬天,我们都很少出门,村人也很少出门。在哈达图,白雪皑皑的时候,总有个小半年。我们躲在家里,围着火炉,等着春天来临。三老猫儿,肯溜达到我家来,抽锅烟,说说闲话。三老猫儿是读书最多的人,他最喜欢讲的是"姜太公钓鱼",还有什么"妲己乱商"的故事。我喜欢听妲己的故事,我想,做一个妖精真的挺好,又美又聪明。因为所有妖精都是美的,而且都能把男人骗得一愣一愣,而且还可以吃掉他们。虽然,吃人总不好,但聪明总是好的。不像身边的女人,老是被男人打。邻居"山雀儿"那么厉害,还不是被铁棍打得爬不起来,刚刚能起来走路了,还得伺候她男人吃饭。这时我想起村边泥房子里的那个女人和男人,那个男人一定不会打那个女人。我问母亲:"你和我爹是爱情吗?"母亲愣住,三老猫儿也愣住,接着都笑了。母亲说:"甚是个爱情了?"二姐摸了摸我的头,说:"不烧,怎么说胡话。"三老猫儿说:"你们不要笑,这个娃娃问得还好了。"我感觉找到了知音,说:"后村那对外地的男女就是爱情。"这时三老猫儿说:"你说那对男女,快不要说了。"母亲问:"为什么?"三老猫儿煞有介事地看看周围:"那是被斗争的知识分子,逃到这里来的。"我们都愣住了。三老猫儿说:"我说了,你们可是不要说出去啊。关乎人家的生死的了。"母亲说:"你快不要炫了,大不了像我们,吃不上、穿不上罢了。"三老猫儿说:"不一样,人家是知识分子,跟你家不一样。"三老猫儿说:"他们是内人党!"我们都不知道,连大哥也说:"什么是个内人党了?"三老猫儿说:"跟你们说不清,就是一个党派,跟毛主席不一心。"大哥说:"你快不要瞎嚼了,毛主席在哪儿,他们在哪儿!"三老猫儿说:"你们不知道,我是看报来。报上说的。"母亲说:"报上说这两个人是内人党?"三老猫儿有些害羞:"那倒不是,我猜了么。"母亲笑他:"你个小人,乱猜甚了,与你有甚相关。"三老猫儿说:"他们为甚不跟人们说他们是哪儿来的?"我觉得他好像在侮辱那对给我好感的男女,就说:"人家不想说么!有什么。"三老猫儿看我:"娃娃儿家,你省的甚了,那是不能说。"

然后他对母亲说:"前段时间闹内人党了,说抓杀了好多人了,然后,咱村里就来了这么一对,你说奇怪了不?"大家都不懂,也都不说话。

春天来临的时候,我迫不及待地跑到后村,那个屋子已经空空的,没人了。虽然空气里都是春风的和暖,虽然那个好看的篱笆门还在,虽然,那个泥炉子,还矮矮胖胖地蹲在地上,石头做的凳子还在,窗台上破碗还在,可是那个萝卜缨子却枯萎了,碗里的水渍一圈一圈,却好像还晃动着潋滟的水与生机。

我不知道那对夫妇去了哪里。人们也不知道。哈达图这样的过客太多,谁也不计较。春风来,春风走,才是自然。

只是二姐养花的习惯,一直延续到现在。

十二　海娜花

草原的雨一定来自远方，是那和地平线连接的地方。雨来时，天边乌云卷起，如波浪般一层一层翻卷着，一会儿就卷到半空，这时，它就不再翻滚，而是整体推进，像乌压压的行军，所到之地，迅速地，整个天空就暗了，雨就来了。其实我不知道波浪是什么样子，我没有见过海、江，甚至河流。艾不盖是一条河，然而到达哈达图的时候，已经干涸。我不知道艾不盖河在源头就是干涸的，还是在流淌的过程中，逐渐变少，变细，最终干涸？可是我穿过艾不盖河的时候，河床却是那么宽，宽到站立在其中的我，显得那么渺小，那么单薄，那么孤独！那么它曾经应该是有汹涌的水充溢过的，充溢到整个河床，绵延着流向远方。然而，很久以来，它裸露着，静静地裸露着，不声不响。一条无声的干涸的河床巨大地逼迫着人的孤独与寂寞，我穿过，巨大的孤独席卷着我。很多时候，我提着篮子，篮子里是河边郁郁的沙葱，一把一把。我手里握紧沙葱，迅速跑出河床，仿佛有什么会立马淹没我，使我窒息。二姐笑我："你跑什么，狼追你的了？"我不知所措："有大水！"其实我知道河床是干涸的，没水，可是，我不知道到底是什么让我恐惧，不知道该怎么解释。二姐愤愤："神经病，哪来的水！"我一边跑一边喘气："有风！"是的，草原上的风确实凌厉，但我并不害怕，那种风像刀，有时割得你生疼；却也像猫，伏在你的衣袖上、裤脚上，打呼噜、小声地笑或哭泣。我经常带着这样的风回家，我脱衣服的时候，会小心翼翼，生怕它掉下来，摔疼了。我把衣服轻轻地放在炕上，再轻轻地挨着它躺下来，与风躺在一起，仿佛还在野外，仿佛拥有了整个原野。有月亮的时候更好，月光从破的窗纸漏下来，风和月光，就会交谈，我能听到它们的声音，时高时低，或圆润温暖，或尖利冰凉。我不告诉身边睡着的人，比如母亲、二姐、二哥。首先他们会觉得我是呆子，其次，这种秘密，我也不想告诉他们，这么美好的东西，我不想分享给别人。至于四四，我才不告诉她，这个傻丫头，什么都不懂！我知道这个理由站不住脚，但我说不上来，我在河床的时间越长，压抑感就越厉害，我在逃离，逃离一条或许曾经水意蒸腾的现在干涸无声的河床。它就那么压迫着我，直到我冲出河床。我坐到河岸的草丛里，长长吁气，舒服多了。

我不知道水的波浪，但我知道麦浪。哈达图的野外，有大片大片的麦子，如果我走在麦地里，我会被淹没，我行走在麦田里，犹如行走在巨大的海洋里。长风刮过，站在山坡上，有时候我会趴在房顶上，看到麦子一波一波地翻涌着，像要从原野涌到山坡上来，涌到屋顶来，涌到我的心里来，我甚至感觉到那嫩嫩的麦芒拂过我的小心脏，痒痒的，我就笑出声来。当然这是在夏天，麦芒青青的，发着银白色的光泽，那银白色的光泽又像无数的小精灵在风中跟着麦子涌动，在麦苗上跳着舞。如果是秋天的时候，麦芒就硬起来，尖锐起来，挨上去，会扎人。我不喜欢秋天的麦浪，颜色发黄，还那么扎人。秋天的时候，我就不张望这些麦浪了，而且，我还得跟着大人到田里去，割麦子或拔麦子，我会很不开心。这样的麦浪，海旺说，就是和海浪一样的，海旺说他见过海。他说起海的时候，脸上都放着光，艾叶姐就神往地望着他，仿佛海旺就是一片汪洋的海！我想，海旺说的是对的，他的名字里就有海，像海一样旺嘛！

天边乌云翻滚，像海浪一样席卷半个天空，然后推进到整个天空，雨就圪溅溅来了。母亲说"圪溅溅"的时候，我仿佛体会雨的由远而近，气势非凡。母亲喜欢用这个词语，这个时候，她往往站在屋檐下张望、分析，然后或兴奋或失望。如果云彩往东去了，她一边转身进门一边叹气："云往东，一场空。"

如果云彩往西,她会露出微笑:"云往西,淋死鸡。"当然她最喜欢云彩往北,因为这个时候,我看她最兴奋,简直是跃跃欲试,但试什么呢?我不知道,总之这种状态里不仅仅是开心,仿佛含有某种说不出的安心与愿望的实现。"云往北,打倒糜子带倒谷",应该是很大的雨了,然而"淋死鸡"也是大雨啊,为什么母亲的情绪却会更饱满,意味深长呢?我不知道,我不去深究。但我没有见过糜子,也没有见过谷子,草原上没有这两种庄稼。它们来自母亲的故乡,带着深深的"口里"气息。我不知道母亲是高兴大雨倾盆,还只是喜欢说出"糜子"和"谷子"这种生长在黄河流域的植物。

她喜欢吃粽子,粽叶是老家带来的,她会反复用这些粽叶。端午过后,她把用过的粽叶精心洗过,用马莲拴成一小捆一小捆的,挂在东窑的墙壁上,第二年端午的时候再用。我不喜欢粽叶的味道,我喜欢吃凉糕。哈达图的本地居民,只吃凉糕,很简单地把黄米铺在蒸笼里,熟了,上面撒厚厚的白糖,晾凉,切成一小块一小块,甜甜的,太好吃了。但母亲几乎每年都包粽子,几至于顽固,我不知道她是迷恋粽叶的味道,还是迷恋包粽子的过程。她包粽子近乎虔诚,一片一片地插起来,丝毫不见厌烦。眼睛眯着,嘴巴跟着动作扭动,手上下翻飞,态度十分享受。或者母亲是在这个过程中,沉迷着的是另一种人生,过往的,童稚的,美好的,与我的生活风马牛不相及的东西?

母亲总是要熬小米粥,小米也是老家人带来的。她总说:"这里的水碱性大,熬的米汤不好喝,比不上红胶泥水熬出来的。"但她也只是说说,依然经常熬小米粥,我怀疑她还是觉得好喝,不然为什么觉得不好,还要熬。我最不喜欢喝米汤,我喜欢喝奶茶,那种浓酽里,满是青草的味道,一切和草有关的野外的东西,推而广之"野"的东西,我喜欢极了。

我并不认同"口里"的身份,但是,别人都这么叫我们家里人,包括我,都称"口里人"。面对这些我不知所措,就像母亲在南圐圙里种的南瓜和西葫芦一样,对我而言,这只是蔬菜,草原上不生长的蔬菜,只生长在我家圐圙里的蔬菜。母亲却总是很耐心地打理它们,压条、摘瓜的时候,甚至表现出无限的深情。她的手抚摸过这些的时候,那么轻柔,那么小心翼翼。而割麦子的时候,母亲的动作要粗暴多了。这时候,我很伤心,我觉得母亲对这些蔬菜,比对我好多了,对我就是她对待麦子的态度,甚至比不上麦子。而我更喜欢遍地的野草,漫天的云彩,时断时续的风,纯草原的东西,让我沉迷,不能自拔。母亲喜欢"糜子谷子""南瓜西葫芦",却不喜欢草,而我好像就是一株野草。可我是"口里人",来自山西的"口里人",这些会让我很惶惑,我到底是来自哪里?我是谁?开心的时候,我就说:"我是山西人!"自豪得好像"山西"是世界上最高不可攀的地方。不开心的时候,别人提起"口里",我会随口就骂。

雨有时候是慢性子,天阴上很久也不来,乌云就独自快快地散了。要么是乌云只在天边"翻云斗马"一回,虚张声势一回。母亲依然站在屋檐下,望着天边:"雨是下着,你们看,'雨梢'很稠密,哎,下到哪里去了呢?"母亲喜欢下雨,或许也因为来自多雨的"口里",她曾说过,雨下得大的话会发山水,满河里都是浑浊的水,里面有从上游冲下来的许多活物,比如鸡呀、羊呀、猪呀、木柴呀。当然还会淹死人。草原的雨再大,一落下,就会被巨大的原野吸收,根本看不到水流成河的样子。母亲为此很是惋惜,当然她没说,但我看得出来。我为此很怀疑,她是喜欢去捞那些洪水中的浮财,还是喜欢浊流滚滚的河水,总不至于是喜欢死人吧?"雨梢"是乌云里一道一道白色的线,像雨落下的轨迹。我也趴在窗台上,望着那些雨梢,随着母亲感慨雨的偏心:为什么不下在哈达图。

雨后往往有彩虹,那种七彩的颜色有无限的魅力。草原的天空太大,乌云总是高不过太阳,其实它是高不过天空。所以雨一停,乌云就捉襟见肘,遮住这里,露出那里,太阳就露出来,彩虹就挂在乌云对面的天空上了。我总是朝着彩虹升起的地方跑,我总觉得那是一个天梯,连接着天和地。我跑过去,想着登着这个美丽的天梯,就可以上天到天堂。可是总是在我跑的过程中,它就消失了,有时候,我还会再次淋雨。可每次我都不死心,总要追撵彩虹。二姐不是说,功夫不负有心人嘛,再说,那个走方的算卦先生,不是说我是有福气的人吗?说不定就是指我可以踩着彩虹上天堂。然而我真的没有成功,但却遇到了一个女人。

我朝着彩虹的方向跑去,一直跑到陈六九壕,彩虹没了,雨又下了起来。我赶紧往一个夯基下的凹陷处跑。夯基是石头,上面还有半截泥坯墙,由一些木头支撑着,里面是小小的空间。我哧溜钻进去,却被吓了一跳,叫着又跑出来。里面已经有一个女人,严严实实地围着青绿色的纱巾,上面有美丽的花纹。然而雨那么大,我只好胆战心惊地靠着墙,想走又不敢动,任凭雨恣意淋着。她说话了:"这个娃娃,进来了哇,雨下得那么大!"声音很温和,却不是本地口音,这倒反而让我的心放松下来,母亲就不是本地口音,我对外地口音有着天生的好感。我小心回过头,她已经把纱巾掀开,露出脸来,原来是一张很好看的脸。我挪了挪脚,又不敢动了。她笑着:"你是被吓了一跳吧?进来吧,我也是躲雨的,我是吕二圈壕的。"吕二圈壕是哈达图南边的一个村子,有三爹的表姐,艾叶的表姑家。其实我也应该叫表姑的,然而毕竟我是母亲带来的,自然就隔了一层。我曾经和艾叶偷着跑去吕二圈壕表姑家,结果回来被二姐狠狠训了一顿:"娃娃家儿,瞎跑甚了,再说那是人艾叶姑姑家,和你有甚关系!"我心里很不服气,想,那为什么还要让我叫姑姑呢,不一样吗?她说她是吕二圈壕的,我就放心了，赶紧钻进来。这才看见她的眼睛红红的，眼角还有泪痕。她看我盯着她，不好意思地擦了擦眼角，然而一低头，泪水又漫了上来，她又擦，越擦越多。她泪眼蒙眬地看了看我，又看了看外面的雨，索性哭起来。然而却不是大声，是气断声咽的哭。她捂着嘴，身体抽动着，像要把肠子肚子都哭出来的样子。我也不知道为什么，眼圈一红，跟着哭起来。我一贯不会大声哭，委屈的时候，就是先红眼圈，然后泪水溢出，一圈接一圈，接着汹涌而出。泪珠子像赶路似的，前脚不接后脚，根本不听我的指挥。仿佛泪水与我本人无关，是它自己急着要来。此刻，我是真的伤心了，只是不知道伤心什么。我们俩就这样一同在陈六九壕的一个破洞里，各自毫不相关地哭着，直到雨停了好久，彩虹出来又消失。彩虹已经与我无关，与我有关的是莫名的伤心与兀自不停落下的泪水。好久，她停了下来，然而我却停不下来，泪水还是不断涌出。她拿她的纱巾轻轻擦了擦我的泪水说："女娃娃，你哭甚了？"这一擦不要紧，她手上温暖的气息，反而让我哭得更厉害了，现在抖动身子的是我，气堵声咽，要把肠子肚子哭出来的样子。她把我拉在她的身边，紧紧抱住了我。我伏在她温暖的怀里，放声大哭。我在母亲的怀里都没有这样哭过，更没有放声哭过，但那一刻，我简直是哇哇地哭。她拍打着我，也不再问我，只是又流起了眼泪。

很久，我们都停止了哭泣，我还是伏在她怀里，她静静地搂着我，望着茫茫天地。又过了很久，我才恍惚回过神来，不好意思地伸直了自己的身子。她把手移开我，看着我通红发亮的脸，微微笑。我有些不好意思，好像是我受了委屈，她帮我解脱困境的，然而我又是一个不善于向别人表达自己想法的人，我觉得难堪极了。她拍拍自己的脸，叹了口气："傻娃娃，你有甚委屈的了，哭成个那样？"是啊，我委屈什么？我哭什么？然而那种悲伤的情绪还在，我还是沉浸在其中。她见我不说话，又叹气，像对我说，又像对着天地说："我的命苦啊！可是谁知道我命苦呢？"我看她，她的眼睛细长，眼皮肿得很厚。她说："你个小娃娃，甚也不懂，和你说说吧。"她又叹气，好像不放心的样子，"和你说了也无妨，反正你也不懂事。"她反复强调我不懂事，好像我不懂事，对她更安全。

她说："你知道宁夏吗？"我本能地摇摇头，我确实不知道宁夏，它是地方还是物品，对我来说，真的是未知的，如果此刻她说，宁夏是一种好吃的东西，我也相信。我不知道该说什么，但心里头隐隐觉得她其实并不需要回应，她只是在自问自答。她说下去："我是宁夏人，宁夏你一定不知道，那是个很美的地方啊！"她一脸向往的神情。哦，宁夏是个美丽的地方，那它一定是个地名了。"我离开宁夏有多少年了呢？好多年了吧？我自己也不知道多少年了，总之很久了。"她转过头来，对我笑笑，好像对不起我似的，惭愧的样子。"那时候我还很小,宁夏风沙大,我们都喜欢围纱巾,我喜欢围绿色的纱巾,绿色的纱巾多好看哪,就像宁夏的草一样。可是纱巾都那么大,不仅能裹住我的头,甚至能把我整个人都裹起来。我经常这样做,有时候,纱巾会拉到地上,沾上泥土,母亲就骂我,母亲那么爱干净。"她停了停,又看看我:"哪像你们这里的人,不爱干净,讨厌死了。"她又拍拍我:"我不是说你啊,小娃娃,我是大概来说的。"我点点头,我根本不在意她说这里人邋遢,我已经沉入她围着绿纱巾的情境里,我仿佛看见一个小姑娘飞跑着,纱巾飘起来,像一个仙女。"可是有一天,我走失了。那一年,宁夏遭了灾,母亲带着我和弟弟跨过贺兰山,来内蒙古投奔亲戚,然而路途中,我走失了,从那以后我再也没见到母亲。"她停了停,又叹气:"母亲喜欢围蓝色的纱巾,脸白白的,很干净,母亲那么爱干净,我也是,但我不知道,爱干净也是个错误,他为此打我。"她神色突然由向往转为黯然。我脱口问:"谁?"我可能吓了她一跳,她怔怔地看着我,我坚定地问:"谁打你?"她回过神来:"我男人。"她的眼睛又看着外面,好像外面站着她的男人:"我希望他去死。"接着叹气:"唉,还是活着吧,死了我娃这么办?"我也不由得跟着叹了口气。她说:"走失以后,我就辗转流浪在这里,就嫁在了吕二圈壕,我没有地方可去,我真的没有地方可去。"她不断强调着:"我没有地方可去,又饿得要死,就嫁给了他,我男人。"她有些激动,揉着手里的纱巾,使劲揉着,要把所有力气用上去揉,揉碎纱巾,揉碎一切让她不开心的东西。

我看见她的指甲红红的,是用海娜花嵌出来的。我的思绪又飞了,脱口而出:"你家有海娜花?"她又被打断,有些发愣。我抓起她的手,摇了摇。她明白了,笑:"什么海娜花,我们叫海葫花,是的,我家院子里栽了两株,可是长得不好,开不了几朵,花瓣也少。"她自己抚弄着指甲:"你看,才染了两次,不很红,花朵就没了。"她叹了口气:"我们原来家里,那海葫花,开得是招架不住,我们小姐妹们都要染四五遍指甲,晚上包住指甲,早上打开,那个红啊,真是艳!"二姐也试图种海娜花,可是种不活,这是二姐的遗憾,也是我的遗憾。我对二姐种海娜花充满了期待,倒不是向往染指甲,我是盼望花朵开在我家的院子里,花朵本身,对我吸引力更大,可是没活,我们都各自遗憾了很久。我说:"你可以给我一些海娜花籽吗?"她说:"可以啊,就是怕你种不活,这个地方养不活这花,这花只属于我们那里。"她的语气里充满自豪,仿佛她们那里就是海娜花的海洋。其实我知道,我们口里也开海娜花,二姐种的海娜花籽就是山西捎来的,我没有反驳她,我一贯很尖利,然而这次没有,我对她充满好感。"我染指甲,他也骂我,说我吃饱了没事干,还不如放牛去,放羊去,至少把时间放在捡羊粪之类的事情上,也比鼓捣了这强。"她愤愤不平:"娃儿,你说,羊粪能和海娜花比吗?"我认真点点头,确实,羊粪怎么能和花儿比。她说:"为此他就扇我耳光,还骂'你不知道冬天要烧牛羊粪吗?难道做饭烧你的花儿吗?烧你的红指甲吗?你这个臭女人!'"她更加来气,说:"他说我臭,我哪儿臭了,他才臭呢,你不知道,他喝酒,喝得醉醺醺的,满口酒气,打嗝返出来的酸气,放屁的臭气,那真是叫臭!他还……"她突然不说了,停下来。我盯着她,想象这是个什么样的坏男人,可是她不说了,我被吊在半空中。我说:"他还怎么?"她看了看我,脸色有些发红,就是不开口。我追问:"他还怎么,打你吗?"她看着我,顿了一下,说:"这个时候,我宁愿被打!"她又停下,像是下了个决心说:"还是说了吧,反正你是个娃娃,我倒希望他是打我的,我就可以不闻他的臭气,不挨他的脏身子。他还抱我,亲我,和我睡觉。"她继续揉搓着她的纱巾:"你不知道有多恶心,可是这事由不了我,他的力气那么大!"她又转向我:"娃儿,你还小,你不懂,等你长大了,你就明白了。"我确实糊里糊涂,不知说什么好。

  天上的乌云差不多散尽了,天空湛蓝,没有风,空气太干净了,干净得好像什么都没有。我们都长长地呼气,好像要把刚才的情绪换出去。可是她又开口了:"这些我都忍受了吧,没什么,主要是他还打孩子!"我有些不明白,我也经常被母亲打,虽然当时憎恨,事后也就忘了。我小声说:"我妈妈也打我。"她拍拍我的头:"额,她舍得打你?"我点点头,没有回答。她就轻轻笑:"你个傻孩子,母亲打孩子哪有真打的!"说完,她的脸就沉了下来:"他邋里邋遢,我忍了,男人嘛,有几个爱干净的,我紧着收拾就是了。他喝醉发酒疯,打我,我也忍了,女人嘛,有几个不被男人打的,不被打的女人那是人家前辈子修来的福气,一般人不能比。这些只是我自己吃些苦,我还是都能忍得了的!女人们不都是这样过来的吗?"她的眼圈又红了,说话有些哽咽而低沉:"可是他打孩子,尤其我家老二,你不知道,我家老二是个漂亮的男孩儿,大大的眼睛,长长的睫毛。"她的眼睛散发着别样的光彩,分外动人。我说:"是像你吗?"她点点头:"是啊,像我,我倒希望他不像我,我希望他长得像他一样,不好看!"我有些惊奇:"为什么?"她长得多好看啊,如果能长成她这样好看,我觉得那是再自豪不过的事情了,哪有希望长得丑的!她说:"这个臭男人,非说这个老二不是他的孩子,是我偷情生的!""偷情?"我不由自主问。她说:"你不懂。你长大了就明白了。"她又爱惜地摸摸我的脸:"你还是不要长大了,女孩子长大不是一件好事。"我懵里懵懂地点点头,其实我不明白为什么女孩子长大不好。这样的论调,我在二姐那里也听到过,大概女孩子长大真不是一件好事,而今天听她这样说,突然真的觉得女孩子长大是一件多么恐怖的事情!可是怎么会不长大呢?她说:"我们家老大长得像他,老二像我,他就非说这个老二是个杂种,喝醉酒的时候,打我,捎带着孩子,往死里打,我可怜的老二啊!"说着她的泪又滑出眼眶,一层一层往出涌。我想伸手给她擦眼泪,又不敢,觉得很心疼很心疼。

过了一会儿,她止住了眼泪:"我跑去支书家里,希望他能替我说话,支书倒是挺好,数落了他,说他不该胡乱猜测自己家的老婆和孩子。可是支书还是让我不要把自己打扮得花枝招展的!"她回头看我:"娃儿,你看我打扮得妖艳吗?"她除了围着一块漂亮的纱巾之外,与别的女人,没什么不同,但不知道为什么,她通体洁净、好看,却是这里女人无法相比的。我摇摇头:"不妖艳,可是很好看,和别人不一样。"其实,我也不知道妖艳是什么意思,但大概不是什么好词,大概和一个女人的品性紧密相连的一个词语。她长长叹气:"哎,我真的没有打扮,你说,我哪有时间和心情打扮呢,我只是比别人多洗涮了一下而已,可是,这难道是错吗?"她又使劲摇了摇头:"可是让我别洗涮,那怎么行,这难道不是好品质吗?我从小都是这样过来的,这能改掉吗?不可能啊!"她的声音因愤怒而变得高尖:"难道爱干净,就是不守妇道吗?我想我妈妈,我妈妈就是爱干净的人,那时候多好!还有没有天理啊!"她发现自己的声音变形,看了看我,不再说话。

我不太能理解她的愤怒,但我看看自己,突然觉得自己太邋遢了,衣襟上有油点子,裤脚上也有,光着的脚背上都是灰尘。我赶紧收回脚去,又把有油污的衣襟往里压了压,仿佛怕被她看见的样子,可是她分明是因为太爱干净,反而招来不幸的啊!看着她漂亮的纱巾,我非常羡慕,因为我也喜欢,但我没有。家里二姐有一块,我曾经偷偷围着跑出去,在村子里转来转去,觉得美得不得了,却被二姐一顿好骂:"你这个散德货,这么小,就爱打扮,从小就不是个好东西!"我很不明白,为什么我围个纱巾,就不是好东西了?难道就是因为小?难道女人只有长大了才配围纱巾?当时我想反驳二姐,但看着二姐凶神恶煞的样子,就不敢开口。

我说:"我二姐也围纱巾,可是她没你围着好看。"她赧然一笑,嘴角朝上稍稍弯起,无比好看。想着她小时候围着纱巾在草地上跑着的美丽样子,我就有些忧伤:"我也想围纱巾。"她摸摸我的头:"那你围呀。"我说:"我二姐说,小孩子就围纱巾,是不好的。"她笑出了声,又拍拍我的头:"你二姐逗你呢,围个纱巾,就不好了,我小时候一直围呢!"说完这些,她却长长叹了口气,脸色就沉下来。我小心翼翼地摸摸她的手,她也握住我的手:"哎,这个世界其实我也不明白,我喜欢围纱巾,我家那个人也说我不是个好东西,像个妖精。"我完全蒙了,二姐说我小,围纱巾是不好的行为,可是这个好看的女人,都已经是大人了,为什么围纱巾也不好,到底怎么样才是好的呢？我疑惑地回头看她，她看了我一眼，也是一副不知所措的样子。我们就那样，谁也不说话，呆呆地看着外面，仿佛答案在外面，也仿佛答案在远处，但实际在哪里呢？

太阳开始西斜，阳光柔和起来，原野上的草精神抖擞地绿着，满眼里都是亮晶晶的。这样的澄澈，让我忘了我的初衷——追彩虹，也忘了刚才无来由地与这个女人抱头痛哭，也忘了她的痛苦。阳光射进来，有一缕光照在她的脸上，泛着奇异的光彩，这真是个好看的女人，虽然眼睛红肿着。阳光直射入她眼中，她伸手挡了一下，红红的指甲反过光来，刺了我一下，我抖了一下，像被什么击中似的。她站起来，拉了我一把，我们一同走出来，沐浴在纯净的空气里。她笑了："我都说了些什么呀，你就当没说啊！"我摇头，又点头。她拍打了自己身上的泥土，又拍打了我的，说："忘了问了，你是哪个村的，干什么跑到野外？"我跳了跳，像是洞里头窝着我了，要舒展一下筋骨。我说："哈达图的。"她问："谁家的娃娃？"我不想告她，可是她都说了那么多，我要不说，那岂不对不住她。我说："大禾家的。"她愣了一下，哦了一声："是艾叶她大爹家的，你妈是山西人？"我点点头。她叹气："也是可怜人，你做甚了，跑这么远？"我也忘了我跑这么远干什么，我想了想，想起来了说："追彩虹。""追彩虹？"她不解，一边又把纱巾围在头上。我说："追彩虹。"她再没问下去，我不知道她是不理解，还是不感兴趣，或者只是觉得小娃娃的话，不足当真而已。我问："那你要干什么去？"她已经把头部包裹得很严实，只露出个眼睛，她只好又掀下一小块，露出了嘴巴："他回家的时候，我发现他喝酒了，我就跑出来了。"然后她让我看她的胳膊，果然有几处瘀青，有的发红，有的发青，是不同时间留下的伤。我下意识噘起嘴，对着那些瘀青轻轻吹，她笑了，爱抚地摸摸我的头，眼圈又红了。我说："你不要回去了，他又打你，到我家去吧，我妈可爱收留可怜人呢！"

是的，哈达图有火车站，晚上会有许多从火车上下来，回不了家的人，留宿在我家，母亲管吃管住。甚至有些流浪的人，会在家里待好久，母亲依然好茶好饭招待的，为此二姐和母亲吵过多次，然而，再遇到这样的情况，母亲又会如此。她没有回答，只是说："你还要海娜花花籽吗？"我差点忘了，赶紧跳着说："要，要。"她说："那今秋天，我让人给你家捎点。"我说："不要，你直接给我。"她笑："你来我家吗？"我想了想："我们约定吧，八月十六，我们在这个地方见面，你直接给我，这是我们的秘密，行不行？"她呵呵笑出了声："你这个娃娃。"然后她也想了想，认真地笑着说："好吧，不见不散啊！"我伸出手指，要和她拉钩，她有些发愣，不知道我要干什么，我掰开她的手，用我的小指勾住了她的小指。她明白了，配合着前后拉动着拳头："拉钩，上吊，一百年不能变。"

说完,她又蒙住她的头,露出一双眼睛,拍拍我的脸:"我回呀,我走的时候,我家老二在邻居家,我得赶紧回去了,你也赶紧回家吧。"她朝南边的路走去,我朝北边的路走去,我没有回头看她,心中充满了奇异的情感,为这个经历,也为即将到来的海娜花。

下雨的时候,我还是会追逐彩虹,虽然我依然追不上,但乐此不疲。我也希望再遇到这个女人,然而再也没有碰到过。我经常想起她美丽的青绿色围巾,想起她干净好看的样子。想起她可恶的老公,想起他会打她,我心里就隐隐地疼。哈达图的人,有时候还会说起她来,说到吕二圈壕的这个爱干净的好看女人。人们就会说,既然老公嫌他爱打扮,那就不打扮了嘛,又有什么了不起!当然说这话的是女人,男人们反而会因此而为她长长叹气,说这是个可怜女人,我不知道为什么是这样。我想,再次见到她的时候,要不要问问她,为什么男人和女人会有不同的看法。哈达图离吕二圈壕并不远,时而会有她的消息,不外乎就这些,当然还有她白净的皮肤,说那个女人真会保养,经常用纱巾盖着个脸,脸自然就白。人们就说,这女人也真是,但"真是"什么,就不再说下去了。至于被男人打,好像也不是什么大不了的事情,而她又那么倔,倔的女人自然要挨打多一些,和小孩子淘气会被打多一些一个道理,打打也好,能让她改了她的倔。我却不这样想,因为我依然想围纱巾,想把二姐的纱巾偷着围出去，我只是不敢而已。就像我不想让二姐打，也不想她被打，仿佛我们是一回事，是同盟。虽然她确实倔，但那也不能打啊，打人，总不是一件好事情。我对她充满无限同情，却无能为力。当然，我坚守我们的约定，连她说过的话，我们的相遇，我没有对任何人言说，我觉得这是我和她的秘密，也是我和某个空间时间的联系，或者我和世界的联系。

然而，八月十六那天，我拉肚子。前一天吃了好多月饼，还吃了炖肉，喝了好多凉水。我软在炕上，没有力气。我几次试图站起来走出去，想去赴那个约会，可是实在是走不动，作罢。八月十七，我稍微好了些，跑到陈六九壕，当然她是不在的，我不指望她在，因为是我食言了。我只是想一定得去，哪怕是去晚了，也是去过了，也是一种弥补，至少我可以心安一点点。我跑到那天避雨的地方，发现洞口石头压着一个纸包，我搬开石块，拿出纸包，用马莲捆着的。我坚信这是她给我的，我轻轻解开马莲，一层一层打开纸包，里面是几朵干了的海娜花，颜色有些发淡，并洇染在纸上，一圈一圈，在花瓣的周围。花瓣底下，是一些花籽。我把它郑重地重新包起来，装在裤兜里，泪水就流了出来，我是多么容易流泪啊，我为什么要流泪啊，我也不知道，但一定不是惭愧，虽然我确实惭愧，为我的失约。

回家后，我把花籽放在一个罐头瓶子里，藏在东窑的一块木头底下，谁也注意不到的地方，我甚至不告诉二姐，我要在第二年春暖的时候，自己亲手种在院子里。那洇了花瓣红色的纸，是那种糊窗的草纸，很粗糙，却厚实。我把它抖开，夹在二姐用过的一本书里。我时不时打开，好像能闻到花的香味，甚至还有她手指的香味。那些花瓣呢，我把它放到另外的一个小盒子里，那是非常精致的四方形盒子，我在火车站铁道旁捡到的，上面有好看的花纹。同样放在东窑里，但是我把盒子放到了头顶的梁上，那里干燥，老鼠也不容易够着。

就在这一年的冬天，我听到一个噩耗，吕二圈壕的那个女人，上吊自杀了。我无比震惊，又无比伤心。人们说，秋天的时候，他家老二得了急病，在送往公社医院的路上，就咽了气。这年冬天，她把纱巾拴在房梁上，上吊自杀了。"可惜了，那么好看的一个女人，死的时候还干干净净，头发梳得光溜溜的，可惜了！可惜了！"也有人感慨："哎，这个女人，孩子死了，可以再生啊，那么年轻，死脑筋！"那天，我躲在东窑里，手里捧着海娜花籽，仿佛捧着她温热的手。

那已经是下雪的时候了，我踏着厚厚的雪，跑到陈六九壕。内蒙古的雪，下起来那叫个没完没了，下一晚，第二天门都推不开。我还是深一脚浅一脚地到了我们共同哭过的地方。我把那些花瓣，连同盒子埋在土洞下面。我费了好大的劲，因为要清理厚厚的雪，清理开，还要挖土，土是冻着的，好在有雪覆盖过,多少有点湿。我一边哭,一边挖土。想起她曾经搂着我,就哭得更厉害。我还念念有词,天知道我是怎么想的:"你不是爱染指甲吗?现在没人管你了,这些花瓣你爱怎么染,就怎么染。"完了,又把土雪覆盖上去。我累得满头大汗,伸手擦脸,不知道是汗,还是泪水。

回家后,我抱着那本夹着她给我包花纸的书,坐在炕头上一直哭。家里人不理我,因为她们已经习惯了我的古怪。

十三　总是有忧伤的爱情

　　我总是往北山跑，尤其是初夏阳光明媚的时候。

　　我不知道自己是喜欢阳光，还是喜欢北山崚嶒的石头，抑或是满山的荆棘，要不就是山丹丹花，还有大黄……太多了，其实它们是搅在一起的，让我欢喜。当然，我的理由往往是：我要去采大黄，我要去摘山丹丹花。而其他因素是不在去北山的理由里的。可是，如果没有阳光，我会不会积极踊跃去北山呢？顾名思义，北山是在村庄的北面，并且有着很长的一段路程，去一趟，至少要半天。高原的阳光是最干净的，从上到下，纤尘不染，干净温暖而毫无心机。那如果没有阳光，我会跑那么远路吗？如果只有山丹丹花，没有那些怪石崚嶒，那种喜悦会不会大打折扣？山丹丹花开得极艳，是那种极纯粹的红色，火一样，鲜血一样的。其实"火"与"鲜血"的颜色是有区别的，可是，这两个词语放在山丹丹上，极为合适，一点都不违和。我试着比较过火和鲜血的颜色，但总觉得火的颜色偏淡，虽然热量有余，但却温和而少力量，鲜血的颜色深而重，浓稠化不开，仿佛郁积着不知道哪里来的无穷的力量，可是却太冷。山丹丹花却有着它们两种都具备的东西：温和，美丽，力量。其实说一朵花有力量，好像并不太合适，但山丹丹花就是这样。后来，我想，是因为它绽开在峻嶒的石缝里。石头坚硬，棱角分明，花株单细，花瓣细长娇嫩，红红地在风中摇曳。它只是那么一株一株的，从不丛生，所以那么单薄，却又那么骄傲。后来，我在有些地方看到培植的山丹丹花，因为没在石缝中，仿佛得了软骨病，软绵绵的，没个看头。那如果没有石头，我会那么喜欢山丹丹花吗？可是，二姐她们老说我只是为了去采大黄。是的，可以这么说，大黄的茎实在是太好吃了，肉厚，酸甜可口。夏天来临，几场雨过后，北山上仿佛在一夜间就长出许多大黄来，小孩子们争先恐后往北山跑。挎着篮子，提着袋子，手脚麻利，一会儿就采一大堆，但这都是很少的情况。高原上少雨，有时候一年都不下雨，即使有时候下，也是雨过地皮湿的情况。很小的时候，雨水还是充沛的。继父放羊归来，会背着一大袋子大黄，我和妹妹欢天喜地，然后还送给好朋友们。那时候，我经常穿行在麦林里，那麦子高的啊，能把我掩埋。这是我最开心的时光，我觉得自己是和麦子一起成长的，虽然麦子总是比我高,可那又何妨?我跑在麦垄里,未成熟的麦粒散发着清甜的气息,这时,我就会闻闻自己,觉得自己也是清甜的,天哪,我和麦子是一样的味道!我开心极了。可是有一次被骂了,因为我顺着麦垄跑,却不小心撞到两个人,他们纠缠在一起,把我绊倒了。是一男一女,我还没看清女的是谁,因为她站起来,转身就跑。而那个男的看了我一眼,我不认识,或许是外村的?他恼怒地骂我:"你个灰圪泡,瞎跑甚了?"我被骂得莫名其妙,心想,是你们绊倒了我,又不是我绊倒了你们?就接口:"你才是灰圪泡!"那个男人看我这个样子,挥了挥拳头,我担心他打我,赶紧跑,一边跑一边骂:"那儿有根大麻蒿,你妈是个灰圪泡",平白无故骂我,我想着就气愤,继续骂⋯⋯直到远得看不见那人,才停歇。

可是,后来,沙尘暴来了,雨水就没有那么充足了,所以,大黄不是经常有的。偶尔有,也是长得很矮,矮到让人不忍心采。所以他们说我只是为了采大黄,才来北山,我颇不服气。不过,我才不和他们计较。比起我在阳光中步履轻盈地到北山,与那些花儿啊、草啊、石头啊、风啊相处的快乐,那些都不值一提。可是,他们其实也喜欢到北山来,比如二姐,比如巧巧。

有一年,二姐订婚了。二姐夫骑着自行车来我家,我闹着要骑二姐夫的自行车。二姐夫的自行车簇新,母亲不让我骑:"你又不会,弄坏了怎么办?"我说:"我只是推推。"母亲还是不依。我只好蹲在自行车前，转动它的脚踏，车轴就转起来，车链子哗啦哗啦响，我陶醉在这金属的声音中。我越转越快，"哗啦"，车子突然倒下，把我压倒在车下，车把碰到我的头，我蒙了，抱着头哇哇大哭。人们听到动静，赶紧跑出来。母亲一边扶起车子，一边批评我："谁让你瞎害的？好吧？吃亏了吧？"一边仔细查看车子，看碰坏没有。二姐拉起我来，说："不要哭了，姐带你进北山去。"那日的阳光突然变得更加温暖，我立马不哭了，站起来。二姐揉着我的头，对二姐夫和当时正好在我家的巧巧说："走，咱们到北山吧。"我心里乐开了花，二姐可是最不愿意让我跟着的，每次跟着她，她都会骂我。这可是太阳从西面出来了。

我们一行人，出发去北山。路过三爹家的时候，二姐朝着三爹家门口，就喊艾叶一起去。艾叶一边解开围裙，一边迈出门来，顺手把围裙扔回去。我担心她把围裙扔到了地上。她已经飞一样跑出了院子，满脸笑容。她的上衣有点窄小，胸脯鼓鼓的，像要一不小心就撑开扣子的样子。因为跑动，她的胸脯上下颤动着，柔软而美好。我忍不住伸出手，就摸了上去。她一把打开我的手："你个灰圪泡女子！"一边脸就红了，看到二姐夫在，脸就更红了，要说的话也咽回了喉咙。二姐阴着脸，悄悄地狠狠地瞪了我一眼，使劲用手攥了一下我的胳膊，我有点疼，可看她的样子，不敢吱声。巧巧转头对二姐夫说："哎，你去过艾不盖不?"二姐夫眼睛朝着路:"去过,那年去白云,路过艾不盖,就几个工房。"巧巧说:"是,那里没有村民,只住着工人,北山就在去艾不盖的路上。"我很沮丧,好像觉得自己是做错了什么。可是,我错在哪里了?母亲的乳房,我经常摸,可没人笑我啊,没人批评我啊。虽然,母亲会烦我:"你那么大人了,还老是这样,不害臊?"可是,我睡觉的时候,依然摸着母亲的乳房才能睡去,那真是柔软而令人心安啊。可是艾叶姐的乳房真的是好看,我只是觉得好看,想摸一下,难道不可以吗?好看的东西,我摸过好多,比如花朵,我经常轻轻抚摸花瓣,可是没人这样对我。可今天这是怎么了?怪怪的。可想想母亲都说我这么大了,还摸乳房,是应该害羞的事情,看来,确实不能摸。难道我果真错了?我回头看看二姐和巧巧,她们的胸脯扁扁的,在宽松的衣服下,简直看不出来,一点都不好看。艾叶姐的却不一样,结实而丰满,柔软而有弹性。可是,这时候,艾叶姐却老微微弯着腰,感觉要把什么藏起来的样子。天,这是因为我摸了吗?路边的马莲花,正开得茂盛,一丛一丛紧紧相连,连成一大片,像一大片蓝色的云彩,落在草地上。放眼望去,有好多片蓝云彩,安静地贴在地面上。我撒欢似的奔跑在花丛里,一边采那些最大最艳丽的花瓣。大家让艾叶唱歌,艾叶的歌声是哈达图最美的。艾叶百般推辞,二姐和巧巧却不依不饶。艾叶只好说:"那我唱个什么?"二姐说:"唱《毛主席的光辉》",巧巧说:"不好,唱《五指山》",二姐说:"不好不好。"艾叶说:"我就唱'蓝蓝的天上白云飘'吧?"这时,一直不说话的二姐夫说:"这个就好。"艾叶扭捏了几下,就唱了起来:"蓝蓝的天上白云飘,白云下面马儿跑……"歌声飞出很远,像水一样蔓延到整个草原上,附着在马莲花上,我采马莲花的时候,仿佛采到了艾叶姐的歌声,那歌声氤氲在花瓣上,似乎散发着香气。

到达北山的时候,二姐说她累了,坐在一块大石头旁边的草地上,说是要休息。巧巧和艾叶说:"那你们休息,我们采大黄去了。"巧巧拉起我的手说:"走,咱们走!"我说:"二姐夫,你又不累,你也走呀!"艾叶姐笑着瞅了我一眼:"你快走吧!"我嘟囔着:"二姐夫为什么不和我们一起去呀?"巧巧轻轻拍了一下我的脑袋:"你个憨闺女。"我不知道,她为什么说我憨,但想想,马上可以采大黄,心里就美起来。那天的阳光真的很好,毫无遮拦地从天际落下来。它从那么高的地方落下来,洒满整个草原,真是神奇。我想,光原来是没有重量的啊!要不该摔死了!想着就咯咯笑出声来。巧巧和艾叶不解地看我,我才懒得告诉她们,再说,说了,她们也不懂。她们会说我是个神经病,这种情况我见多了。我一边听着鸟儿不知从什么地方传出的清脆的鸣叫声,一边寻觅这大黄。艾叶和巧巧有一搭没一搭地说着话。"你和海旺怎么样了?"巧巧的声音。巧巧的个子很大,和艾叶说话,需要微微低头,我看见她正蹲下折一株大黄。艾叶嘴里噙着一根什么草,也蹲着说:"没怎么样。"声音里有些许黯然。巧巧说:"你觉得他不好?"巧巧站起来,把大黄茎装在衣兜里,继续往前走。艾叶也往前走:"不是。"巧巧站住,低头看着艾叶,眼睛里都是不解。艾叶依然不抬头,在寻看着地面:"我大不同意。"艾叶不再看她,也继续搜寻地面。我被她们的话吸引了去,一方面大黄实在太少,另一方面他们提到萨拉齐的海旺。我喜欢海旺的样子,而且,我认为我们是朋友,我们曾经说了那么多话,我甚至能体会到海旺隐隐的忧伤,而且觉得这忧伤与艾叶姐有关系。我曾经希望跟着海旺到萨拉齐去,萨拉齐对我有无限的吸引力,因为有海旺,因为是远方。我知道她们或许不太喜欢我知道,所以我装作低头采大黄,一边紧跟着她俩的脚步。巧巧说:"是因为门户问题吗?"艾叶姐点点头。然后,她们转向山石背后,也坐了下来。这时候,我们已经完全看不到二姐和二姐夫了。巧巧叮嘱我:"猫儿,你好好采啊,姐姐们歇一歇。"我答应了一声,就转身到了山石的这头。

"他们家确实是臭骨子吗?"是巧巧的声音。

艾叶说:"不知道。"

巧巧好像有些犹疑地说:"你……闻到过吗?"

这句话之后,再没有声音。过了很久,才听到艾叶姐说:

"没有。"

"那人们为什么说他是臭骨子?"

"不知道,因为人们说黑爷是臭骨子。"艾叶姐的声音懒懒的,好像是被阳光晒软了,又像是艾叶有无限的怅惘。

"是啊,人们都说黑爷是臭骨子,可是我就没闻到他有什么味道!"巧巧好像有些气愤。

我也有些气愤,黑爷多么好,黑爷怎么会是臭骨子?黑爷经常给我吃他兜里装了好久的糖,那糖装了那么久,如果是臭骨子,早熏臭了。可是,那糖可是香美无比。

艾叶姐叹了口气:"谁知道呢?人们都这么说。"

巧巧也叹气说:"海旺挺好的一个后生,人长得好,家庭也不错,又聪明,将来一定有本事。"

艾叶姐又是长长的叹气声。

巧巧又说:"那你怎么办?"

停了好久,艾叶姐说:"没办法,我能怎么样。"

突然,巧巧声音放低,却很急促地说:"那你们私奔呗!"

艾叶姐好像是吃了一惊,因为我听到一个什么东西折断的声音,是她手里的干树枝吗?接着听见她嗫嚅着说:"我不敢!"

巧巧说:"有什么不敢的,人们不是说,黑爷老婆当年就是跟着黑爷跑的。"说到这里,巧巧轻轻笑:"你看人家黑爷家的人还是有本领,有女人跟着跑。"

艾叶姐好久又不说话。

好像是巧巧推了一下艾叶姐:"你怎么了,说话呀?"

艾叶姐的声音明显带着哭腔:"我不能,我大就我跟外叶两个闺女,外叶又那么小,我跑了怎么办?"

巧巧也不说话了。

她们发现我偷听,巧巧就大笑:"你个憨女子,你省得个甚了,还不快去采大黄!"

我有点讪讪,被人发现了小心思的不自在,赶紧跑开来,装作很认真地采大黄。大黄真是不多,采了好久,才采到十来根。可是,我发现了一株山丹丹花。在远处石缝里,鲜艳地绽开,像一团小小的火焰。我欢呼:"艾叶姐,你看,山丹丹!"巧巧和艾叶都惊喜地朝我跑来:"在哪里?在哪里?"我一边指给她们看,一边朝着花跑过去,她们俩也跟过来。我们三个挤在山丹丹旁边,被它的美丽牢牢吸引。我不知道山丹丹会不会害羞,如果是我被这么多人围着瞧,我会恨不得钻进地缝里。可是山丹丹并不在意我们三个的围观,依然无视我们地红着、摇曳着。巧巧和艾叶因为要不要把它挖出来带回家而争论了起来。艾叶说:"不要吧,这里开得这么好,万一挖死了怎么办?"巧巧说:"我们连旁边的土都挖回去,又不动它的根!"艾叶说:"那万一不小心动了根呢?"巧巧说:"我们小心点啊。"我想想山丹丹会不会愿意呢?就说:"山丹丹才不愿意到家里去呢！"她们俩就笑："山丹丹又不是人！"我说："又不是只有人才会懂得不愿意，山丹丹只不过不会说话。"巧巧说："你呀，真是个憨子。"说着就准备动手挖。我急忙阻止："不行，它会疼的。"艾叶姐看了我一眼，拉了巧巧一把说："快算了。"巧巧只好停手说："看这个娃娃哇！"

日头已经开始偏西了，我们数着采来的大黄，朝着二姐和二姐夫休息的地方走去。虽然大黄实在没采到多少，但想着我救了一颗山丹丹，心里很高兴。

回头再看那株花，正被一阵微风吹得东摇西摆，像跳着舞的样子，妩媚极了。

二姐和二姐夫依然坐在原来的地方上。我抱怨："不是说出来采大黄吗？坐了一天！"二姐不理我，二姐夫也不理我，看着巧巧和艾叶手里的大黄，说："就这么一点吗？"巧巧笑着说："真是站着说话不腰疼，你去采？"艾叶说："今年雨水少，哪来的大黄，我们本来是出来玩嘛！"二姐夫对巧巧说："你也是，明明是你站着说话的，我们是坐着的。腰疼的应该是我们！"二姐、巧巧、艾叶愣了一下，接着都哈哈大笑起来。我不明白他们笑什么。巧巧说："二莲，还是你家兵兵聪明，会说话。"二姐瞥了一眼二姐夫，脸微微红着，也笑了。

我经常在下午的时候，找外叶玩。外叶是三爹家小女儿，比我大三岁。我去找外叶的时候，三爹不在，外叶正睡觉呢。

我推她,她不起。我继续推她,她依然不起,并且嘟囔我:"腾开,麻烦了,我要睡觉。"我有些沮丧:"那你睡吧,我走呀。"我正准备走,她一骨碌爬起来,说:"我逗你呢!"我说:"我以为你不想和我玩呢。"她嘻嘻笑说:"玩什么呀?"我说:"摆家家。"她从炕上跳下来,看看外面很毒的日头说:"晒了,不好。"我说:"那咱们抓骨牛牛。"她有些懒懒的,估计是刚睡起来的原因,说:"胳膊上连力气都没有。"我说:"你这也不玩,那也不玩,我走呀。"她拉住我说:"不要走么?要不咱们再裹娃娃吧。"我很高兴:"好啊,我怎么没想起来呢?""裹娃娃"是一种在户内玩的游戏,用废弃的布条,剪成整齐而细长的小布条,然后从两面往回卷,一直在中间汇合,再在四分之三或三分之二处折回来,把上半部分卷起来的部位朝前翻出,在上部分中间用皮圈或细线捆紧了,就成了一个小人的形象。这样,布条颜色不同,长度不同,宽度不同,折合的部位不同,就会出现高矮胖瘦颜色不同的小人。我经常和外叶玩这个游戏,给小人起名字,让他们成为姐妹、夫妻、兄弟、父母。它们之间上演各种故事,我们就这样乐此不疲地玩大半天。

外叶的这些布条在凉房里放着。我们俩急匆匆奔向凉房,那些小人儿仿佛已经向我们招手。可是,我们猛一推凉房门,却发现里面有人。原来是艾叶姐和海旺。艾叶姐眼睛红红的,海旺坐在她对面，像是要给她擦泪的样子，因为门被突然打开，手就停在半空。外叶发现有人，赶紧说："说话还用躲在凉房，快到外面说圪哇，我们要在这里头玩呢！"可是她看到她姐姐眼睛红红的，站在门口，不知该怎么办了。艾叶和海旺很不自在的样子，艾叶说："咱们走吧！"两人就走了出去。我和外叶互相看了一眼，赶紧爬到床板上，找那些被藏起来的小人。可是我有些闷闷不乐："外叶姐，艾叶姐为甚哭了？"外叶满不在乎地说："我大不同意他们两个好。"我说："他们两个好了很不好吗？"外叶一边拿小人，一边说："好是结婚，我大不让他们两个结婚。"我说："额，为什么不让他们结婚。"我觉得结婚是很好的事情，比如我二姐，因为订婚了，所以就有了漂亮的衣服穿。外叶说："快管他们的了！来，你要哪些小人，要不咱俩'锤子、剪刀、布'？"我说："好。"

有人给艾叶姐提亲了，是西头分子村的蛋蛋。我见过蛋蛋，脸圆圆的，双眼皮，笑起来很和善。个子很高，很壮，很有力气的样子，可就是腿有些罗圈。他很喜欢小孩子，来我家时，经常逗我，逗得我笑得前仰后合，有时候会笑到肚子疼。很快这事就定了下来，选了个日子就定了亲。

再没听到艾叶姐的歌声。我跟在海旺屁股后头，到野外的时候，海旺不再说话。海旺躺在草丛里，我坐在旁边。已经是秋天了，大雁一队一队地往南飞，风把草吹得分外冰冷。我瞅一眼海旺，他闭着眼睛，嘴里衔着一棵草，咬来咬去。我想问他大雁是不是真的回河南去了，还想问河南在哪里，还想问河南真的有大雁的老舅舅吗，可是看到海旺郁郁的样子，只好把疑问藏在心里。他不搭理我，我就朝大雁喊："大雁大雁摆溜溜，河南有你老舅舅，穿的红袄绿袖袖。"喊了几回，大雁也飞得不见踪影，我只好再低头看海旺，他依然闭着眼，有一行泪水，从眼角流出。我不知道该怎么办，也无端地伤心。只好看身边的蚂蚱蹦跶，我知道这些蚂蚱不久就会死了。因为母亲说过：秋后的蚂蚱，蹦跶不了几天了。虽然，老伍说这些昆虫其实是睡觉去了，可到底是什么样，谁知道呢？一只蚂蚱蹦到海旺脸上，他挥舞着大大的手掌，赶开它，突然说："我该回萨拉齐了。"我说："为什么，你不在黑爷家了吗？"他腮边的泪水已经干涸，成了一个干道道。他说："秋天了，我该回去收秋了。"我"额"了一声，确实，麦子已经大片泛黄，有个别的地方已经全黄，甚至可以收割了。我记起有一次艾叶在远处唱歌，海旺飞跑着过去的情形。海旺有着矫健的身形，跑起来像一只鹿，虽然我没见过鹿，但我见过图片，是鹿跑起来的姿态，非常漂亮。可是，今天原野里很安静，只能听到一两声雁鸣，或梭啰啰的风声，而这些声音反而使原野更加安静，安静到令人伤心。海旺坐起来，他的衣服上沾上了一些杂草，他顺手拍打了一下，但并没有起多大作用，草依然沾附在上面，这样，他的衣服就像整个秋天，杂乱而荒凉。他支棱着耳朵，好一会儿说："猫儿，你听到有人唱歌了吗？"我有些愣怔，朝远方看看，没人，又仔细端着耳朵听，并没有什么歌声。我说："没有啊！"海旺有些黯然，说："你认真听听。"我以为我没认真听，所以又屏住呼吸，再次倾听，这时，除了风声，确实什么也没有。我摇摇头："没有啊，真的没有。"海旺叹了一口气，不再说话。又一行大雁飞过来，由远而近，又由近而远，直到成了小黑点。我们俩都望着那些渐行渐远渐无的大雁，又一行泪从海旺眼角流出。

帮黑爷收割了麦子，海旺就要回萨拉齐了。那天我起了很早，去送海旺。母亲不知道我为什么起那么早，但我心里记着这个事情，早早就等在门前坡上，这是海旺必经之路。海旺背着行李过来的时候，看见了我，他拉着我的手说："猫儿，叔叔走了，你长大了要念书。"我点头。路过三爹家门口，大门紧闭。海旺停下脚步，顿了一会儿，三爹家的门一直紧闭着。我不知道他在想什么，但一定与艾叶姐有关。很久，我拉了拉海旺的手："叔叔，要误车了。"海旺好像才明白过来，赶紧迈开脚步，朝车站走去，他再也没有回头，直到到了站台，才又回过头来，望了望村庄。我不能确定他是在望村庄，还是望艾叶。火车来了，他上了车，朝我挥挥手，就快步朝车厢里走去。

海旺再没有来哈达图，我后来也回了老家，再没有见到他。

不久艾叶姐出嫁，二姐出嫁，姑娘们出嫁，就像蒲公英，散落到了各地。

二姐出嫁前的一个晚上，我仍然记得那晚的月亮很圆很亮。月光从窗户纸的破洞射进来，形成许多光斑，这些光斑在模糊的光亮间游移不定。家人已经都睡熟了，我睡不着，躺在被窝里，数那些光斑。我曾经确确实实看到过一只兔子从洒满光斑的被面上跑过，只是一闪即逝，不知道它跑到了哪里。我告诉母亲，告诉二哥，告诉二姐，他们都不相信。我知道他们是不会相信我的。因为他们看不到夜里安静的时候，发生的事情。夜里时，他们一般都睡得呼呼的，怎么能知道这些夜深人静的事情呢？我总期待这样的神秘的只有我知道的事情发生，可是太少了。不过这无妨，单是看那些明亮的光斑移动，就很令人开心了。可是我发现二姐也没睡着，她轻轻翻身，轻轻叹气。二姐是挨着我睡的，我悄悄地小心翼翼地翻转身子，看见二姐眼睛睁得大大的，暗夜里分外明亮。她不断展开自己的手掌心，不断地看。我很好奇，二姐是在看什么？等二姐翻身，背对着我的时候，我轻轻直起身子，当二姐展开手掌心时，原来是一张照片。我不太能看得清楚，就努力朝前伸了一下，这下看清楚了，原来是那个当兵的小伙子刘青。可是惊动了二姐，她倏一下将胳膊伸回被窝，转过身来，看我。我不知道该怎么办。二姐说："你做甚了，不睡？"我急中生智说："我要尿尿。"二姐长吁了一口气,说:"要不要给你点灯?"我只好爬起来说:"不用,有月亮了。"只好下地在尿盆上虚晃了一下,才又上炕来,钻进被窝,不再敢动了。

有一年,村里来了部队,总共七八个人,一个班的样子。住在我家前坡上的队房里。他们好像是来种地的,反正农人干什么,他们干什么。只是他们非常有纪律,说普通话,每天刷牙。这让我们很是敬佩与羡慕,都说毕竟是当兵的,就是不一样。里面有一个小伙子叫刘青,十八九岁的样子,说是北京人。小伙子虽然个子不高,但由于穿着军装,却是非常有精神的。他有一双细长的眼睛,会说话的样子。他经常到我家来,我们一家人很喜欢他。我也很喜欢他。我最喜欢他在跳大绳的时候,将我抱在怀里,在绳子中间穿进穿出,毫无障碍,像一条游弋于水中的鱼,灵活自在。他和二哥很要好,经常在一起谈天。他们谈天的时候,我和二姐就安静地坐在他们旁边,听他说话。我其实并不关心他们说什么,我只是喜欢听他那动听的普通话。他的普通话比来我们村里下乡的知识青年都好听,像唱歌一样。我想普通话能说到像唱歌一样好听,真是了不起。二姐有时会插话,刘青就会很认真地听,然后再悄声对二姐说话。二姐那时候大概十六七岁的样子。有时我看她听得入神,眼睛就一直随着刘青转动,仿佛那时刻,世界上就只有一个刘青。

我母亲很喜欢这个年轻人,有好吃的,往往会让二哥或二姐去叫他，这时候，无论让谁去叫，二姐总是抢着去。刘青也准会来，二姐跟在他身后，两人边走边说话，就像亲兄妹一样。而刘青来家里，就像是我家的人一样。有人建议让二哥和刘青结拜，二哥说，那不可能，人家是大城市的，咱攀不上。又有人说，那就把二莲许配给刘青吧，一家人笑，都不把这当回事。别人这样说的时候，刘青就拍打二姐的头："小妹妹，给我做媳妇儿好吗？"二姐脸红，跑开。刘青还经常来，可是，从这以后，我看见二姐和刘青生分了很多。刘青来时，二姐就躲出去，或者躲在另一个角落，离刘青远远的。我以为他们吵架了。我问二姐："你怎么不太和刘青说话啊？"二姐不理我。我希望他们俩像以前一样好：刘青前面走，二姐跟在后头或身边。我继续问："你们俩吵架了？"二姐瞅了我一眼："多管闲事！"我很不解，去问刘青："你和二姐吵架了？"刘青说："没有啊。"我说："不对，我看见你们不咋说话。"刘青说："说了呀。"我说："不是，二姐怎么老躲着你？"刘青说："没有，我不觉得，我们挺好的，还有你哥哥，我们都挺好。"

可是，我还是看见一道无形的墙，横亘在二姐和刘青之间。

一年还是两年之后，部队突然撤走了。我们送了刘青，二姐还给了刘青自己绣好的鞋垫。我曾经多次见她坐在炕边绣鞋垫，专心致志的样子。二姐本来手就巧，是村里很有名的。那段时间，她经常若有所思的样子，一只手里拿着鞋垫，一只手拿着绣花针,却停在半空,愣怔半天,才又开始缝制。因为刘青走得突然,所以二姐送给刘青的鞋垫有一双是半成品。我不知道二姐是怎么给刘青解释的,但刘青全部收下了。我到大队队房时,刘青在收拾东西,正将要带走的东西一件一件放好。我看到了那双没绣好的鞋垫,说:"呀,刘青哥哥,这是二姐给你的吧,我看见她绣来。"刘青说:"你二姐送的,她手真巧!"我说:"可是这双是没绣好的,你就不用要了。"刘青没说话,还是把鞋垫都包好,整整齐齐放在包的最里面。我不明白,二姐为什么半成品还要送人,我也不明白,半成品刘青还要拿着,这大人的世界真不懂!

刘青也没再来,好像有一年写信来。大概是问家里好不好,问生活怎么样,好像最后写到二姐,问二姐怎么样。这些我都是只言片语听后连起来的。时间过去太久了,一切都淡了。但我清晰地记得二姐看完信后,一直坐在炕沿上沉默,像一个雕塑。那是个下午,母亲叫了几次二姐干什么事情,二姐仿佛没有听到,只那么愣着,眼睛里空空荡荡的样子。

后来,我长大了,懂得了爱情,也曾轰轰烈烈爱过,也看到轰轰烈烈或平平淡淡的爱情,但都没有比我在不明白爱情时所看到的爱情,令人沉醉。我不知道沉醉什么,或许仅仅因为那是过去,或许它属于忧伤,忧伤总是比开心更让人心醉神迷。

十四　离开就是离开

离开的时候，我以为只是出门而已。其实"出门"对于我的家人来说，是让我回家乡。我对家乡没有任何概念，如果有，那也只是一封又一封来来往往的信件，信件上带着不明真相的气息。而这些气息总是与绿皮火车联系在一起，甚至有了混杂不明的蒸汽与铁轨，还有轨间石头的味道。是不是还有轨道间被旅客扔出来的糖果塑料包装纸的痕迹？那些糖纸花花绿绿，我把它们攒集起来，夹在二姐用过的课本里，可以和伙伴们炫耀与交换。但许多时候，我会对着太阳，透过这些不同颜色的透明塑料纸看纸外的世界。阳光被塑料纸过滤，呈现出或柔和或灰暗的色彩，转动角度，天空、原野、村庄、牛羊、草、房子、行人，都变得格外不同，我总是激动而疑惑，到底哪个世界是我喜欢的，哪个是真实的？我把自己搞得很糊涂、很累，就会合起书来，对着静静的原野发呆。绿皮火车与信件之间，跑着一个单薄瘦小的身影，是我的二姐。二姐是一条细到看不见的线，微弱的、随时可以断掉的线，连接着绿皮火车与薄薄的信封。我总猜想二姐瘦小的身体里到底有多大的力量，能维持这脆弱的联系，然而她却是做到了：把我送回老家；母亲去世前，又把母亲运回老家，都是这个瘦小的女人完成的。二姐总是先于火车到达，追在火车屁股后头，呼呼喘气，扬起胳膊，白色的信封像一只等待飞翔的鸽子，只需二姐把它交给火车上的人，就可以随着火车飞回家乡。我曾经也送过，尾车上的伯伯，我早已记不清他的相貌，但随手接过信封时的情形，依然能形成某种态势，在某个时刻进入我的思维。这种态势总与某种安详与模糊的镜像联系在一起，像摇动的镜头下的摄影，线条胡乱而意味深长。我是没有力量的，形不成一条不可断掉的线，而这个能力只有二姐有。我曾看见继父把一个茶缸噌一下摔到洗衣服的二姐的头上。其时母亲坐在炕头，继父抽着羊棒骨的烟，那茶缸的力量，让我很久心有余悸，可是二姐哭泣后完好无损，依然干一切该干的活，我甚至看不出她有悲伤。那年过年，二姐依然在很少的钱里，抽出一点买了红灯笼，挂在除夕热闹而冰冷的塞外院子里。那红红的光，让人伤心，却又让人迷醉。或许忧伤与痛苦带着与生俱来的魅力，让人类避之不及而又趋之若鹜？二姐一丝不苟地绑灯笼的样子，与她投寄信封时的神情一模一样，专注而充满力量。

　　当然，还有另一种情况，家乡或许只是每年父亲来时带来的卷烟叶，以及父亲慈祥而哀愁的脸，还有他身上的某种黏腻的气息，与草原的疏朗完全不同的暧昧不清的气息。父亲属于老家，父亲的每次到来，都在证明我们的存在：我们是过客，而非主人，我们不应该属于这里。虽然我那么痛恨别人骂我们：外来户，胶皮肚，吃得多，撑不住。但事后我把这些忘得一干二净，我并没有觉得我与这片土地是割裂的，我与它是多么和谐啊。我几乎知道这里的每一只蝴蝶、每一只蜻蜓、每一朵花、每一棵草，甚至每一个蚂蚁辛勤搬运成的窝，还有那些铺天盖地的风。我对他们的熟悉程度，甚于我自己的身体，它们与我已成一体。可是有一天我要离开他们了，我竟没有多少不舍，我觉得我只是出门去，只是要到一个远的地方，过一段时间就能回来。我欢呼雀跃，我对远方充满幻想，无论远方是家乡还是陌生的地方。然而我不知道，有些事情，不是能来回往返的，是一条道走到黑的，这多么像生命，只会变老，不会返童，可是我真的不知道。我被兴奋冲昏了头脑，我急着要走，在那样一个夏天，空气能将人心洗得干干净净的早晨，我上了火车。我没有来得及向村庄告别，与村庄有关的一切物事告别。不，我就没有想到要与它们告别，远方仿佛花团锦簇，我来不及思考，只有那辆绿皮火车，此刻在我眼里与心里。我真不知道，离开就是离开，就是没了，永远没了。

　　我忘了那天早晨，母亲穿什么衣服，忘了她有没有送我到车站，但有一点是可以肯定的：母亲没有掉泪。母亲很少掉眼泪，而我却经常泪水涟涟，我觉得这让母亲很是看不起我。我身上有母亲讨厌的一切缺点：懒惰、好吃、自私、爱哭、不会看人眼色……或者还有其他，我不知道，总之在整个童年里，我是个不讨人喜欢的孩子。所以我总是到野外去，到植物中去，到动物中去。我想，我或许就是草变成的，要不就是蝴蝶变的，或者干脆是一只蚂蚁变的？总之不是天上的采花兔——母亲说她是天上的采花兔，犯了错，到人间受苦来了。我想，哪怕是受苦，我也愿意是采花兔，来自天上，缥缈美好的天空。二姐曾经照过一张相片：她穿着嫦娥的服装，衣袂飘飘，白云缭绕，美得不食人间烟火。这张相片当初是白色的，后来，她又染成彩色。二姐把它放在相框最显眼的位置，人们来了，总要夸奖一番，二姐很是得意。那张相片里像美丽仙女的二姐，手里就是抱着一只兔子。我想变成那只兔子，那该多好！可是我怎么会是天上的兔子呢？想到这里，我曾多次坐在蚂蚁圆圆的窝门前，默默流泪。我想如果我没有变成现在这个样子，就应该和这些蚂蚁一样了，在它们队伍里，一起搬运食物，一起干活。想到干活，我觉得，我应该去搬运一些花朵，而不是土粒。可是，它们会喜欢只搬运花朵，不搬运土粒的蚂蚁吗？我很是惆怅。

毋庸置疑，母亲喜欢四四，这个母亲最小的孩子。其实，我也很喜欢四四，因为四四总是把好吃的留给我，而我却不。我对四四充满了无限嫉妒：四四有浓密的头发，而我却不是；四四很听话，而我也不；四四总是能体会到别人的心事，而我也不；四四睡觉时，并不黏着母亲，而我却不；四四从不说"不"，而我却相反……四四多么讨人喜欢，而我却不！可是四四总爱跟在我屁股后头，不声不响，我说什么她听什么。四四在学习上很吃力，让我教的时候，我总是不耐烦，对她发火，横声横气！她就悄悄的，红着眼睛，低着头。看着她可怜的样子，我的嫉妒之心早已飞到九霄云外，再教她，她还不会，我就止不住再次发火，她再次红眼，低头，不说话。最终，四四读完三年级就辍学。许多年后，我想，是不是因为我坏脾气的刺激，加重了她辍学的念头？总之，她再没读书。我读中学以后住校，四四更是把母亲留给我们俩的好吃的，保存起来，等我周末回家，我的一份给我，她的一份也分给我许多，我三下五除二把这些东西都吃光，如果这时她还有，剩下的就会又悄悄给我，我又受之无愧。

有一年，我从哈达图返山西，四四送我，在孤独的站台上，她哭得肩膀一耸一耸的："姐，我看着人家姐妹们在一起，有事商商量量，多好！"其时，我读大学，与四四的生活渐渐远离。母亲那年已经开始半身不遂。火车远去，我依稀还能看见她粉色的裙裾,在空空的站台上随风摆动,孤苦无依。

母亲不会掉泪,她总认为,这些孩子是父亲的,他想要哪个就让哪个回老家。或者,这些孩子只是物品,于她来说,放在哪里都一样。当父亲打发三哥接我回山西的时候,母亲毫不犹豫地答应。有一段时间,我甚至怀疑她是因为不喜欢我,才让我离开。三哥先我几年回到山西,然后听从父亲,要把我接回老家,让我继续读书。那时候,政策已经好转,包产到户,土地相对可以自由支配。父亲说:"我们是读书人家,不能让孩子辍学,何况这个孩子酷爱读书,是我们的骨血。"三哥转给母亲这些话时,母亲说:"是他的骨血,那就让他拿去啊,我又不霸着。"接着母亲又说:"读书、读书,你们家受的害还是少!"我还弄不清那些被掩埋的历史,但是我已经知道,我们一家从山西来内蒙古的原因。二姐对那段历史的一些人,提起来还恨得牙根痒痒。比如,老家一个叫"张万银"的人,是他逼着奶奶要钱、要粮食,导致奶奶自杀身亡。那时,他是一个无赖,政策一来,瞬间牛哄哄。我见到张万银的时候,他已经是一个老人,个子高高,人瘦,很慈祥的样子。我竟然没有恨他,反而由于他慈祥的面孔生出无限好感。父亲也从不向我说以前的这些恩怨,那些年受的苦已经像灰尘一样,被时间的雨水洗去。偶尔说起,父亲也是轻描淡写:"那是社会的原因!"父亲不厌其烦地灌输的是,他的父亲如何行医,如何开皮货行，如何带着马队驮着银圆到平川买地。他的哥哥如何师范毕业，如何进入黄埔军校，如何去世。他说："你爷爷那会儿说，家有黄金用斗量，不如养儿上学堂！"我曾经见过伯伯的一张相片，是那种黑白的细长条：伯父一身戎装，长身玉立。父亲说那是伯父读军校的时候的留念。然而我最感兴趣的还是伯伯的姨太太。大伯父、二伯父、父亲都很早成家，是大伯父把二伯父、父亲，以及大伯父的儿子带入军队，进入战场，然后只有父亲活着回来。我对他们如何九死一生，并不感多大兴趣，却对美丽的女人，有着无限的想象力。我想在伯父的戎马生涯中，这个女人是以一种什么样的姿态跟在伯父身边，是美丽的、优雅的、安静的、从容的，还是像电影里那些国民党军官的小老婆一样，妖艳粗鄙的？父亲说，你伯伯的姨太太是孝义人，白白净净，举止文雅。我想父亲说的是真的，国民党官员的太太，其实也很好的，不像电影里。我曾追问伯父死后她的下落，父亲说："我也不知道，你伯伯死在医院里，当时我们都不在。"一个与我们家族有关联的女人就这样被历史掩埋，一点痕迹也没有留下。

  我要离开了，我甚至没有回头望一下我居住过的泥房子。我曾经多次爬上房顶望远方：茫茫的原野、麦田、羊群、站台、黑色绿色的火车、后村人家烟囱里或直或弯的炊烟，以及偶尔策马而过的行人。世界那么大，大到我无法探知边际，风从身边路过，吹乱我细软稀疏的头发，我伤心极了，觉得我就要渺小到消失。我在房顶呜呜地哭，声音被风吹在空中，也一下散了，一点痕迹也没有。我就更加伤心：我到底是谁？从哪里来，到哪里去？哈达图是什么？是一个村庄，多年前它是什么样子？多年后又是什么样子？我坐在凸起的烟囱旁边，一待就是一上午。有时母亲会发现，大骂："你个憨圪泡，房顶都叫你踩塌了！赶紧下来。"母亲很珍惜这个房子，那是她自己辛辛苦苦建起来的；土坯一块一块地脱，椽子一根一根地攒，栈子一节一节地捡……母亲不说这些，是别人说给我的。他们讲述的时候，我似乎看见一个矮小的女人，在苍茫原野里孤独而踽踽的身影。其实母亲也是喜欢到野外去的，多是在清早，我们醒来的时候，母亲已经回来，鞋往往被露水浸湿。她会带回一捆柴，或者一筐沙蓬。有一次，她回来，有些心惊胆战地说："我去房后，准备把前几天割倒的蒿拿回来，谁知我刚把镰刀伸到蒿底下，却发现里面盘着一条蛇。"她拿起烟袋，往烟锅里塞烟叶的时候，手还抖着，很少见母亲慌张的样子，所以那次让我记忆犹新。母亲四十岁来到内蒙古，在以后漫长的岁月里，应该有许多困难与艰辛，她是如何克服了她的脆弱与胆怯，我无从知道。这一次，我看到了她隐秘的软弱。然而在我整个童年与少年里，母亲总是很强大的，是一个铁一样的存在。她一边抽烟，一边说："我赶紧放下镰刀，走开。蛇是个神物啊，不能随便动它。"

在母亲眼里，蛇是令人恐惧的神物。她曾给我们讲过一个故事，说一个女人从外面回来，看见她家炕上盘着四条小蛇。那女人不动声色，用一块手帕轻轻盖住那交缠盘卧在一起的蛇，然后再轻轻关门离开。很久后，她才回家，发现她的手帕底下是四个元宝。这个故事如此激励我，所以我就问母亲："那你什么时候再去取回那捆蒿？"母亲说："过两天吧！"我说："去的时候，叫上我，我给你背蒿。"母亲莫名其妙地看了我一眼。第二天，还是第三天，我跟随母亲去房后，去取那捆蒿。母亲总是起得很早，我也只好早早起来。跟在母亲身后，有着无限的期待，并夹杂着害怕：如果那蛇还在怎么办？期待当然战胜了恐惧：我仿佛看见有金元宝，静静地就像鸡窝里的鸡蛋一样，躺在蒿草底下，放着奇异的光彩，等着我去拿。母亲把镰刀伸到蒿草底下，我的心扑通乱跳，手心里都是汗。我的身子离得远远的，弓着身子，头探到母亲身边。母亲用镰刀把那堆蒿草翻了个身，蛇是没有，然而元宝也没有！我十分失望，觉得是母亲骗了我，说好的元宝呢？背着那一小捆蒿回家的时候，我对母亲充满了怨恨：骗人的家伙！

　　火车行进在高原上，窗户外的山不断地向后跑，快得就像要赶着做什么要紧的事情去。我还看见远处的村庄，在旷大的原野里，原来那么小，小到像我在野外碰到的鸟窝，只用一根手指头，就可以让它灰飞烟灭。我突然有些伤心，第一次觉得我正在离开，我试图回望一下，然而，哈达图早已杳杳远去，无法找回。

我这才想起，那只"黑眼圈"正在羊圈里撒欢，我不在了，它会孤独吗？那只帽帽鸡，还会抢吃芦花鸡的米吗？我曾经顶讨厌那只踏蛋的公鸡，现在却觉得它其实也挺好的，每天打鸣，也挺辛苦的；我藏在凉房拐角里的一个我亲手裹制的娃娃，忘了告诉四四，她其实可以拿去玩的；对了，我走了，四四想我了怎么办？我后悔吃了四四那么多本该属于她的好吃的，如果有人欺负四四，该怎么办？母亲呢？我忘了她不喜欢我。火车外面一片荞麦花开得正好，雪白得像天上的云彩。我突然想起一个秋天下午，我曾经跟着母亲去地里收荞麦。荞麦已经割倒，需要把这些散落在地里的一小堆一小堆归拢起来，然后等大车来拉。可是突然阴云密布，雨说来就来了。内蒙古高原的天气，是最性情、最随心所欲的，前一刻阳光灿烂，下一刻就黑云翻滚，大雨倾盆。地里没有任何可以遮挡的东西，母亲让我坐在荞麦堆下面，然后她赶紧跑来跑去，把旁边未归拢的荞麦往我身上码。等把我全部盖住的时候，雨也停了，母亲被淋得如落汤鸡，她一边长长吁气，一边擦着脸上的雨水。母亲，她是我的母亲，我离开了母亲，我发现我是那么爱她。我窝心窝肺地难受，泪水哗啦啦地流下来。我悄悄擦去，不让三哥看见。我甚至想起有一年，我放学回家，踩着戏曲里女人的小碎步，切切急急地沿着院外小路回家,母亲微笑着看我。那个微笑此刻如此清晰,清晰如刀,一下一下割着我,细细碎碎地疼。我甚至后悔起来,我为什么要回山西,山西与我有什么关系啊?我不再望着窗外,趴在小桌子上,假装睡觉,任泪水默默流淌,小河一样地流淌。

到达包头时,已是中午。去太原的车,在第二天上午,我们需住一晚上。三哥把我安排在候车室,他自己出去了。他一走,我就溜出了候车室。火车站好大啊,有好几十个哈达图的站台那么大。人来人往,操着不同口音。我倚在一个栏杆上,两只胳膊架在空中,支着脑袋。一个非常美丽的姑娘,坐在一个花坛边换衣服。我有些诧异,她怎么在大庭广众之下换衣服?旁边行人都看着她,她却毫不在意,大大方方,旁若无人。她真的好好看,皮肤雪白,脱下上衣换另一件的时候,我看见她丰润的乳房在内衣里饱胀着,像随时要开放的花朵。旁边有一个男人一直盯着看,她只是拧了一下身子,背向男人,继续做她的事情。她换完衣服,又拿出一面小镜子,上上下下瞧自己的脸,然后描眉,刷口红。世界仿佛在她的外面,或者她自己就是整个世界。一切完毕后,她才把所有东西收拾起来,婷婷离开。我被震到。原来有不一样的人生和世界。有一年,大姐来内蒙古,晚上睡觉,大姐毫不顾忌就当众脱衣服,雪白的身体和丰满的乳房,不谙世事地晃人的眼睛。二姐赶紧把大姐拉入被窝,把她盖了个严严实实。从二姐的眼神里,我明白了一种羞耻,这种感觉后来根深蒂固。这个姑娘是那么美丽与大方，我却一点也没感觉她当众换衣服有什么不妥。原来，美的力量是那么强大，强大到可以把世俗甚或道德打得粉身碎骨。我想二姐了。二姐嫁了以后，我总是站在门前山坡上眺望。只要看到远处铁道桥洞里，钻出一个骑自行车的人影，就会很高兴。然而多数时候，我和四四会很失望。直到这个人影越来越近，辨别清楚是二姐的时候，我们就欢欣鼓舞。为什么要把姐姐嫁出去呢？在一起多好。生活中那么多为什么总是没有答案，日子就是那么稀里糊涂，比如，我为什么要回山西呢？虽然我那么欢欣鼓舞要出门，可是真要出门了，却有那么多的不明白。

夜色降临，我坐在候车室玻璃旁边，看着外面的世界，虽然很晚了，人还是来来去去，这个世界人太多，比哈达图多多了。我其实知道世界很大，并对它充满无限遐想，然而，此刻，我那么想念那个叫哈达图的村庄，它在夜幕笼罩时，那么安静，那么清澈。而此刻玻璃外的包头车站，灯光明亮，人来人往，却又那么令人孤独，热闹嘈杂的孤独，浸入我的骨头，这种感觉，在我后来的人生里，一直如影随形。两个穿蓝色制服的女列车员，大概是刚从客车上下来，要回家去，一边娉婷而过一边交谈。路过我身边时，其中一个瞟了我一眼，对着另一个说："小姑娘好漂亮的眼睛！"然后一闪而过。她的态度让我伤心，固然是夸我，然而和我路过别人家，看到人家羊圈里一只可爱的小羊羔一样：这个小羊羔真好看！然后就完了，仅此而已。我只是一只小羊羔而已！我感到前所未有的孤寂。哈达图那么小，可是我并不孤寂，哪怕所有人不喜欢我，可是，我有草，我有花，我有蝴蝶，我有蚂蚱，我甚至拥有整个草原的风。可是现在，世界变大了，可是孤寂也无限扩大。从此后，我逐渐明白，世界有多大，孤独就有多大，是正比例，是无穷数。后半夜的时候，候车室里渐渐安静了，我躺在候车室的长椅上，睡去，梦见一只蝴蝶飞来飞去，我拼命追，就是追不上。

第二天上车的时候，我们是从站台的一个偏口进入，这样可以逃过检票，因为我们就没有买票。混在人群里，我们上了车，找了个座位坐下来。不断有人拿出车票，把我们撵起来，终于在火车开动的那一刻，我们才在一个角落里，找到一个空位。又一次，我领会了贫穷的屈辱！几年前，村里一个姓任的售货员，因为我买了最廉价的香烟，讥讽了我。现在，我面对另一种屈辱。不断有检票员来检票，我心惊胆战地紧紧挨着三哥，当检票员从车厢口出现的时候，我和三哥赶紧咪溜翻入凳子底下，心扑通扑通有力地跳，仿佛能把胸膛击破，甚至飞出来。我多么担心这巨大的心跳声能让检票员听到，然后像提溜小鸡一样，把我们提溜出来示众。有好心的乘客，会专门把腿伸开，抬到对面凳子上，这样可以给我们一些掩护。我不知道是他们的保护起了作用，还是检票员是真粗心，总之我们还是顺利地到达太原火车站。其实，我想，检票员未必没看出来，或许在那样的时代，这样的逃票事件不止一次。他们只是不想拆穿两个贫穷小孩的把戏，用善良维护了小孩子的尊严。下车的时候，三哥又带着我走了另外的出口，来逃避检票。我怀疑这是三哥的预谋，他怎么知道有这样的出口，他一定是预先做了侦查，早已知道哪儿可以进，哪儿可以出。三哥来内蒙古的时候，想必已经做好了回来的准备，同样才十几岁的他，怎么做到的？

我离哈达图越来越远，远得令人不知所措。来的时候，我已经想到会是很远，但没想到，这种"远"，不是能想象到的。比如语言、比如地形、比如风……这种比"远"还"远"的抽象的东西，比"远"本身更令人窒息。再也听不到平板直筒的内蒙古后山话，如果只是听到普通话，倒也不算改变，当从太原一踏上去临县的班车，气息马上就排山倒海而来，蜷曲拗口的临县话，充斥在班车的每一个空气分子里。三哥如鱼得水，我却像涸辙之鲋。车向吕梁山腹地行进，地势越来越窄，让人喘不过气来。心里突然有了彻底的排斥！我不喜欢，我一点都不喜欢！如果只是口音改变，那还可以忍受，可是，这两面黑压压的大山，像要倒下来压死人的样子，让我彻底否定了这次与预设完全不同的出行！我抱着行李，闭着眼睛，不想看外面的这些不同的风景。虽然我那么喜爱旅程，喜爱山水，但此刻，我就是拒绝，强烈地拒绝。窗子开着，迎面吹来的风，仿佛夹杂了什么不明真相的东西,黏黏糊糊,拖泥带水,仿佛不是气体,而是某种固体,搅拌你于其中,让你支离破碎。

有一次,我和秀秀到野外去,玩到手脏乎乎的。那是个秋天的下午,天空没有一丝云彩,蓝得忘乎所以,有一点小西风,不动声色地刮着,好像怕惊动了玩得热火朝天的小姑娘。玩累了,我们相对而坐,发现我们的手太脏了。我们互相看看,几乎同时说:我们洗手吧!然后同时把手伸出来,在透明的空气中反复地搓,像有水淋着的样子。洗了手心洗手背,再洗手腕,然后又掬起一捧空气和西风,洒到脸上,额头、眼睛、鼻子、脸颊、脖子、耳朵、耳背,一掬不够,再来一掬,好像还把空气或者西风泼洒得到处都是。完毕,我俩互相看看,认真地说:"嗯,干净了!"然后嘻嘻哈哈回家去。哈达图的空气和风是可以洗脸的,这是我和秀秀的秘密。

可是,哈达图到哪里去了?

好在夜来了,夜是多么好,能将一切掩埋,那些令人愉快的,或者令人悲伤的,在夜降临的那一刻,一切都被彻底掩埋。我睁开眼睛,周围的人,大多沉沉睡去,几乎没有说话的声音。我觉得舒服多了,窗外黑魆魆的,这一刻,我如此安全,如此舒心。其实之前之后我都害怕黑暗,总觉得在黑暗里,会有什么东西突然倾身而出,将我吞噬,比如魔鬼。我不知道,整个少年时光里,只有这一刻的黑暗让我舒心,这是多么难得的一刻。窗外不时有村庄遥远的灯火,那么温暖。这灯火让我鼻子酸酸,它是我少年最温暖的记忆,一直到现在,我最喜欢看到的,就是旅程中暗夜里的万家灯火,总让人莫名踏实。哪个村庄正在唱戏,锣鼓声与戏场的灯火交相辉映,夜变得安静而热闹。班车在夜里行进缓慢,我看见有个大花脸,在台上用力地唱,手里挥舞着大刀。用棉球浸煤油的火蛋,挂在梁上,在花脸的头上熊熊燃烧,烟升腾到空中,与夜融在一起,台下的观众反而那么的不真实,像专门处理过的虚镜头。夜浸润我的心,我觉得美好起来,这出门也并不糟糕,前方等待我的或许也会由此而美好。

有一种东西会割裂你的一生,比如这个夜晚,将我的少年生生分成两个阶段,我有多憎恨后一半的少年时光,就有多热爱前一半的少年时光;后一半时光有多痛苦,前一半时光就有多幸福。后来许多个夜晚,带给我的是恐怖、凄凉、不知所措。回山西入学后,我突然需要自己一个人住在陌生的地方,那是一个大大的院子,是在检察院工作的远房姑姑的办公室。晚上,院子里空无一人,我害怕极了,许多个夜晚,我大开着灯,把自己埋在被子里,瑟瑟发抖,直到天亮。我害怕黑暗,更害怕一个人待在黑暗的屋子里,那些黑暗处,旮里旮旯里,随时有小鬼窥伺着,单等灯一灭,它们就出来,诡异而可怕!那时候,我不知道鬼并不可怕,可怕的是人!哈达图从来没有让我怕过人，我一个人经常跑到野外，遇到许多认识不认识的人，我从来没觉得可怕。所有人都没有告诉我，这个世界没有鬼，人才可怕。我不敢和大姐说，因为大姐会愤愤地说："都是妈妈，讲什么鬼故事，哪来的鬼？人才可怕！""人是可怕的"是大姐告诉我的。我不喜欢她说母亲不好，而且她也并不关心我害不害怕，甚至不关心我吃饱吃不饱。她刚结婚，正沉浸在新婚的快乐与痛苦中，因为他们一会儿很亲密，一会儿大打出手！我在那个院子里待了有一年，这一年，肯定没有人注意到，有一间屋子的灯,总是在漫漫夜里长长地亮着,要不该批评费电了。

在无数个这样战战兢兢的暗夜里，我长大了，更令人恐惧的是，我不知道如何对付不断改变的身体。我乳房发育，突然胸前就鼓了起来，我拼命地含着胸，让它不要那么招摇，那是多么丢人的事情。我来了例假，不知道怎么收拾，走路都要夹着腿，少年的血多么旺盛，不是自己想要控制就能控制得了的，经常是渗出了裤子。有一次，我绝望地站在操场上，任鲜血顺着大腿流下来，流到脚背上，我以为全世界的人都看到了，我几乎想到死了算了。有一次，大姐来到办公室，发现了我的一个没有洗的内裤，当场大发雷霆："这么大人了，连个裤衩都不洗！"办公室人很多，我的尊严全无，我欲哭无泪。许多个时候，我想象着自己是一条鱼，悄然游回哈达图，可是没有可能，有些路，是不能回头的。可是即使回头了，真的能回去？那来时的地方肯执着地不改变，而默默等你？

母亲的房子倒塌了，曾经给我温暖与安全的地方，现在是一堆石块，邻居山雀儿儿子开珍珠岩场，场地扩大到母亲原来房子的地方。母亲的痕迹全无，童年终于一点痕迹都没有了，是真的没有了！我以为，即使如此，那个地方依然会敞开它的胸怀接纳我，只要我愿意。可是，我错了。有一年，我回去，推开一家人的门，我只是想歇歇，想在那类似母亲炕上的地方躺躺，可是，她们已经不认识我。她们倒是还客气，只是那遥远的目光，泛着热情的疏远与冷漠，把我置之千里之外。我知道，哈达图没有等我，它朝前走，虽然它也不知道走到哪里去。而我也早已改变，沧海桑田，没有那么温情，有的只是板正的自然规律，谁也逃脱不了，人与物皆如此。

那一夜，我无法料到我后来的生活。但那一夜，在后来的岁月里，总在某个时刻，闪回到我的脑海里。那些点点灯火，那个花脸，以及那个燃烧的硕大的煤油棉球，还有模糊的台下观众。夜越来越深，我也瞌睡了，一切都模糊起来。睁开眼睛时，已是凌晨，车到达临县。车站杂乱，街上行人已经不少。我茫然地跟在三哥身后，走向一个不可知的未来。空气虽然黏腻，却因为是清晨，倒也凉爽。路过一个菜市场，我看到红红的西红柿，那么鲜艳地出现在这个陌生的小城。我突然说："三哥，我要吃西红柿。"三哥说："一会儿回去吃饭。"我依然说："我要吃西红柿。"我语气坚定，有不容动摇的坚定气势。三哥只好买了几个，然而我只吃了半个，就不想吃了，我自己也不知道为什么。三哥非常生气，大声批评我："就知道你要糟蹋这东西了么，西红柿有甚吃头了！"他的声音在清晨分外响亮，我的泪哗地就来了。我无数次，想起这个画面，那是一个休止符，休止了一个时代，开启着另一个时代。没有人会记得这个场景，三哥或许也不记得，然而它在我生命里，被定格成一幅不变的画面：一个十一二岁的小姑娘，孤零零站在并未完全苏醒的小城街头，行人寥寥，她提着网兜，网兜里有几个西红柿，其中半个残破的，汁液正一滴一滴往下滴，像血一样。她悄无声息地哭着，泪水在她脸上，肆无忌惮，横冲直撞。

三哥不知道，其实我也没想起，在哈达图夏天的夜晚，村人们从车站与工人分菜回来，大哥蹲在沿台上与人算买菜账，二姐和母亲来来去去收拾这些鲜红艳绿嫩黄的菜，我和四四大口吃着西红柿，嬉笑打闹，有风轻轻拂过。四四说：姐，你看，北斗星！我们同时抬起头，繁星满天，夜色清凉。

离开就是离开，很简单的道理，在打下这些字的时候，我终于明白。

大家谈

地处边缘的疼痛与文学
——关于阿连长篇小说《一个人的哈达图》

王春林

放眼当下时代的中国文坛,不难发现最起码有两类作家存在。一类作家位居中心,时时刻刻处于聚光灯的照耀之中,其作品不仅每每都能引起高度关注,而且评价日益走高;另一类作家地处边缘,因为从来都没有机会走到聚光灯下,所以其作品的乏人问津,也就自是情理中事。一方面,我们固然承认,那些长期处于聚光灯下的中心或主流作家,从总体上说,因为创作成绩的相对突出,自有其备受瞩目的理由,尽管在其中也难免会有个别滥竽充数的现象存在。但在另一方面,正所谓"民间有高手",那些地处边缘的作家,虽然远离聚光灯,看似名不见经传,但他们中间其实也不乏优秀者可以写出足称精彩的文学作品。我这里将要展开讨论的阿连的长篇小说《一个人的哈达图》,就是这一方面极具代表性的一部优秀作品。

由于阿连曾经是我的学生，所以，对她的情况我还是略有所知。她在吕梁山区一所偏远的地方高校求学的时间，是1990年代的初期。那个时候，虽然一向被称作文学黄金时代的1980年代已然成为过去，但其余绪却依然存在，最起码，在我所曾经一度供职的这所地方高校，仍然有一批师生以孜孜不倦的精神认真地追求着文学事业，这是一种无法被否认的客观事实。阿连在那个人群中，堪称中坚。至今都难以忘怀的一个场景就是，她曾经和志同道合的同伴一起把我堵在半路上，认真讨论某一个文学问题时的情形。从那个时候起，到现在不知不觉间已是差不多三十年的时间过去了。大学毕业后，我对阿连的情况就所知甚少了。唯一确切的消息是，她被分配到一个更为偏远的小县城里去做中学语文教师了。或许是有意无意间受到时代风气习染的缘故，此后，尽管也会在各种场合有偶遇的时候，但我们之间却竟然连文学都很少再谈起。多少有点出乎我意料的是，到了二〇二〇年的时候，不，其实时间应该还要更早一些，阿连却在不期然间突然写出了一部被命名为《一个人的哈达图》的长篇小说。由此可见，在此前三十年的时间里，阿连在紧张的中学教学工作之余，从来都没有放弃过对文学的坚定追求。也因此，且不要说作品的思想艺术成色如何，对于长期处于边缘的阿连这样的写作者来说，单只是如此一种对文学创作的不懈追求本身，就应该赢得我们充分的敬意。

不管怎么说，因为阿连不仅不属于所谓的体制内作家，而且长期置身基层，所以毫无疑问可以被看作是一个基层的写作者。我们都知道，由于缺乏必要的文学氛围，由于文学观念相对滞后，当然也很可能与个人写作天赋的不足有关，绝大多数基层写作者，虽然满怀一片对文学的真诚敬畏之心，但其作品的不尽如人意却也毋庸置疑。说实在话，在阅读阿连《一个人的哈达图》之前，我所持有的，正是如此一种难以被打消的怀疑心理。没想到的是，从打开第一页的时候开始，阿连便以其富有某种魔力的文学语言将我深深吸引。虽然整部作品并没有刻意设计跌宕紧张的完整故事情节，但将近二十万字的篇幅，却不仅能够让人一口气读下来，而且读完后竟然会生出一种意味无穷的感受。如此一种带有沉迷色彩的阅读体验，在我近年来的职业阅读过程中其实已经非常少见了。沉思再三的结果是，阿连的小说写作虽然是典型的置身于基层的边缘写作，但从思想艺术含金量的角度来说，最起码她的这部《一个人的哈达图》，丝毫也不逊色于当下时代中国文坛主流作家那些广受好评的长篇小说。既如此，在为阿连感到特别高兴的同时，我也愿意以一管拙笔写下自己对这部明显受到忽视和低估的优秀作品的真切阅读感受。

文学是语言的艺术，阅读任何一部文学作品，我们所首先直观感知到的,就是其语言成色究竟如何。尤其是如同阿连这样长期置身于基层的写作者,其语言很容易陷入某种看似刻意追求所谓"优美"实则词不达意的生硬造作状态之中。什么样的语言是好的文学语言?这一看似普通的一个问题,作家理论家们甫看已经探讨了多少年,但其实却很难给出一个理想的标准答案来。以至于,在很多时候,我们只能"只可意会,不可言传"地借助于一种比喻的方式来描述对那种理想小说语言的期待。好的小说语言,首先应该是及物的,不能游离于表现对象之外。然后是不仅准确凝练,而且有着上佳的表现力。在我们的预想中,好的小说语言自身就应该富有生命力,不仅会呼吸,而且还有足够的弹性空间。彼此相邻的词与词之间,在搭配贴切的前提下,也还应该拥有相当的黏附力,根本就不容剥离。阿连的小说语言,虽然不能说已经抵达了这一高妙境界,但细细品来,恐怕却也庶几近之也。比如,小说开头处的第一个段落:"哈达图的春天来得那么晚,晚得让人失望,让人伤心,就像一场预设目的地的旅程,前面繁花似锦,却永远也走不近。我总是站在窗前,等待胡燕归来。我家屋檐下有一窝燕子,总是在春天闪动着黑亮的翅膀飞来。它们一来,春天就来了,仿佛春天就附着在它们的翅膀上,一旦飞来,翅膀一抖,春天就轻轻降落在哈达图的原野上。然后它们就在自己辛勤带来的春天里生儿育女。"春天到来的情形,曾经出现在很多作家的笔端。也因此，如何以一种个性化的方式表现这一情形，自然也就构成了对阿连的一个考验。地处草原的哈达图，春天来得很晚，但再晚的春天，却也还是终归要到来的。怎么来呢？在"我"的世界中，哈达图的春天与胡燕紧密相关。胡燕一旦飞来，哈达图的春天自然也就到了。从语言运用的角度来说，这个段落里有三处用词特别精妙。一个是春天竟然可以"附着在"胡燕的翅膀上，再一个是翅膀一"抖"，还有就是"降落"。作为季节的春天，因为"附着在"胡燕翅膀上的缘故，所以，只要胡燕的翅膀"抖"一下，春天就可以"降落"在哈达图。阿连用词的精准与形象，由此即可见一斑。与如此一种想象联系在一起的，还有这样的一种表达："那时候，哈达图的胡燕应该正在归来的路上，春天在它们的翅膀上安心地睡觉。"精彩处毫无疑问是春天在翅膀上安心睡觉这一句。比如，"那是个初秋的夜晚，我听着她们说话的声音和窗外的月色融为一体，一块一块地通过糊窗纸的破洞，落在我的棉被上。她们说的仿佛不是话，而就是一寸一块的光斑，轻且重。"一个孩子晚上睡在大炕上，迷迷糊糊的状态中聆听大人们的深夜谈话，如此一种情形，我自己也有着类似的童年记忆。但怎样才能够以精准而富有艺术感的话语将其呈现出来，却无疑是一个不小的难题。阿连的难能可贵处在于，她不仅天才地把夜话的声音和秋夜的月色联系在一起，而且还以一种通感的方式化听觉为视觉,将夜话的声音处理为一寸一块既"轻"且"重"的光斑,"轻"与"重"这一对反义词的组合,创造性意味也不容否认。再比如,"她们在上站台前,花枝招展,充满朝气与活力,是一朵花绽放的样子。可是车走后,她们大多一个个如经了霜,无精打采。回家的路上,她们都不说话,不再勾肩搭背,只顾朝家的方向走,空气里都是各自无法言说的心事。"这个段落里,与工人阶层紧密联系在一起的站台,毫无疑问是一种现代文明的象征。哈达图的姑娘们之所以在上站台前会显得充满生机和活力,从根本上说,正是由于对现代文明的强烈期待与向往。然而,伴随着列车在短暂停留后的离开,一切希望都在刹那间寂灭。这个时候的姑娘们,当然也就只能如同被霜击打过的花草一样,瞬间变得无精打采起来。其中,尤见神采的一句是"空气里都是各自无法言说的心事"。看似简单的一句话,所真切道出的,其实是哈达图姑娘们内心里无比的失落与心酸。正因为如此安静的夜晚与那些哈达图的姑娘们紧密联系在一起,所以,一直到"很多年以后,我依然觉得安静的夜晚,就是姑娘们的胸脯,柔软流动,高低起伏,丰满也落寞。"能够将安静的草原之夜,不仅与姑娘们的胸脯联系在一起,而且将其"丰满也落寞"的状况形象描摹出来,阿连想象力与语言表现力的非同寻常,无论如何都不容轻易否认。

语言的精准与形象之外，诚如小说标题所标示出的那样，阿连在她的这部带有突出的自传性抒情气质的长篇小说中，首先成功建构的，就是独属于叙述者少年"我"（也即"王猫猫"或者"李三莲"："二年级的时候，二姐毅然决然地将我的名字'王猫猫'改为'李三莲'，她用她十六岁的热情、忠诚和勇气，捍卫血统的尊严。"）的一个哈达图世界："有一种东西会割裂你的一生，比如这个夜晚，将我的少年生生分成两个阶段，我有多憎恨后一半的少年时光，就有多热爱前一半的少年时光；后一半时光有多痛苦，前一半时光就有多幸福。"之所以会是如此，根本原因就在于，叙述者"我"最令人难忘的前一半少年时光，与哈达图这个虽然在"我"的童年记忆中充满着光芒，但在实际上却是茫茫内蒙古草原上一个荒凉所在的小小村庄紧密相关。虽然说哈达图并不是"我"的故乡，作为哈达图的过客，她只是在哈达图度过了自己少年的十一二年时光。依照小说中的交代，"我"待在母亲肚子里来到哈达图的具体时间是一九七一年。父亲说："一九七一年实在不行了，一点粮食都不给我分，动弹了一年。"既然白白地动弹了一年都分不到一颗粮食，那母亲的被迫携儿带女逃荒并最终落脚到哈达图，也就是一种必然的结果。既如此，那么，等到"我"呱呱坠地的时候，时间也就是一九七二年了。到了小说的结尾处，出现的则是这样一幅令人过目难忘的画面："一个十一二岁的小姑娘，孤零零站在并未完全苏醒的小城街头，行人寥寥，她提着网兜，网兜里有几个西红柿，其中半个残破的，汁液正一滴一滴往下滴，像血一样。她悄无声息地哭着，泪水在她脸上，肆无忌惮，横冲直撞。"推算下来，如果说"我"在哈达图出生的时间是一九七二年，那么，等到她十一二岁离开哈达图的时候，具体时间就应该是一九八三年或者一九八四年。从社会历史的角度来说，这个阶段也正好是当代中国由"文革"后期而到"新时期"之初的一个关键转折时期而已。但因为这个看似偏远贫瘠不起眼的小村庄最大程度地滋养并容纳了"我"天生的自由与野性，所以，虽然不是故乡，但却胜似故乡，"我"和哈达图之间竟然不存在任何一点违和感。一直到就要离开这块土地的时候，"我（都）并没有觉得我与这片土地是割裂的，我与它是多么和谐啊。我几乎知道这里的每一只蝴蝶、每一只蜻蜓、每一朵花、每一棵草，甚至每一个蚂蚁辛勤搬运成的窝，还有那些铺天盖地的风。我对它们的熟悉程度，甚于我对自己的身体，它们与我已成一体。"这里的所谓已成一体，完全可以被理解为"我"就是哈达图，或者哈达图就是"我"。具体来说，既是第一人称叙述者，同时也是小说中一位重要人物的"我"，有两方面的突出特点不容忽视。其一是酷爱读书："因为我父亲每次从山西来内蒙古，老对我说：'家有黄金用斗量，不如养儿上学堂。'我妈就抢白他：

'念念念,你们家不是因为念书,死的死,散的散吗?我就不让咪细儿念书!'可是我妈说话不算话,我爱念书爱得要死,二姐、三哥散学回家,我拿着他们的书,颠来倒去地看,害得他们不能做作业。所以我妈在我七岁的时候,就找学校,让我上学。"这段话里的"咪细儿"是临县方言。母亲虽然来到了哈达图,仍然改不了家乡的口音。所谓"咪细儿",就是我家小孩子的意思,带有突出的亲昵色彩。说到"我"热爱读书,小说中的一个细节相信能够给读者留下难忘的印象。这就是,她少年时一段难能可贵的午读时光。由于家里没有什么书可以读,"我"只好趁整个村庄都在午睡的时候,跑到雒老师家里去"蹭"书来读:"是,我直奔她家躺柜,她家躺柜上放着许多书和报纸,我最爱看的是《少年报》。""我顺手就拿下来一张《少年报》。首先打开最后一版的漫画,是连载的《虎子的故事》。逐一看完,连中缝也不放过。"就这样,"在她们一家人寂寂的鼻息中,我度过许多个安宁而幸福的中午。"一个初识文字的乡村孩子,能够对书籍渴求到如此一种程度,大概只能被看作是一个天生的读书种子。如果说"我"身上的确有着阿连自己的某种自传性影子存在,那么,她能够在后来的岁月里不仅依然酷爱读书,而且还对小说创作情有独钟,并最终写出如同《一个人的哈达图》这样优秀的长篇小说来,自然也就是一种合乎逻辑的必然结果。

但与"我"的酷爱读书相比较，读者印象更为深刻的，恐怕却是"我"与大自然之间那种堪称水乳交融的亲和关系。"我不太合群，总是一个人待着，或者一个人在野外跑。自己哭，自己笑，自己想心事。""我光着上身，从村外回来，天知道我与田野有着什么样的联系，我总是跑到野外去，浑身沾满野草或花香或风的气息回来。"正因为如此，所以母亲才往往会不无亲昵地直呼她为"野鬼"。但其实，母亲眼里的这个小"野鬼"，如果转换成学术性话语，就应该是"田野之子""草原之子"，或者干脆就是"自然之子"的意思。正因为"我"和哈达图的大自然之间有着如此紧密的内在关联，所以只要"胡燕来了，小白花开过了，马莲花就要开了，我几乎整天待在野外，我喜欢田野里的一切。植物、动物，以及遍地的风。"很多时候，"我觉得自己就是一匹野马，春天来临的时候，总是迫不及待地冲向原野，撒欢奔跑。何况，一场微雨过后，马莲花开满山坡，就像从天空扯下的片片云彩，轻得让人不敢触碰，蓝得让人心疼，犹如一场梦，不敢触碰，一碰就碎。我穿行在原野上，守着春天，守着东风，守着马莲花，像守着一个天大的秘密。"很大程度上，对于"我"来说，冲向原野，就是冲向哈达图那总是会姗姗来迟的春天，冲向那在一场微雨后必然会如约而至的马莲花。虽然我到现在都搞不清楚马莲花到底是什么模样，但小说中被阿连以饱含深情的简直如同五彩画笔一般的出色文字所描摹出的这种野花,却由不得我不对其心驰神往。无论如何,我们都难以想象,出现在阿连笔下的马莲花,竟然如同天上的云彩一般,既可以"蓝得让人心疼",又可以像梦幻一样,"一碰就碎"。尽管我们很难理解一朵花竟然能够"蓝得让人心疼"是一种什么样的感觉,但阿连那饱含深情的奇异想象,却仍然可以让人过目不忘。倘若不是如同爱惜自己的生命一样地热爱这些野花野草,阿连又怎么可能写出这么传神的文字?说到阿连对大自然的真情书写,无论如何都不容忽视的,当是下面所引述的这一大段精彩文字:

> 我在田埂上走走停停,看一只菜粉蝶从蚕豆丛里扇动着薄薄的翅膀,颤巍巍飞到白菜上,翅膀上似乎能落下它的白粉来。两棵白菜,头挨头紧靠着,挤暖暖一样,这么热的天,需要吗?我伸手想分开它们,看看远处劳作的二爹,就作罢。累了,我会躺在小树林里,听野蜂嗡嗡飞过,它们的家在哪里,是在那些土墙上的小洞里吗?想到这里,就后悔捅破它们的身体,去吸取那些甜甜的汁液。菜园子里总是有这样那样的声音,不很大,细细的。野蜂没来,蝴蝶没来,小昆虫不闹的时候,我甚至能听见蚕豆乐队奏出的音乐,随风而或高或低,有

时会是几棵蔬菜窃窃私语着什么。我想告诉母亲或者二姐，说我听到两棵胡萝卜的谈话声，但想想她们一定不相信我，就不说了。好多时候，我躺在小树林里，就睡着了。我看见一个女人，从园子右边的水池边穿过，绕到园子的北边，停了下来。二爹从菜畦里起身，迎着走过去，去哪儿了，我不知道。园子里静极了，原野里也静极了。蔬菜们、昆虫们，甚至风都困了，摇头晃脑地点瞌睡。我听见有人在说话，是二爹和那个女人吗？时高时低，听不清楚。后来，就什么声音都没有了，但似乎有喘息的声音，是牛吗？是羊吗？忽然就醒来，太阳明亮亮的，风轻轻刮过，蚂蚁爬上了我的腿，二爹坐在田埂上抽烟，哪有什么女人？我想我是在做梦，那蔬菜和萝卜的说话，以及男人和女人的说话，其实都是我梦到的？可能是吧。

这一段文字的精彩之处，首先体现在对菜园里的蔬菜和昆虫们的生动描写上。无论是那两棵头挨头的白菜，还是能够谈话的两棵胡萝卜，抑或还是可以演奏美妙音乐的蚕豆乐队，所有的这些植物，也无论是似乎可以洒落白粉的菜粉蝶，还是飞起来嗡嗡作响的野蜂，抑或还是爬到腿上的蚂蚁，所有的这些昆虫，阿连的相关出色描写，都能够让我们不由得联想到鲁迅散文名篇《从百草园到三味书屋》中那些关于百草园的写景文字。其次，能够巧妙地把作家对乡村隐秘的洞察与书写嵌入美妙的写景文字中，也可以被看作是这段文字的一大妙处。只要结合小说中其他部分的相关描写，我们即不难确认，二爹和七莲（也即这个段落中的"那个女人"）婚外偷情的故事，的确属于哈达图难以言说的乡村隐秘之一。如何才能以一种暗示的艺术方式把这一上不得台面的偷情故事巧妙写出，毫无疑问是对作家艺术智慧的一种真切考验。在实际的描写过程中，阿连所采用的是一种似真似幻、看似虚幻、实则真实的呈现方式。二爹、女人、喘息的声音，这些相关因素都充满暗示性地出现在了"我"似睡似醒的"梦境"之中。能够在这么短小的段落里，融叙事和抒情于一炉，富有暗示性地把一个偷情故事嵌入风景描写的文字中，所充分凸显出的，正是阿连某种与生俱来的艺术天赋。行文至此，一个不容回避的问题就是，我们到底应该如何理解看待阿连笔端这些以植物为主体的自然书写文字。尽管我知道，可能会有不少人将其限定在所谓生态文学的意义上，但其实，仅仅从生态文学的角度理解看待阿连的自然书写文字，恐怕还是多多少少有把它看窄的嫌疑。在我的理解中，与其把这些文字界定为生态书写，反倒不如把它径直理解为"我"或者阿连自身的某种生命形态书写。而这，实际上也就意味着,当我们一直强调哈达图乃是独属于"我"或者阿连的整个世界的时候,其中不管怎么说都不容被排除在外的一个有机组成部分,就是由这些野花野草、大小昆虫,甚至也还包括那几乎就是漫天遍地的风组成的大自然。这一方面,一种看似极端的情形就是,因为特别倾情于大自然的缘故,"我"甚至连哈达图的人都忽略了:"我太忙了,弄花弄草弄昆虫弄风,忙得我不亦乐乎,所以顾不上关心人,尤其是大人。"

但其实,这里的所谓"顾不上关心人",在很大程度上,也不过是作家的一种修辞手法或者说"障眼法"而已。无论如何,我们都无法想象,在一部哪怕是缺少整一的故事情节因而带有突出散文化色彩的长篇小说中,竟然会有人的缺失。事实上,与那些哈达图的各种植物、昆虫,乃至于风以同等地位并置于小说文本中的,也还有那个从寒冬凛冽的"文革"后期到乍暖还寒的新时期之初这一特定岁月里哈达图的人与事。其中,首先进入我们分析视野的,是那些充满着生命疼痛感的乡村各种隐秘情事。需要特别强调的一点是,由于作品采用了第一人称童年观察视角的缘故,作家对这些隐秘情事的处理,都显得特别含蓄与节制,真正可谓是神龙见首不见尾式地点到为止。其中一类,是乡村里寻常可见的偷情故事。二爹和七莲的偷情故事,因为前面已经有所涉及,此处不赘。与二爹和七莲相类似的,是三爹和二大娘的偷情故事。具体来说,这一方面的细节主要有三。其一,"倒是瞭见三爹家门口出来个人,瞭着像二大娘。我回家爬回被窝对母亲说:'二大娘都起那么早,你还不起?'妈翻了个身:'胡说,你去她家了?你是不是又想吃人家东西?'我着急:'我就是看到她了,从三爹家门口出来,人家都串了个门了。'妈噌地坐起来:'看把你能的,瞎说甚了,闭上你的嘴。'"这段叙事话语里的要害,是母亲在听到"我"提及三爹和二大娘时竟然会表现得异常恼怒。其二,"我总奇怪二大娘怎么会有如此老的一个丈夫。有一次,我在二大娘家院子里玩,二大娘和三爹坐在她家炕上说着话。"这里的一个关键所在,是将三爹和二大娘关系的亲密与她丈夫那不可思议的"老"联系在了一起。其三,"二大娘又坐了一会儿,走了。我看见她出门左拐,朝三爹家走去。我回来对母亲说:'二大娘又去三爹家了。'母亲瞪了我一眼,'啪'一巴掌刮上来:'就你能,快喂鸡吧。'"此处的关键,是"又"这一语词以及母亲与此前一样的恼怒反应。就这样,仅仅通过看似特别轻描淡写的三个细节,三爹和二大娘他们俩之间的隐秘情事就已经跃然纸上。阿连艺术能力的非同一般,于此再一次得到了强有力的证实。相对来说,比以上情事更为曲折的,是黑爷和两位女性之间的复杂情感纠葛。身有武功的黑爷,当年曾经给蒙古人的王爷家做过看家护院的卫士。由于武功出众,身形潇洒的缘故,竟然博得了王爷家小妾的真情恋慕。因为"爱见"黑爷,这位小妾竟然抛弃养尊处优的王府生活,跟着黑爷私奔到哈达图。然而,即使是当年毅然私奔的两位当事人自己,也都不可能料想到,曾经碰撞出如此强烈爱情火花的他们俩之间,到后来,随着时光的流逝,竟然也会生出情感的罅隙。具体来说,也就是黑爷后来的移情别恋。虽然阿连并没有交代黑爷到底为什么会移情别恋,但后来又爱上了"娘娘"也即"我"的继奶奶,却是不容否认的确凿事实。因为这样的一种情感牵系,尽管"娘娘"已经去世好几年,但黑夜却依然习惯性地抬脚就到了三爹家。之所以会是如此,用母亲的话说,就是因为"腿顺",因为"人家是老厮守,几十年的关系了"的缘故。从根本上说,正是因为先有了黑爷的移情别恋,也才最终有了当初不管不顾地追随他私奔到哈达图的王爷家小妾也即"我"心目中那个相貌丑陋的老女人简直就是无休无止的恶毒咒骂的最终生成。关键的问题还在于,"我"所看到的这个老女人,竟然也还表现出了截然相反的两副面目。那就是,只要黑爷一出现在她的身边,她就会眉开眼笑,甚至逆来顺受。只要黑爷不在,她就会毫无节制地陷入恶毒咒骂的状态中而难以自拔。前一副面孔,说明她对黑爷的"爱见"和特别在乎。后一副面孔,说明她对黑爷的怨恨和某种敌意。能够把这个老女人爱恨交加的复杂情感状态呈现出来,所充分说明的,正是阿连在人性世界理解方面的深切与通透。关于这个老女人，小说第二节"坐在门口的女人"末尾处的一句话是："她看了我一眼，似乎笑了一下，眼睛虽然无神，我还是看到了某种流转，一睁眼就从过去转到现在。"最令人感到惊艳不已的，就是其中能够"从过去转到现在"的"流转"一词。一位当年肯定不仅拥有超人美貌，而且娇艳尊贵的王爷家小妾，到底在人世间历经了包括情感在内怎样的人生磨难，方才最终"流转"成为眼前这位看上去只可能令人倍觉憎厌的丑陋老女人，细细想来，我们所生出的，恐怕也只能是沧海桑田的无尽感慨。

另外一类，则是哈达图的年轻人最终以悲剧结局的忧伤情感故事。比如，春枝和小崔。春枝是哈达图少见的一位白净姑娘："春枝的脸白得发着瓷器的光泽。她的眼睛在夜色里分外明亮，闪烁着奇异的光泽。"虽然哈达图的很多年轻姑娘都会在夜晚以花枝招展的方式出现在火车站的站台上，但相比较而言，恐怕也只有这位走起路来"一摇三圪节"的春枝的出现目标明确。具体来说，春枝的目标人物，就是在站台工作的工人小崔。或许与春枝她妈曾经有过给工区的人做饭这一经历有关，她一直一门心思地想着有朝一日能够让自己相貌出众的女儿嫁一个工人。但其实，在那个所谓工人阶级最具优越性的特殊年代，因为工人这一阶层，明显可以被看作是更高一级现代文明的象征，他们愿不愿娶乡村姑娘是另一回事。哈达图的那些年轻姑娘们,之所以总是会在夜晚的时候不约而同地以花枝招展的方式去往站台,根本原因其实在此。"'你们也不要说人家春枝,谁不想嫁个工人呢?'不知道谁幽幽地说了一句。打闹声立马停止,所有人都不说话了,一切动静都消失,整个村庄仿佛只剩下月光。矮墙的影子原来长长的,现在变得很短。"那个姑娘看似不经意的一句话,之所以能够使得热闹的场景一下子变得沉寂,只因为她无意间一语道破了一众乡村年轻姑娘潜在隐秘心理的缘故。关键问题是,春枝和小崔之间,虽然看似存在着阶层差异,实际的情形却也并非剃头担子一边热。唯其因为如此,才会有"我"在与田野里乱跑时无意间对春枝和小崔他们俩私密场景的撞见:"怎么竟然有两个人,坐在那里!""是春枝和小崔。春枝穿着绿色的短袖上衣,领口开得很低,从我的角度能看到她丰满的半个乳房。她的脸微微红,很好看的颜色,眼睛波光潋滟。"这一场景中,春枝的眼睛之所以会给"我"留下"波光潋滟"的感觉,毫无疑问是因为他们俩之间的两情相悦。然而,尽管春枝和小崔他们俩彼此间情投意合,却终归还是抵不住社会世俗观念的侵扰,到后来,真正嫁给小崔的,是一个相貌和气质明显差春枝一筹的姑娘。如此一种结果的生成,很显然与这个姑娘的社会地位紧密相关。用二姐的话来说,就是:"人家这个女人是城市人,包头的,有工作了。"而等到"快过年的时候,春枝出嫁,嫁的也是一个工人，说是白云鄂博的。"虽然也是一个工人，但唯一的遗憾之处却在于，这个工人走起路来竟然有一点瘸。事实上，也正是这一美中不足，促使"我"猛然醒悟，春枝的眼波里到底少了一点什么样的东西："我一下就想起来，那天春枝和小崔在油菜花地头，春枝眼睛里水光潋滟的样子。是的，春枝的眼睛里没有了那种水波，我不知道，那些水哪里去了。"更进一步说，春枝眼睛里那些曾经的波光潋滟，曾经的水波，不是别的，恰恰只能被看作是说起来似乎抽象无比的爱情本身。问题在于，类似于春枝和小崔的忧伤情感悲剧，在哈达图并非孤例。无论是海旺和艾叶，抑或还是"我"二姐和那位的确也只是在哈达图稍纵即逝的刘青，他们之间的情感故事，也都可以做如此一种理解。大约也正因为懵懂的少年时光曾经在哈达图目睹过以上这些忧伤的爱情故事，所以阿连也才会情不自禁地借叙述者之口发出这样一种浩叹："后来，我长大了，懂得了爱情，也曾轰轰烈烈爱过，也看到轰轰烈烈或平平淡淡的爱情，但都没有比我在不明白爱情时所看到的爱情，令人沉醉。我不知道沉醉什么，或许仅仅因为那是过去，或许它属于忧伤，忧伤总是比开心更让人心醉神迷。"

正如同哈达图那些隐秘的乡村情事一样，阿连对那一特定时段中国社会历史类似于海明威冰山一般的内敛式沉思，也构成了小说非常重要的一个有机组成部分。比如，知识分子雏老师的人生悲剧。雒老师,名叫雒文,"是哈达图小学的老师,村里独一无二的文化人"。大约因为都属于外来户的缘故,在村里,我妈和蓉蓉(雒文女儿的名字)家的关系一直很要好。然而,大约是因为工作调动的缘故,等"我"刚刚上学不久,雒文他们家就由哈达图搬迁到了什拉文格。既如此,等到"我"再次见到雒老师的时候,就已经在什拉文格了。但出乎意料的一点是,这一次,"我"所看到的,竟然是雒老师醉卧草丛的不堪形象。但其实,如此一种不堪情形,在雒老师,竟然早就是一种常态。用他妻子的话来说,就是"自从巴盟来了后山,他就这个样子,经常醉麻糊涂。"却原来,知识分子雒老师之所以不仅被打成"右派",而且还被惩罚性地下放到哈达图一带,只是因为一言不慎、因言惹祸。在当时,雒文只是不经意间和别人闲聊时讲了一句"毛主席大还是天大",就被不依不饶地错误地打成"右派"。既然被打成了"右派",那雒老师的被下放到哈达图,自然也就是无法逃避的一种必然结果。雒文的不幸遭遇倒也罢了,不容忽视的一点是,尚处于懵懂状态的"我"对这一事件所做出的"本能"反应:"不知道为什么,这个男人第一次让我有了心疼的感觉。"尽管自然界一如既往地生机勃勃,"可是那个晚上,我一点也不开心,一种莫名的郁闷积在心头。我倒想撕一片云彩,蒙住头,不去想这是什么样的郁闷。蓉蓉和二蓉,怎么逗我,怎么和我捉迷藏，我都没有兴奋起来。"更有甚者，到后来，在回大爹家的路上，"我"竟然"泪水就一股一股地从心里往外涌，接着一大颗一大颗扑簌扑簌落下来。"说是"本能"，其实也并不是本能。作家如此一种描写，肯定是只有在她成年后才能做出的艺术选择。也因此，在当时，小小年纪的"我"，根本就不可能知道，自己的这一系列郁闷表现，实际上也就是所谓悲悯情怀的自然流露。比如，那个曾经一度被满满"强奸"（其实是猥亵，或者叫强奸未遂）过的杏女。曾经的杏女，是那么活泼开朗，心无任何挂碍："胳膊圆，胸脯圆，屁股圆，就连笑声都是圆的。她的笑声清脆，圆润。她一笑，大家能看到她的笑声像珠子，在麦浪上滚动，能滚到每个人面前的麦子上，滚到每个人的心里。"人的笑声竟然也可以是"圆"的，如同珠子一般地滚来滚去，阿连的想象力和语言表现力，首先再次令人折服。问题在于，杏女之所以会一个人跟着奶奶在哈达图生活，主要因为她的父母也如同雒文一样身为"右派"。然后被下放到很远的地方，杏女只好被送到她乡下的奶奶家。某种意义上说，杏女的命运乃是因满满的这次"强奸"而被改变。一方面，是她本人的性情一时大变，由原来的爱笑爱闹一变而为沉寂："那已经到了冬天，杏女把自己裹在厚厚的衣服下，脸埋在头巾里，不再抬眼看人，总是低着头。和人说话，眼睛不知放在何处。"另一方面，是她被迫嫁给了村里的二头："她要嫁给村里的二头,二头家里穷,岁数已经很大了却娶不回媳妇儿。"归根到底,杏女如此一种人生悲剧的酿成,与她父母因"右派"问题而被下放之间,有着不容剥离的内在关联。

在那个特定的时代,说到因为社会政治的原因而背井离乡,"我"们一家的不幸遭遇,可以说有着极典型的代表意义。"我"的故乡原本是山西临县,"我"们家一家数口之所以要背井离乡,并最终落脚到内蒙古的哈达图这样一个偏远贫瘠之地,正是因为受到政治迫害的缘故。却原来,只有从父亲那里,"我"才了解到,自己也曾经有过一段显赫的家世:"父亲不厌其烦地灌输的是,他的父亲如何行医,如何开皮货行,如何带着马队驮着银圆到平川买地。他的哥哥如何师范毕业,如何进入黄埔军校,如何去世。他说,'你爷爷那会儿说,家有黄金用斗量,不如养儿上学堂!'"同样是在父亲的讲述中:"大伯父、二伯父、父亲都很早成家,是大伯父把二伯父、父亲,以及大伯父的儿子带入军队,进入战场,然后只有父亲活着回来。"叙述是简略,或者语焉不详的,但我们却完全可以从其中想象得到这个家族曾经的辉煌与显赫。既然拥有这样的一种家族历史,那"我"们家在进入那个特殊时代惨遭劫难,也就在所难免。这样一来,也就有了奶奶因为被张万银逼迫着要钱、要粮食而最终自杀身亡,有了一九七一年的父亲动弹了一年竟然分不到一点粮食的残酷事实,自然也就有了一家人的被迫逃亡内蒙古草原,有了"我"在妈妈肚子里的被抖落在哈达图,有了我们面前这部《一个人的哈达图》。更进一步,在有了独属于阿连的生命疼痛的同时,也有了如同《一个人的哈达图》这样虽然地处边缘但却依然充满着无穷活力和生机的文学存在。

我们注意到,在一部权威的文学史著作中,著者曾经以这样的笔触谈论过萧红的小说创作:"从创造小说文体的角度看,萧红深具冲破已有格局的魄力。她说过大体这样的话:'有一种小说学,小说有一定的写法,一定要具备某几种东西,一定学得像巴尔扎克或契诃夫的作品那样。我不相信这一套,有各式各样的作者,有各式各样的小说。'她就注重打开小说和其他非小说之间的厚墙壁,创造一种介于小说与散文及诗之间的新型小说样式,自由地出入于现时与回忆、现实与梦幻、成年与童年之间,善于捕捉人、景的细节,并融入作者强烈的感情气质,风格明丽、凄婉,又内含英武之气。萧红的忧郁感伤可以和郁达夫的小说联系起来看,但她没有那样病态、驳杂,更有女性的纯净美。她的文体是中国诗化小说的精品,对后世的影响越来越大。"[①] 如果说以《呼兰河传》为杰出代表的萧红作品属于一种充满野性色彩的介于小说与散文及诗之

---

① 钱理群,温儒敏,吴福辉.中国现代文学三十年[M].北京:北京大学出版社,1998:310.

间的新型小说样式,那么,现在还名不见经传的阿连这部简直就是从她的生命里自然流淌而出的《一个人的哈达图》就同样也是。

二〇二三年五月三日
完稿于汾西寓所

王春林　山西大学文学院教授,博士生导师。商洛学院客座教授。中国小说学会副会长,山西省作家协会副主席,第八、九届茅盾文学奖评委,第五、六、七届鲁迅文学奖评委,《收获》年度文学排行榜评委,中国当代文学研究会常务理事。主要从事中国现当代文学研究。有相关著述若干。

写作的另一种可能

——阿连及其小说《一个人的哈达图》论析

王晓瑜

尽管在二○二○年的春天，这样的说法更可能会引起读者不太愉快的感受，我还是要说阿连是一个非典型性的作家。这需要从阿连的写作历程说起。阿连的文学写作起步应该是在二十世纪八十年代的末期的中学阶段，在之后的大学校园里，阿连是一个活跃的校园文学的参与者。尽管这一时期阿连已展现出浓厚的文学兴趣与很强的文学天分，创作颇丰，但因为没有作品在正规文学刊物发表，这一时期的写作随时间的流逝飘散得了无痕迹。此后，阿连进入晋西小县城的中学工作，优越适意的家庭生活与小县城舒缓的生活节奏，似乎不是一种适合作家成长的生态，中学语文教师的职业其实也与文学相去甚远，阿连的生活似乎与文学已在两股轨道上并行，从校园的多梦浪漫走向生活的凡俗现实其实也是人成长的正常轨迹，阿连与文学似乎也渐行渐远。但是，在离开大学十余年之后，阿连却出人意料地接连发表了三篇小说《谁的是天堂》《汾州何处》与《杜月容的旧时光》，而且其中《汾州何处》发表在国内知名期刊《钟山》上边。按现代社会的文学机制，作品的公开发表才能算是作家文学生涯的真正开端，从这样的角度看，这才应算阿连文学创作的正式起手。如此看来，阿连的起手式相当漂亮，出手不凡，起点很高。此前的沉寂似乎是生活积累的沉淀，是文学能量的聚集，接下来阿连的文学创作顺理成章呈一种爆发的态势。但是在此后的几年，阿连却又鲜有作品发表，重归沉寂。多年以后，阿连已然淡出了人们的视野，在逐渐被文坛遗忘的时候，她却又横空出世般地端出了她的长篇《一个人的哈达图》这样一部有着相当高文学水准的作品，山西一位德高望重的老批评家看后惊呼"山西竟有能写出如此好作品的作家"。

晚清以降，随着西方现代文明强势进入中国，受此影响，古老中国的文化运作机制向现代转型，现代出版制度建立，作家职业化的道路开启。自此之后，作家往往需要经常保持一定数量的作品的公开刊出，才能维持其在文坛的声量，往往需要拿"集束手榴弹"式作品"狂轰滥炸"，才能在文坛打开自己的一方天地，这是现代社会中文学的生产模式，也是现代作家的生存状态。但是纵观阿连的文学创作历程，却与这样的主流模式大相径庭,给人以一种神龙见首不见尾的感觉。因之我把她称为"非典型作家"。

但是阿连的这样一种写作状态也并非无源之水,无本之木。仔细想来,其实阿连的身上有着更多的中国传统文人的写作状态的影子。与现代社会中职业化作家不同,在传统中国,写作并不是文人的谋生之道,古代作家并不凭借写作养家糊口。不同于现代作家迫于生活压力的外在驱动,古代作家的写作往往依靠兴趣的内驱力,而且相对于往往有着经世致用理想的古代男性作家,生活优越的女性作家更易于创作一种如周作人说的"即兴的文学",如前期的李清照。现代社会中市场化的文学运作机制,为作家提供了庙堂与山林之外的另外一条生存之道,拉开了政治与文学的距离,为作家的独立性的形成提供了一定的条件。但职业化的写作的趋利底色,使作家进入写作状态时很难再气定神闲,表现在作品上,即少了一些从容优雅,多了一些促急。阿连多年来一直生活于晋西小城,其整体的文化生态的市场化程度要远低于现代化的大都市,仍然有着更多的传统社会的残留;稳定的职业与优越的家庭条件,为其保持这样一种非职业化写作提供了现实可能。这些与其淡泊的个性相互生发,形成了阿连的这样一种乘兴而作、兴尽而止的颇具古典意味的"非典型"写作状态。这样一种写作状态使得阿连的写作一定程度能超越于文学市场之外,保持了一定程度的散淡与从容。尽管非主流，但阿连的文学道路仍然呈现出现代社会里文学写作的别一种图景，这样的一种非典型写作似乎也有着别一种的"典型意义"。

《一个人的哈达图》同样是一部非典型小说，小说采用的是散文化的结构。小说没有贯穿始终的完整的故事情节，而是以十四个有关联的但相对独立的故事组接而成，讲述了由晋西山区移民内蒙古草原边际小村哈达图的小女孩王猫猫一家的故事，以及由此为中心展开的哈达图各色人等的生存图景。如果追根溯源的话，这样的散文化小说起源于废名，但废名的小说基本都是短篇，而把它结构为长篇的是萧红。《一个人的哈达图》正是如《呼兰河传》一样的"不像是严格意义的小说"[①]的非主流样式的小说。

同《呼兰河传》一样，《一个人的哈达图》同样有着自传色彩，也是对已逝童年与遥远故土的回望。整篇小说都是以小女孩王猫猫的视角来叙述，也采用了儿童的视角。这样一种儿童视角其实是长大后现在的我对童年记忆碎片的打捞、还原与重组，这样一种视角始终存在着两个主体对客体的观照，首先是童年的自我对这个世界的感受，然后是成人自我对前者的审视。在《一个人的哈达图》中，也存在这样的成人自我与童

---

① 茅盾.茅盾选集：第5卷[M].成都：四川文艺出版社，1985：327.

年自我两种视角,小说的绝大部分都是童年的王猫猫在叙述,讲的是童年自我对这个世界的感受,但是在有些地方却转换成了成人的视角,比如在第八章中写了小女孩王猫猫在头分子村的一家院子里见到洋烟花的"惊艳与忧伤的感觉"之后,以这样一句作结:"但凡美到忧伤的东西,或许因为生命本身带着毒",这显然不是来自小女孩王猫猫,而是历经沧桑的成人自我对于生活的感悟。只不过两种视角在这里转换相当自然,如羚羊挂角,无迹可寻。这样一种两种视角的不露痕迹的自如转接,也是这篇小说的一个成功之处。

因为成人自我与童年自我的双重视角的存在,以儿童视角叙事的小说也存在着如钱理群在分析鲁迅小说时所说的"双重的看与被看的关系"[1]。童年记忆被客体化,成人自我对童年自我的审视,使其与成人自我的当下思考很难剥离开来。回溯人的成长,从接受教育的层面,大约可以分成三个阶段。童年时期的前教育阶段,此阶段人较少受外界的观念支配,主要依靠直感感受世界,与世界交流。接下来,人便开始接受各种各样的教育,此阶段由于缺乏对外界来的各种信息的辨别能力,最易于接受外界的各种思想观念,形成前理解,直接影响甚至左右着人对外部世界的感知、接受与判断,童年时期对外部世

---

[1] 钱理群,温儒敏,吴福辉.中国现代文学三十年[M].北京:北京大学出版社,1998:40.

界的敏锐直感被这种前理解钝化，人与其所生存的世界的交流被间离。这一阶段实际是自我的主体性最弱的时候，所以接受了初步教育的"粗通文墨"者其实最缺乏自我。第三阶段，随着所受教育的深化与自身学养的提升，人从所接受的是外部思想观念中超越出来，对于外部的各种思想观念由前一阶段的我为物所用变为物为我所用，重新建构起自我的主体性，形成了独立的判断力。

童年视角的使用在于通过对不受外部观念干扰的直感式感知世界的童年记忆断片的打捞，完成对社会历史的卸妆，恢复个人对社会历史的感受，其实表达的是成人自我对社会历史的审视与思考。这样的感知中的社会历史图景是"一个人的"，你可以认为它不完整，不客观，不宏观，但它确是真切的，至少在某些方面是直达本真的，比在各种思想观念影响下的形成的前理解的观照之下的叙述更具主体色彩。童年视角的叙事文本其文学价值及思想价值的高下很大程度上取决于成人自我能否从各种各样的思想观念，以及在这些思想观念支配下的各种对于外部世界的叙述与解读中超越出来，形成属于自己的对于这个世界的独特的观照。《一个人的哈达图》其实就是采用童年视角借对哈达图的童年记忆的打捞，卸去各种思想观念与意识形态给历史涂抹的浓妆，表达的是成人的作家对"哈达图"历史的审视与思考。

比如，小说中通过王猫猫叙述的家族故事。由于王猫猫的母亲是在怀着她的时候嫁到哈达图，王猫猫出生在哈达图，因之对于老家山西的家族故事，"对它一点感觉都没有"的王猫猫不是亲历者，都来自别人的转述。因为采用了童年叙事，这个故事在文本中就呈碎片状，分布在几个章节里。对这些短片做一定的串联，大致可以看出这个故事的始末：王猫猫的生父因生活所迫——"孩子们要饿死了"，带着怀孕的妻子以及五个孩子一路颠沛流浪，从晋西山区一路到了内蒙古草原东部边缘的哈达图，然后把妻子嫁给了王猫猫的继父，把孩子们留在哈达图，孤身返回山西老家，之后便是"往往在过年的时候来看我们"，但因为这样一种复杂的关系，这样的一年一度的举家相聚又满是无奈与尴尬，父亲"白天住在家里，晚上就和村头起一个光棍老头杨来宝住一起"。"老婆都成人家的了"，必须对妻子现在的家庭有所顾忌——如文中杨来宝所言："你也不要老来，人家大禾（王猫猫的继父）可不高兴了。"这几乎就是另一版本的典妻故事，里边包含的不仅是艰辛，而且是屈辱。王猫猫一家这样的生存状态，从小说文本来看，并不仅仅是由于二十世纪六七十年代落后的社会生产造成的物质资料的贫乏，而且在于"你家是地主，哪能吃我们贫下中农的粮食"而导致的"爹没死没活地干活，结果秋天分粮食的时候，一粒也不给"的历史与政治原因。尽管小说采用了童年视角，从一个小的切口切入,但叙述至此,小说的视野阔大起来,突破了个人的身边叙事,具有了一定的历史广度。但是,阿连并不就此止步,而是把笔触继续伸向历史的深处。王猫猫一家现时生存的困窘追根溯源的话其实来源于父亲引以为豪的不厌其烦地向我们灌输的家族曾经辉煌的历史——"他的父亲如何行医,如何开皮货行,如何带着马队驮着银圆到平川买地。他的哥哥如何师范毕业,如何进入黄埔军校,如何去世",这已牵涉到诸多的历史问题,可以说阿连是在非常宽阔的视野中透视历史。你可以说王猫猫父母的故事,在历史的主线之外,并不能改变主流话语关于这段历史的总体走势的叙述,但却不能否认历史的宏大叙述之外的这种真实存在。历史叙述是粗线条的,是删繁就简的,但是文学不同,每个人的悲欢都应得到关怀,不在宏大叙述中的历史的微细部的真实同样应当被直面。

但是这样的悲剧性的家族叙事却很容易成为带有怨气甚至是戾气的控诉。文学对于这样的悲剧的书写应该是对于过去伤痕的抚慰,应该是提供一种拯救性的力量从历史的纠葛之中超越出来,而不是纠缠于历史使其成为死结。《一个人的哈达图》可以说既直面了这样一种被历史宏大叙述的忽略的真实,又没有流为控诉。之所以能做到这样,我觉得有以下几个方面的原因:首先在于叙述者小女孩王猫猫的设置,除了童年叙述者的童真对怨戾之气本就有一种天然的化解,还在于王猫猫并不是这些故乡故事的亲历者,这些故事由"我不喜欢我真正的故乡,我对它一点感觉都没有,甚至只有怨恨"的王猫猫转述,叙述者与故事之间产生了一定的间离效果,消解掉了故事可能产生出来的激烈情绪。其次是作者在王猫猫父母的身上发掘出一种来源于民间社会的拯救性的精神资源。作为这个悲剧故事的受害者的母亲对于自己多舛的命运既非被动的麻木承受,又非凄切哀怨,而是采用了一种很为特别的生存姿态,小说中母亲与二姐有这样一段对话:

二姐说:"杏女那个没心肺的女人,她完全忘了过去的事情,高高兴兴接待了满满老婆。"母亲说:"不忘了要咋样?哭?闹?骂?一个村里抬头不见低头见。再说,忘了才好,这样,她也活得开心。"二姐还是郁闷,觉得杏女原谅满满老婆是一件很不好的事情。对于伤害,二姐总是耿耿于怀。母亲就骂二姐:"你这个犟骨头,你就是喜欢过不高兴的日子。"二姐说:"难道你忘了那些让你低头的人了吗?"母亲说:"没有呀,那哪能忘了?"二姐得意:"这不结了,你也忘不了吧!"母亲说:"你以为,杏女忘了吗?她只是不恨了。我也不恨那些人了,恨了又不管饱吃!"

"忘不了"却"不恨""不给自己找不高兴",这是普通老百姓在面对艰辛的生存时的一种姿态,谈不上是什么生存智慧,仅只是民间社会芸芸众生不得不然的一种"活下去"的坚韧。父亲对于当年逼死奶奶的张万银"也是轻描淡写:'那是社会的原因!'"这是一种自然到连宽恕都意识不到的宽恕。这些都是源起于民间社会的超越性的拯救性的精神资源。第三,对美的直觉感知。小说中,当父亲不厌其烦地向我们灌输家族曾经辉煌的历史时,"我最感兴趣的还是伯伯的姨太太。大伯父、二伯父、父亲都很早成家,是大伯父把二伯父、父亲,以及大伯父的儿子带入军队,进入战场,然后只有父亲活着回来。我对他们如何九死一生,并不感多大兴趣,却对美丽的女人,有着无限的想象力。我想在伯父的戎马生涯中,这个女人是以一种什么样的姿态跟在伯父身边,是美丽的、优雅的、安静的、从容的,还是像电影里那些国民党军官的小老婆一样,妖艳粗鄙的?"在小女孩王猫猫那里她是以一种直觉来与世界交流,没有历史的重负,王猫猫更关注的是蕴涵于这个家族故事中的与政治道德无涉的美,与国仇家恨相比,它对于具体的历史时空更具有超越性,更具有永恒的魅力,这样的一种感觉更接近人类的初心。对这样一种童年记忆——追求美的天性——的打捞,阿连发掘出了一种对仇怨超越的精神资源。

再比如在"春枝的白云鄂博"一章里。尽管春枝是村里最白的姑娘,尽管她与车站工人小崔曾经也有浪漫的爱情,但是小崔最后仍然娶了另外一个"有工作"的城市女人,小说这样写小女孩王猫猫的困惑:

我有些不平:"明明春枝白白的好看,这个女人黑的。"

二姐头也不回,依然朝前拔:"白管甚用了,人家这个女人是城市人,包头的,有工作了。"

我觉得二姐的回答牛头不对马嘴,我是问好不好看,这和城市人与农村人有什么关系吗!

在这里,通过"一贯是个奇怪的孩子"的王猫猫的视角,展示出成人世界里男女婚恋关系荒诞的一面:男女两性的婚恋本应是基于生命本能的相互吸引,本应是超越功利的两情相悦的纯真情感,然而在哈达图,在两性关系中本应起决定性作用的"好看"却被现代社会中的财富地位——在小说中直接体现为具有时代特色的户口与工作——所取代。小崔的选择是如此,春枝的选择又何尝不是?春枝在小崔结婚之后,终于也嫁了一个白云鄂博的工人,但是婚礼上的春枝"确实是笑容满面的,然而确实少了一点东西",缺了点什么呢?其实即是春枝与"有点癫"的"那个男人"的婚恋关系中,"好看"这个支点已被抽离。可悲的是对于这样一种被异化的婚恋关系,在哈达图的成人世界里已经习以为常,成为一种集体的无意识。沈从文的名作《边城》中,傩送与翠翠的爱情悲剧的根源也是这样一种立足于两情相悦的婚恋被金钱门第所异化,但是《边城》中的这样的异化是因为外来强势文明挤压,《一个人的哈达图》中却是源于特定历史时期的城乡差距,本质上讲源于贫穷。这其实既是梁生宝与改霞所面临的困境,也是高嘉林与刘巧珍所面对的困境。但是阿连借儿童的视角超越了道德审视,没有把春枝与小崔讲述成新的版本的陈世美与秦香莲的故事,而是把春枝的婚恋悲剧放在这样一个背景上来书写:白云鄂博是"工人们集中的地方",于是乎它就成了哈达图的姑娘们"喜欢的地方"。村里的姑娘们傍晚的时候把自己打扮得花枝招展,三五成群地去火车站,只是因为"包白线的绿皮火车,是运送工人的专列","每晚八点都在哈达图车站准时停靠",其实不仅是春枝,村里的几乎每个姑娘都有一个嫁给工人的梦。阿连借童年视角不是仅止于对农村姑娘春枝们命运的哀婉的抒写,更是对生存于哈达图这样的小村农村人卑微的生存处境的呈现,以及对其背后的社会历史的审视与沉思,小说绝非小女人的书写乡愁的文学,而是隐含着作者胸中的大格局。

从结构来看,《一个人的哈达图》不是由一条完整的故事线索贯穿其始终,是由十四个互相关联而又相对独立的故事组接而成,"你好,哈达图""二哥的翻毛皮鞋""离开就是离开"三部分属家族的叙事,讲"我"的出生及离开哈达图,父亲母亲及大哥二哥的故事,其余七个部分包括黑爷与黑爷女人的故事、小学老师雒文的故事、春枝与小崔的爱情故事,种菜园子的二爹与其情人的故事,下乡知青张俊英与支书女儿金梅的故事,牧羊人老伍的爱情故事,与奶奶一起生活的"右派"

子女杏女的故事，南头起大队书记呼延虎一家的故事，暂时栖居于村头废弃窑洞中的"内人党"夫妇的故事，嫁到邻村的回族女人的故事，艾叶以及二姐忧伤的爱情故事。每一个故事相对完整，组接起来几乎是特定历史时期"哈达图"众生相的全景式展示，而且通过小崔、张俊英、雒文、"内人党"夫妇等哈达图的暂居者实际已把对社会历史的呈现延伸到"哈达图"之外，把特定历史时期的有着一定深度与广度的社会生活信息蕴涵于其中。

  一般认为，在小说中，观念表达过于直露会影响到作品的艺术性，事实上，故事叙述过于直露明了，也会影响小说的艺术性。《一个人的哈达图》在叙事上，在以上十四个故事的叙述单元中，除了一个主故事，还有一些次一级的小故事，多个故事互相错杂，使得主故事的叙述线索若隐若现，时起时伏，把主故事隐伏在次一级的故事之中，使得故事叙述显得丰满。比如，"我要去什拉文格"一章，这一章的最后写"我"听说了雒文的遭遇后，小说这样写："这个男人第一次让我有了心疼的感觉。""那个晚上，我一点也不开心，一种莫名的郁闷积在心头。""月亮已经到半空，空气清洌，直通心肺，我深吸一口气，肺被冰了一下。泪水就一股一股地从心里往外涌，接着一大颗一大颗扑簌扑簌落下来。""第二天中午，我们才动身返回，但我一直认为，那晚白白的月光，伴着我的眼泪，已经早早结束了我什拉文格的旅程"。显然,小学老师雒文的故事才是这一部分的主故事。但是小说并没有从雒文直接写起,而是从我要随继父去什拉文格去看望继大爹,因为"是雒老师的老家,所以,我很向往那个村庄",由此引出雒文老师,接着写雒文老师在哈达图任教时"我"与他们一家"和文化有关"的交往。但是接下来雒文一家的线索便被按了下来,另写我与继父去什拉文格途中的一路风景以及途中在西河镇买礼物和继父要去西河医院看病但最终放弃的故事,接着写到什拉文格之后与继大爹一家的交往,之后才接上了前面的线索,写继大爹带我去雒文家里,见到了落魄潦倒的雒老师,这个"温文尔雅、膀大腰圆的英俊男人"变成"经常醉麻糊涂"借以排遣心中的委屈,最后通过雒文妻子之口讲述了雒文在闲聊中因随口说了一句"毛主席大还是天大?"而因言获祸的故事,至此雒文的故事才算叙述完结。

另外小说中的主故事本身叙述得也很含蓄,比如"二爹的菜园子"一章,写独身的二爹与村中女人七莲的偷情,"我躺在小树林里,就睡着了。我看见一个女人,从园子右边的水池边穿过,绕到园子的北边,停了下来。二爹从菜畦里起身,迎着走过去,去哪儿了,我不知道。园子里静极了,原野里也静极了,蔬菜们、昆虫们,甚至风都困了,摇头晃脑地点瞌睡。我听见有人在说话,是二爹和那个女人吗?时高时低,听不清楚。后来,就什么声音都没有了,但似乎有喘息的声音,是牛吗?是羊吗?忽然就醒来,太阳明亮亮的,风轻轻刮过,蚂蚁爬上了我的腿,二爹坐在田埂上抽烟,哪有什么女人?我想我是在做梦,那蔬菜和萝卜的说话,以及男人女人的说话,其实都是我梦到的?"通过梦境与现实的模糊化处理,使得这段故事如梦似幻,隐隐约约,滤去了情色与粗俗,变得含蓄而抒情。而之后二爹与七莲偷情被抓被打也不是直接写来,而是写听说二爹"竟然摔倒,把自己摔了个鼻青脸肿,胳膊腿上也伤痕累累"后,"我"随母亲去看望二爹,"母亲走的时候,二爹低低地说:'嫂子,七莲不知道怎么样了,你替我看看去吧!'"在此隐隐透露出二爹的伤似乎与七莲有关,这章的最后,"这年冬天,发生了一件事情,后村的七莲家搬走了,说是回他们老家了。第二年开春的时候,菜园子包给了另外一家人,二爹给一家蒙人放羊去了,以后很少见到他。"至此,故事的完整线索才显现出来。但仍然不是直接叙述,写得仍是很含蓄,把一个包含暴力甚至血腥的故事叙述得很舒缓很平和,有一种哀而不伤的审美效果。

毋庸讳言,《一个人的哈达图》确是萧红式的小说,但与《呼兰河传》又有明显的不同。尽管同为女性作家,阿连亦有萧红的敏感与细腻,但《一个人的哈达图》却没有《呼兰河传》的凄婉柔弱,而是有着一种为女性作家所少有的豪气。这种豪气首先与作家的个性有关,《一个人的哈达图》也是一部自传性很强的作品，小女孩王猫猫很大程度上即是童年的阿连自己。"在野外跑惯的""曾经和一匹马比赛，觉得我能跑过它"，也曾在野外练拳准备报复"我不喜欢的人"的小女孩本就有着与生俱来的豪气与侠气。另外则是茫远阔大的草原赋予了哈达图的地与人不同于呼兰河的精神气质。其三则是故乡吕梁山的厚重雄浑文化。阿连在十余岁离开内蒙古草原后就一直生活在吕梁的大山里，这种文化对于阿连而言已成为沉积在血液里的东西，作为成人自我对童年的回望，这种文化必然借助于现时的作者隐伏在童年记忆的回溯里。这三种因素相互生发，形成了《一个人的哈达图》独具的精神气质。尽管阿连在写作时可能在萧红那里获得许多启示，但《一个人的哈达图》仍然是阿连一个人的。

王晓瑜　山西临县人，副教授、硕士生导师，山西省作家协会首届签约评论家。现任教于太原师范学院文学院。主要从事小说批评及山西区域文学研究。

三个"哈达图"叠加出的文学力量
——浅析阿连的《一个人的哈达图》

梁生智

"离开就是离开,很简单的道理,在打下这些字的时候,我终于明白。"这是阿连小说《一个人的哈达图》的结尾。

这几句话从表面看也简单,也很明白,但是,如果不读完这一部充满个性叙述色彩的小说,恐怕要理解隐在这背后的东西并不简单,也不是很容易让人明白。

其实在阅读《一个人的哈达图》的时候常常会给人一个感觉,那就是:这部独特的小说什么也说了,却又好像什么也没说;什么也没说,却又好像什么也说了。

阿连写的是环境——自然环境与人文环境——对一个人极为重要的影响,那种渗透到骨血里的影响,但是,她选取了一个特别的视角,那就是"孩子",一个在母亲肚子里被带到"哈达图",在哈达图出生,然后在还有几个兄弟姐妹,家境又贫困的情况下的成长的"孩子"。在这样的家庭,孩子会像草一样,父母除了能照顾到孩子的吃喝,其他的事都不是事,或者说是事也顾不上当成事。所以,孩子越多,越会像草一样放任生长。

正是这个设置,让一整部小说由此铺开,产生了一种奇特的,甚至有点儿魔幻的效果。

"猫女子",也就是"三莲"借着父母兄弟姐妹顾及不到自己,风一样穿行在哈达图的土地上,观星察月,与花对话,追蝶飞舞,雨后追赶彩虹,夜晚凝望星辰。同时,又在善良的母亲和兄弟姐妹,以及哈达图出现的每个人的影响中时而清醒、时而疑惑地感知着这个世界。

在一个对世界没有任何概念的孩子的世界里,合理不合理的存在与发生都是合理的。一切能不能理解的事情都既充满诱惑又充满困惑。

阿连将小说命名为"一个人的哈达图",实际上她写了"三个"哈达图:一个是自然的哈达图,一个是孩子眼里的哈达图,一个是成人世界的哈达图。

作者通过孩子眼里的哈达图将自然的哈达图与成人世界的哈达图贯通起来,然后产生了其深刻的社会意义和普世价值。这也是深入这部小说的密钥。

在这部小说里,其实充满了质疑和拷问。

"猫女子"每天不知疲倦地奔跑在田野上,感受着大自然的爱抚和馈赠。在她的眼里，自然中的任何东西都充满魔力，充满友善，充满亲情。自然之物不会随意伤害任何人，人也不需要畏惧其中的任何事物，也不应该伤害其中的任何事物。

这是孩子眼里的世界。但是，我们清楚，作为作者的阿连是成人，是一个已经完成了自己世界观、人生观建构的人。在成人的世界里，对自然的认知和解释早已面目全非，或者说与孩子眼里的自然完全不同。

那么，为什么阿连要做这样的设置？要知道，让一个成人来还原孩子的感觉和认知，还原孩子与自然那种天然的亲近是极难的，搞不好就会让人感觉到虚假。

但是，阿连不仅控制得很好，而且将极深层的目的表现得也很到位。

那就是，作为自然的存在，人类是如何对面自然的？人类是在如何的生活状态中，不断伤害着自己，也伤害着自然的？

"生存"，是人与自然界任何一种生命都相同的，但是，"更好的生存"是只有人类这种生命才派生出来的愿望。为了生存得更好，为了比别人活得强，为了比别人活得富有，人改变了自然生存法则，而且设计出更多充满"杀伤力"的手段和方法。在利用这些手段和方法获取"更好的生活"时，人变得越来越有目的性，越来越有手段性，在享受着"更好生活"的时候，伤害着自己，伤害着自然。

在《一个人的哈达图》中，阿连从始至终都没有将这一层面的东西显露出来，而是一直隐在一双孩子眼睛的"观察"里。哈达图虽然相对封闭，相对自然，但是，这里依然存在着自然与人世的一切：万物的生长凋落，生命的生老病死，人之间的悲欢离合，所以合理的、合理背后的不合理都在发生着，演化着。

所有应该发生的事情都在哈达图自然发生，又自然消失！

"猫女子"在追逐自然界中所有有趣的生命现象的时候，又被身边的成人和发生在成人之间的事情所困扰着。母亲、继父、父亲、黑爷、二爹、二大娘、海旺、大哥、二哥、二姐、杏女、张俊英、满满、吕二圈壕的女人……这些人同样在"猫女子"的"眼睛"里出现，他们的选择与接受，他们对"爱情"，对"生活"的态度和结局，都像自然中的花草一样，开了落，落了开。在"猫女子"的眼里，大人真是复杂，不好懂，所以，她也懒得去懂。但是，却又逃离不了包围。所以，她不说，但是，不意味着她不受影响，只是这种影响是隐起来的，就像阳光和风一样，看得见，摸不着，却又离不了。

就是这样，《一个人的哈达图》通过一个孩子的"眼睛"写出了整个自然状态的哈达图，一群人生活的哈达图，非常自然地将这三个层面的"哈达图"融合在一起，这里没有解释，没有批评，但是，通过这三个世界的存在，却极为深刻地揭示了人与自然、自然与自然、自然与人之间的关系。尤其是，将人性中的美好和不堪写了出来。作者没有下结论,是因为她知道,这个结论无法下,不能下。不论有多少无奈和卑劣,不论有多少阴谋和手段,人是需要坚守着内心的善和美的。就像"母亲",那个一口山西话,很年轻就掉了牙,总顾不上自己,却对任何人充满悲悯的母亲的心一样,这是人的希望!

在《一个人的哈达图》中,阿连实际上在呼唤"自然",呼唤人类回到"自然状态",也就是要尽量保持干净的状态,减少丑恶与无耻。她是将质疑和拷问隐藏在对"自然"的痴迷中表述出来了,这是人需要的终极思考!

二〇二三年一月三十日

梁生智 山西定襄人。山西省作家协会会员,忻州市作家协会秘书长,《五台山》文学期刊原主编,现任山西秀容书院博物馆馆长。在《诗刊》《星星诗刊》《诗歌报》《诗神》《黄河》《山西文学》等报刊发表小说、散文、诗歌、评论作品若干。策划、翻译出版《马可·波罗游记》,出版诗集《一个人的爱情》《今天已成往事》《隐于万物》。

守卫心灵的桃花源
——读阿连《一个人的哈达图》

张石山

一

钱穆先生论及先秦诸子三百年学术思想,一言以蔽之,是为"平民阶级之觉醒"。往下论及魏晋南北朝三百年学术思想,又一言以蔽之,是为"个人自我之觉醒"。

当东方的个人觉醒的时候,西方的个人也在觉醒。在《圣经》的神话传说中,觉醒了的亚当和夏娃,毅然走出伊甸园,走向属于自己的艰难而真实的自在人生。

虚构的伊甸园,成为西方人虽则向往而永远无法归去的心灵田园。东方的中国人仿佛不甘示弱,有一位魏晋时代的伟大诗人陶渊明,创造出来一个"桃花源"。这个虚构的桃花源,同样是东方人虽则向往而永远无法归去的心灵田园。

"亚当",那个最早觉醒了的男人的名字,其词义是指"泥土"。我们东方的又一位伟大的诗人曹雪芹,以《红楼梦》中贾宝玉的口吻认定:"男人是泥做的骨肉,女儿是水做的骨肉。"

伊甸园无法归去,西方人将目光投注天堂。桃花源同样无法归去,"寻向所志,遂迷不复得路。"但一代又一代的中国人,不断苦苦寻找这人间的天堂。

有一个水做了骨肉的女子,其名阿连,近年写作出版了一部长篇著作《一个人的哈达图》。哈达图,是书中的女主角亦即作者本人童年生活过的地方。这个地方,是那个曾经的小女孩的成长之地,是阿连心目中永远的桃花源。小女孩长大成人,已经再也回不到她的童年的哈达图。她像那个东晋时代"晋太原中"以捕鱼为业的武陵人一样,只能在自己的记忆中"处处志之",用文字勾勒出了属于她自己的桃花源。

二

我和阿连不能算是认识,因为我们至今没有见过面。但是又得算认识,因为我们相互加了微信,微信上有过一些往还应答,语气口吻,仿佛认识多年。《琵琶行》有名句曰"相逢何必曾相识",而处于网络时代的人们,"相识"又何必曾"相逢"。

七八年前,博客时代,通过博客我结识了不少男女文友。大家相互看看对方博文,得以了解。一则,我是编辑出身,看稿飞快,眼光毒辣,飞速一扫,大致可知其人文字水平。几个回合下来,该是对其人心智个性亦有某种把握。再者,就像是一部电影的题目"闻香识女人",我对女博友的感觉似乎更精准一点。

比如那时在博客上认识后来方才谋面的蒋殊、王芳等等多名女士,当见到她们,包括看了她们后来的发展进步,确实可以印证我的眼光。

博客电闪而过,这便来了微博。阿连在微博上,有时会展示她的画作,其画作随意点染,颇可观瞻;有时会展示她的手工作品,其手工别出心裁,无匠气而多灵性。她时不时还会来几句自言自语,没头没脑,天马无羁。

比如,二〇二〇年十二月二十日,她写道:

> 听一首歌,看猫儿狗儿打架,发一早上呆。前天泡的黄豆已经发芽。愿所有人快乐,愿你内心有爱,澄明自由。

到十二月二十九日,她又写道:

> 遛狗,看月亮,听许巍。
> 万物静默,人间烟火。

月光如水,谁家女子相思起。

这样的一些话,虽是自言自语,却并没有藏在心底。写上微博,该是希冀有人来品读。而我随意一读,便品出了若许滋味。我相信,众多文友读到这样的文字,会产生与我一样的感触。

阿连,是个什么样的女子呢?

在每个文友的心目中,也许会有不尽相同的想象,但大家的感触应该大致相近。

阿连在远方,但她在微博上呈现出来的自由自如的状态,我们却能觉出几分切近。自由而现几分恬淡,自如而带几分优雅。恬淡,优雅,就我个人而言,这样的一种状态,大略是"心向往之,而不能至"。也许,倒是距离造成了审美,也未可知。

那么,阿连的真实生活,果然那样恬淡优雅吗?还是她的文字显影了她的心态,她的心态呈现出了恬淡优雅?抑或是她的心态将自己的生活变得恬淡优雅?

这样的一个阿连,又是如何成为这样的?

这个时候,我读到了她的长篇小说《一个人的哈达图》。

三

春秋三传中的《谷梁传》,记载了齐桓公小白先机夺得王位、即刻武力逼迫鲁国诛杀逃难于此的他的兄长公子纠的事件。对于鲁国迫于齐国军事压力诛杀公子纠，《谷梁传》有一段颇具价值的议论发挥："九月，齐人取子纠杀之……十室之邑，可以逃难，百室之邑，可以隐死。以千乘之鲁而不能存子纠，以公为病矣。"

"十室之邑，可以逃难，百室之邑，可以隐死。"从此成为一句名言。莫说是在春秋时代，抑或是在其后的两千年之下，曾经的帝国王朝，政权不下县。我们中国，一直有着一个深广浩瀚的民间。落难之人，甚至是罪人，可以逃亡藏匿于民间。

后来，政权下县，一竿子插到底。大政府小社会，将曾经的民间社会压扁乃至彻底消解。上苍生人以腿脚，人天生有迁徙的自由。然而，城乡分治与严密的户籍制度，将农民死死绑定在他的村庄。人们莫说进城，便是临时出村，都要经过批准。更有甚者，所谓的阶级敌人"地富反坏右"，"只许规规矩矩，不许乱说乱动"。

书中的一位女性，一位母亲，非常不幸，她的丈夫是地主成分。这样的身份，意味着她面对的是什么样的生活，过来人该是一清二楚。争取自己和孩子们能够活下去，成为她的人生最高目标。哲学、美学、文学、佛学，统统与她毫不相干，这些豪华的字眼，弃她而去；她对这些也从来不屑一顾，她不知道那是什么鬼玩意儿。

仅仅是要活着,仅仅是要生存,这样的生命本能,竟然在铁板一块的人世间,找到了一丝缝隙。那位无助的丈夫,只好与妻子离婚,逃离了吕梁故土,向北方流亡,将妻子,孩子们带到可以活命的地方,然后返回故土。那位母亲除了拖带着几个孩子,她还怀着七个月的身孕。人生的艰难,命运的无奈,击穿了一位母爱的底线:她不得不将一个已经会说话了的小儿子送给了别人。

她终于在蒙古高原的一处地界,在一个叫作哈达图的小村庄,找到了一个容留落难者的窝窠。她的全部资产,就是自己是个女人,她嫁给了住在此处的原本毫不相干的另一个男人。在她,没有委身下嫁的怨愤,也许倒有几分得以存身的庆幸。

在母亲的肚子里,随着母亲流亡三个月,我们的女主角"三莲",诞生在哈达图。

出生在哈达图的三莲,在哈达图建立起自己最早的记忆。刚刚记事,二姐曾经这样责怪她:就是因为你,妈妈把一个已经会说话了的弟弟给了别人!

二姐不该把这样沉重的原罪归于无辜的三莲,仿佛她的出生是一种罪过。

懵懂的三莲,对自己出生前的事自是一无所知,她只是降生在哈达图之后,才可能开始建立起属于自己的记忆。

三莲的身体和记忆,在哈达图一道成长。

能够藏逃隐死的哈达图，从此在三莲的记忆里，成为属于她的"一个人的哈达图"。

四

哈达图，竟然能够藏逃隐死，绝不是谁的疏忽与仁慈。只是，这里偏僻遥远乃至荒凉，是为山高皇帝远。权力不及之处，成为教化施行的地方。仿佛笼罩控驭一切的权利网络，百密一疏，从网眼间遗落了这样一处"世外桃源"。

三莲在这儿长大。作为一个天生极度敏感的小生命，有幸诞生在此处，这里成了培植她的敏感心灵之地。生活的压力，粗粝的人间，人们苟且偷生而不暇。没有谁来关心一个小女孩的天问，当然也就较少予以戕害她的天性。犹如桃花源里，"黄发垂髫，并怡然自乐""不知有汉，无论魏晋"。

野天野地，她与日月星辰、山川草木、风花雪月，一道悲喜。她成了大自然的一部分，成了能够反过来记忆和反观大自然的那一部分。

当然，三莲，也就是我们的阿连，她自己成为大自然的一部分的同时，她也将别人、将众生当作属于她的外部"自然"的一部分。她看到了草木荣枯，也见识了人间悲喜。

她记住了哈达图，也记住了这里的所有。

记忆，使人成为人，使我们成为我们。这个对于几乎所有他人都显得那样陌生与无关紧要的哈达图，因为一个人的记忆，最终成了活在她的记忆中和文字中的桃花源。

五

按照我们的惯常经验，我们的过往人生，我们记忆中的人和事，包括环境，最终构成了一个记忆中的时空存在。这么说吧，如果生活仿佛一座山，它是凭着我们的记忆，成了一座山。当我们行诸文字，将自己熟悉了解的这座山推介给他人，我们会尽力去呈现这座山的全貌。当然，这需要我们去重新组织材料，用所有的细节，用沙砾与石块，堆垒出一座文学艺术的虚构之山。

这时，读者和评论家们，也许就会说：艺术的真实，近乎生活的真实，甚或比真实还要真实。

然而，这个阿连，没有囿于常规。也许，她是故意要反其道而行之。也许，她的反其道恰恰正是她认定的正道。

她忠实地记录下自己随着时间推移的记忆过程。对记忆中的一切，她几乎不加任何裁剪和组织，几乎没有任何重构。她不惜笔墨，写下她曾经见到的一切琐细，包括自己的傻呵呵的疑问和天真的解答。

她的哈达图，是逐步呈现给她，使她具备了完整印象的。她希望或逼迫读者，能够随着她所经历的记忆过程，最终达成对她的哈达图的了解。

另外所谓理论，包括文学理论，就好像是编织那样一只箩筐，要把所有文学创作实践纳入这只箩筐。非常不幸，我们确然能够看到，迷惑于金碧辉煌的理论构架，好多心性乖巧的作家，乐于去靠拢去适应那种框架，向理论家的话语霸权献媚投诚，以期获得大牌评论家稍一提点，一登龙门，身价十倍。

女作家阿连不管什么伟大的箩筐，性由天地，我行我素，就这样写来。好在，这样的写法，事实上并没有给人造成阅读障碍。她在童年所看到的、所留存在记忆中的，那些一个儿童曾经视为最珍贵的，哪怕是琐细的、微不足道的一切，她不厌其烦地、乐此不疲地开始倾吐与诉说，她甘愿将这些奉献给读者，她希望读者能够和她一道悲喜。就我个人一己的阅读体验而言，作家阿连的希望，没有落空，她的小说获得了读者的呼应，引发了读者的共鸣。

她秉持自己的自由天性，在自由的书写中赢得了快乐。同时，她的外示近乎天马行空的写作状态，赢得了读者的谅解。读者在阅读中，不期然间与她一道进入了某种自由的状态，"浩浩乎如冯虚御风，而不知其所止；飘飘乎如遗世独立，羽化而登仙"。

六

每个写作者,最终写的都是自己,哪怕他写的是理论文章、学术著作。学术者,心术也。白纸黑字,字里行间,作者的心智、性情、审美,包括品格,都将暴露无遗。

《一个人的哈达图》,是阿连的一次自由写作。在自由的写作中,尽显其自由的天性;或曰,自由的天性,主宰了一次自由的写作。

哈达图,三莲即阿连记忆中的哈达图,最早培植了一粒心灵自由的种子。哈达图,负载着作家珍贵的童年记忆,成为她永远的心灵桃花源。

儒家经典《中庸》,开宗明义讲道:天命之谓性,率性之谓道,修道之谓教。人的天性,天成禀赋,需要修持。

从这个意思引申开来,属于我们的心灵自由,也需要秉持与养护。

我们每个人,都永远不可能回到童年,正如亚当与夏娃永远回不到伊甸园。但西方的伊甸园、东方的桃花源,永远在那里,在每个有志者的心灵中。

只有我们自己,才能守卫属于自己的心灵桃花源。

自由的自在自为的阿连,回不到她的哈达图的阿连,写出了一部《一个人的哈达图》，不妨说正是这样的一种守卫。

也许，谁守卫自由，自由才会属于谁。

张石山　曾任《山西文学》主编、山西省作家协会副主席。中国作家协会会员，山西文学院专业作家。早年主要从事小说创作，曾获全国优秀短篇小说奖、庄重文文学奖。先后出版中短篇小说集、诗集、散文集、随笔集、长篇小说、民俗文化集、学术专著等多部著作。改编创作过多部电视剧剧本。

我只是痴迷于神秘的或貌似神秘的物事
——读阿连的长篇小说《一个人的哈达图》

马明高

一

这是一部不合常规常理的有些异质的"我行我素"的长篇小说。但是,这又是一部写故乡、土地、人物、人性、自然、现实、历史和社会的长篇小说,同时,也是一部不仅朴素、简单、自由,而且快乐、忧伤、美丽的长篇小说。

《一个人的哈达图》,让我想起了著名女作家迟子建曾经说过的一段话:"我对文学与人生的思考,与我的故乡,与我的童年,与我所热爱的大自然是紧密相连的。对这些所知所识的事物的认识,有的时候是忧伤的,有的时候是快乐的。我希望能够从一些简单的事物中看出深刻来,同时又能够把一些貌似深刻的事物给看破,这样的话,无论是生活还是文学,我都能够保持一股率真之气、自由之气。"①

阿连在小说的第七节"他只是在铁轨上打了个盹"中写道:"我对这样的事情,总是穷追不舍。我想我或许不是要一个什么结果,我只是痴迷于神秘或貌似神秘的物事。"这一段话极有意味和情趣,或许也是我们理解和打开这部长篇小说的一个精美的小钥匙。

二

"哈达图",是介于山西省与内蒙古自治区边上的一个属于蒙古族的村庄。它应该不是小说的主人公李三莲的"故乡",是她的"第二故乡"。李三莲是母亲在怀着她七八个月的时候,被迫从山西老家第三次改嫁到哈达图这个地方的。母亲是一个苦命的人,也是一个能受得了苦的人。李三莲已经是"母亲第七个孩子,那么多孩子,她一个个抚过去,早已倦了,何况这只手还要对付强大的生活,她已失去了抚摸的心思。"母亲的形象在这部小说中很独特,很有个性,让人印象十分深刻。"我躲在角落,非常害怕,甚至不敢靠近母亲。母亲转身回到屋子里,我紧跟着进去,看见她抖得厉

---

① 迟子建.寒冷的高纬度——我的梦开始的地方[J].小说评论,2002(2).

害,坐在炕沿的时候,差点掉下来。她摸索着装了一锅烟,抖抖索索地点燃,抽起来。烟雾马上重重飘起来,遮住了母亲的脸,我没看见她掉眼泪。我蹲在她腿边,她不说话,伸出手,好像要抚摸一下我,然而眼泪最终落下来,落在烟袋上,抽完,母亲继续装烟。"据父亲说,父亲从部队上回来,弟兄三个,包括侄儿都打仗死了,觉得不能再流落外头了,就回到了山西老家。父亲家三姐和母亲关系好,母亲觉得原来的第一个男人没本事,孩子们又多,日子过不下去,就被父亲家三姐介绍,带着孩子们来到了父亲这里。可是后来父亲因为家庭成分不好,加上村里一个叫张万银的头头,逼着奶奶要钱要粮食,导致奶奶自杀身亡。到了一九七一年,父亲动弹了一年,一点粮食也不给分,孩子们都要饿死了,实在没有办法了,母亲只好带着孩子们又改嫁到内蒙古哈达图一个叫大禾的继父家里。"母亲千辛万苦,从老家,一路迤逦,一路风尘,终于到达哈达图,把她的孩子抖落在这块土地上,尤其是抖落我。"小说正是以一个小女孩的儿童视角写出了她看到的哈达图的一切,她眼中的土地、大自然和社会,她眼中的那些说不清道不明的男人和女人。正是这种以小女孩的视角来俯瞰、融入、窥视和打量的世界观和方法论,让我们看清楚了哈达图的内在结构和肌理,看清楚了哈达图那些男人女人们各自的关系与内心世界,理解了他们各自的痛苦、烦恼和忧伤,同时也透视出了世界的美丽和丑恶、纯净和污秽。作家始终以纯净、忧伤、淡定的目光打量着人世间的一切,小心翼翼地探问着"人的深度",勘测着人性的包容性空间。如此而来,小说仿佛具有了一种浪漫而又温暖、纯净而又忧伤的神性,过滤去了人世间的世俗与污秽,重新构建起了日常生活与文学语言的诗性。

《一个人的哈达图》共十四节,每一节都重点写了两三个人物,以及他们的关系与内心世界,都具有一定的诱惑力和内在的感染力。二十世纪七八十年代,那是一个经过严酷贫困后形势刚刚松动、人性渐渐复苏的时代。第一节"你好,哈达图"中大哥长得很英俊,能吃苦,也聪明,几乎集中了男孩子应该有的所有优点,可就是娶不到媳妇。村里有一个叫素叶的姑娘喜欢大哥,可是二姐说,"素叶她妈嫌咱家穷",后来素叶嫁给了邻村村支书的儿子。"我"不懂得自己和哥哥姐姐们"本来就不是一个老子",父亲总是在快过年的时候从山西老家过来看我们,"白天住在家里,晚上就和村头一个光棍老头杨来宝住一起。父亲来了,我就会跟在父亲身后,在杨来宝家到很晚才回去。父亲总是很自豪地说:'你看,这是血脉,我这个闺女,一点都不认生,我来了就往我怀里扑。'"村里有很多外来的人,有代县的凤女家,有后村的江苏女人,有河南的进明和他妈,有村后说普通话的不知名的夫妻,有给别人帮工的大仙爷。可是人一拨一拨地来,也一拨一拨地走,秀秀爹并不老却去世了,黑爷的老婆、秀秀的奶奶哭得死去活来,但秀秀妈改嫁后还是带着她到上门女婿家村里去了。"我"不懂的事情太多了,冬天来了,人们都窝在家里围着铁炉子聊天,二哥却整天吹着笛子,"悠扬动听,使整个冬天像诗歌一样美好"。第二节"坐在门口的女人",脚小,又老又黑还瘦小,是黑爷的老婆,谁能认出这是几十年前跟黑爷私奔出来的王爷家的小妾。黑爷在,她那么欢喜。黑爷不在,她就那么恶毒地骂。"我"问二大娘为什么,二大娘说她怕黑爷,她恨黑爷又爱见黑爷。黑爷却老是往三爹家跑,"我"问母亲,母亲说"你看你,腿顺吗!""人家是老厮守,几十年的关系了。""我好像窥见了什么","也好像不只这些,我窥见了世界,谜一样的世界。我窥见了,反而更加糊涂。"还有黑爷的侄儿,从萨拉齐来了,总是喜欢见三爹家女儿艾叶,听好看的艾叶唱温柔的歌。第三节写"我"跟着继父坐马车到什拉文格去看继大爹,见到了因说了句"毛主席大还是天大"被"文化害了"的从哈达图学校打到这儿的雒文老师,以及蓉蓉妈小女子、二蓉,还有蓉蓉。继大爹原来是陕西府谷有名的银匠,来到内蒙古后山靠手艺娶过了媳妇,可惜媳妇死得早,这就苦了他大爹和小儿子喜喜,日子过得少滋寡味。第四节写的是村里的姑娘们的故事。她们都喜欢到车站看绿色火车和年轻的工人。火车一到站台,她们一个个"花枝招展,充满朝气和活力,是一朵花绽放的样子",火车一走,她们一个个"如经了霜,无精打采"。在回家的路上,她们都不说话,不再勾肩搭背,空气里都是各自无法言说的心事,成为最神秘最安静的一刻。"我跟在她们后面,听不知名的昆虫在草丛里低低鸣叫,听姑娘们轻轻地呼吸,甚至可以看见她们柔软的胸脯起伏。很多年以后,我依然觉得安静的夜晚,就是姑娘们的胸脯,柔软流动,高低起伏,丰满也落寞。"姑娘们中长得最白而漂亮的春枝,打扮得漂漂亮亮的,老往车站跑。因为"她妈一心想让她嫁个工人"。她妈给工区的人做饭,老眉圪缩眼了还经常打扮得红红绿绿,村里人骂她是老妖精。工人小崔也喜欢春枝,两人经常到开得正旺的油菜花地里相会,可是最后小崔还是有了别的女人,"小崔结婚的时候,春枝哭得死去活来"。春枝最终还是嫁了一个工人,却是一个瘸子。第五节是写"二爹的菜园子"和他的故事。就像二大娘老往三爹家跑一样,也有一个女人老往二爹的菜园子跑,见她来了,二爹就从菜畦里起身迎着走过去了,去哪儿了,"我"不知道。菜园子里静极了,"我"听见有人在说话,"后来,就什么声音都没有了,但似乎有喘息的声音"。小心谨慎的二爹,有一天"竟然摔倒,把自己摔了个鼻青脸肿,胳膊腿上也伤痕累累"。我和母亲去看他,母亲说:"唉,想办法娶个老婆吧!"二爹说:"有那么简单,谁还想打光棍呢?"他还一再央求母亲,替他去看看七莲。七莲就是那女人。这年冬天,后村的七莲家搬走了。第二年开春,菜园子被另外一家人承包了,"二爹给一家蒙人放羊去了,以后很少见到他。"第六节写"知识青年"张俊英和村支书家女儿金梅特别的好,"两只嘴巴紧紧合在一起","赤身搂在一起"。后来,不想嫁人的金梅,被嫁到了白云鄂博附近一个苏木的牧人家里。张俊英被一个老头要挟"奸污",患了重病,村里只好派人把她送回呼和浩特,可是她家的门紧锁,很久不住人了。听人们说,成分不好,高干家庭,父母好像也在下乡,根本顾不了她。

哈达图虽然是一个不大的村庄,但是,在那些过去的岁月里,却有很多奇特的人和事。喜欢吹笛子的二哥为了时尚,把心爱的翻毛皮鞋,用鞋油把它涂成黑色。不喜欢被换亲的二姐总是和母亲生气。凤女家男人满满,往身材最丰满的杏女怀里伸手摸了一下,就被上面押走了。村头小泥房子里住的一对男女,说是从北京来的,院子里晒的粉红色的内衣、一双尼龙袜子,还有精致的蕾丝边,那男人读的什么《红与黑》《查拉图斯特拉如是说》。还有那个辗转流浪嫁到吕二圈壕的女人,喜欢裹个纱巾,喜欢用海娜花染红指甲,却经常被她男人打，主要是他还打孩子，因为她家老二长得漂亮，像她，他非说这个老二不是他的孩子，是她偷情生的。后来，她竟然把纱巾拴在房梁上，上吊自杀了。还有一直和黑爷侄儿海旺相好的艾叶姐，多少年过去了，她爹就是不同意结婚，还说人家是臭骨子。艾叶姐总是放心不下爹和幼小的外叶妹妹，不敢和海旺私奔，最后嫁给了西头分子村的蛋蛋，是个罗圈腿。从此，海旺再没有来哈达图。

作家始终是在用一种带着小女孩的视角展开叙述，信马由缰地追忆着那些难以忘怀的童年生活，是一种并无太多文体方面考虑的情感宣泄式的写作，始终是用一种不确定的怀疑和打探的口吻去看，去听，去写，去认识，充满了爱和依恋，充满了浪漫主义的情怀和人道主义的精神。迈克尔·费伯在《浪漫主义》一书中说：浪漫主义是"在象征性和内在化的浪漫情境中发现了一种探索自我、自我与他人及自我与自然之间的工具。认为想象作为一种能力比理性更为高级且更具包容性。浪漫主义主张在自然世界中寻求慰藉或与之建立和谐的关系；认为上帝或神明内在于自然与灵魂之中，否定了宗教的超自然性，并用隐喻和情感取代了神学教义。它将诗歌和一切艺术视为人类至高无上的创造，反对新古典主义美学的成规，反对贵族和资产阶级的社会及政治规范，更强调个人、内心和情感的价值。"当然，浪漫主义的创作源泉和灵感也都是来自现实，并不是脱离现实，这可能有别于一般人的想象和看法，而且更重要的是浪漫主义"它所秉持的人性主义的大旗"。①《一个人的哈达图》正是这样，以小女孩的视角展开叙述，以小女孩的心灵和眼光来观察、感受现实的生活和过去的世界，让"儿童"的世界比"成人"世界更为浪漫化，充满了"儿童"的想象力，充满了天真和单纯，而且少了许多世俗功利的熏染，并且娓娓道出了人性中美与善的一面。而且，这一切，都共同体现出了作家对人性的思考与对人性美好的追求。

三

在作家阿连看来，整个世界都是有生命的，整个哈达图村庄里花草树木、骡马牲灵、鸟类昆虫等等，都是有灵魂的，它们跟人一样都有喜怒哀乐，从而也要像对人一样对待它们，充满了人与自然的和谐统一与美美其乐。

小说的主人公"我"，李三莲的心中，有许多秘密和心思，她没有告诉任何人，她害怕他们笑话她。可是，她可以和哈达图的田野说，和哈达图的草木花石说，她絮絮叨叨地给它们讲自己的心思和喜怒哀乐。尽管它们从不说话，可是"我"知道

---

① 丁帆. 寻觅浪漫主义的踪迹 [N/OL]. 北京晚报，2019-08-13（33）.

它们懂。"我说:'哈达图,你好!'一缕风停在我的袖子上,一动不动,我知道它在回应我。几棵草,忽然摆动了身子,像张开手,打招呼:'猫儿,你好。'我过去抓着它们,不让它们动,然后哈哈大笑。旁边的一只蚂蚱飞开了,展开它绿色的软翅,像拍巴掌。一颗石头硌了我的脚,我把它踢出好远,它闷声落下说:'灰圪泡,你好。'我很开心,它们都是我的朋友,只有我生它们的气,它们从来不生我的气;而且总在我不开心的时候,安慰我。许多时候,我躺在草丛里,望着蓝蓝的天、风呀、草呀、蚂蚁呀,空中的大雁啊、老鹰啊,都陪着我。我笑,它们笑;我哭,他们哭。我觉得只有它们才是哈达图的主人,在哈达图,有多少人不是外来的呢?"

在这部长篇小说里,一切大自然中的东西都似乎有灵有情,一切事物都具有生命、感觉与思维能力,都带有一种原始气息的思维方式,带有一种自然的诗性智慧。仿佛世界是一个有情的世界,世界上的一草一木、一事一物,以及世界瞬间的变化,都深深地关系着情感。万物如此,人也变得如此。譬如二爷的菜园子里,永远充满了生机,青翠满眼,葳蕤喜人。白菜白生生的叶帮,有翠绿色的边叶安静地卷着,水嫩嫩一大片;胡萝卜将一小截黄红色的屁股露在黑色的土外面;还有蔓青、蚕豆、小瓜、南瓜、西葫芦和葱等等,都在自由自在地生长着。可是,二爷对于它们,才是一个真正的王,"他双眼发亮,面容舒展而自信,浑身充满力量,正一个个宠信他的后宫佳丽们。他把两棵大白菜间的一棵小白菜拔掉,好像拿走的是两个女人之间的矛盾。那两棵菜,也马上腰直背挺,精神焕发;他拔掉萝卜地里的几棵草,好像是除掉几个奸佞小人,萝卜们都迎风朝二爹点头哈腰、请安问好的样子;他使劲赶走一些菜粉蝶,好像是驱逐了一批多嘴多舌的宫人,整个菜园就静悄悄了,一片肃穆。然后他挺直背,站在水池边,就着水泵泵出的水喝几口,望着这一片葱茏的蔬菜,就像望着大治的天下,脸上浮出满足的王者的微笑。"

这些植物对人饱含着情感,而人也对这些植物充满着爱意,不仅体现出了人与植物之间的温情,体现出了人与自然的和谐,而且也体现出了人类的至美至善。它们是一种"人化的自然"和"人的自然化"。这种乡间原始朴素的生活,启发我们:大自然从来就是"自然而然"的,充满人性的;作为大自然中的一分子——人——也应该按照自然的样子去生活,就像这些乡下人一样去过质朴的生活,去过自然的、不做作的生活,去表达质朴的思想情感。它还告诉我们:人与其生存的大自然,乃至整个世界和宇宙,都应该是一种唇齿相依、血肉相连般的关系与自在自洽的状态,只有如此,才能最终建立起一个和谐而美好的世界,一个人类可以诗意地栖居的世界。

四

　　生活总是有起有落，有聚有散，充满欢喜和叹息。"我"就要离开哈达图了。二姐尽管是一个瘦弱而单薄的女人，但是她却心大如天地。在母亲去世前，她把母亲送回老家。她还遵照母亲的心愿，把"我"也送回老家。"我要离开了，我甚至没有回头望一下我居住过的泥房子。我曾经多次爬上房顶望远方：茫茫的原野、麦田、羊群、站台、黑色绿色的火车、后村人家烟囱里或直或弯的炊烟，以及偶尔策马而过的行人。世界那么大，大到我无法探知边际，风从身边路过，吹乱我细软稀疏的头发，我伤心极了，觉得我就要渺小到消失。我在房顶呜呜地哭，声音被风吹在空中，也一下散了，一点痕迹也没有。我就更加伤心：我到底是谁？从哪里来，到哪里去？哈达图是什么？是一个村庄，多年前它是什么样子？多年后又是什么样子？"

　　《一个人的哈达图》，将自然、人情和世事平和而自然地糅合在一起，书写出一种对于生命消逝、时光流去、亲情和爱情痛失的"伤怀之美"。正如作家在小说中所说："我们是奔着幸福和快乐而来，可是我们为什么离不开忧伤，并为此沉迷？""我不知道沉醉什么，或许仅仅因为那是过去，或许它属于忧伤,忧伤总是比开心更让人心醉神迷。"这是一部让人凝神、沉思和渐悟的小说,全书盈满了对于人性、人情和人心的小心探问与朴素的叙写。作家以一种仁厚宽解的心,对人世间的一切生命抱有一种充满暖意的关爱,具有一种爱默生所说的作为"一种规范的例外"的"美德":"他们的美德是赎罪。我不愿意赎罪,我只愿生活……我宁愿它是平淡无奇的,因而也是真实而宁静的,而不愿它闪闪烁烁,毫不稳定。我希望它完整而甜美,不需要节食和流血。我寻求的是你作为人的基本证据……"[1]这样,自然小说呈现给我们的问询和质疑,常常是胆怯而直接的、脆弱而坚韧的,一种宽解和慈心总是给生活中充满窘迫的普通众生以善意的遮掩与同情的诠释。除了温暖的安慰,更多的是对人生命运与贫困生活给予深切的理解。阿连知道,谁的人生能如意?"事事如意""吉祥称意"都是一种人世间美好的理想,"世界不是为我们而造的,而且,不论我们渴望的东西如何美丽,命运都可能禁止我们获得。"[2]所以,作家才总是以和解、分析性地呈现,而不是以反抗、批判性的简单粗暴去叙写生活。安宁、纯净的艺术境界,对自然神性的喜爱与敬畏,以及对于普通众生生命的悲悯情怀,肯定会给作家的书写与文

---

[1] R.W.爱默生.自然沉思录[M].博凡,译.科学院出版社,1993:131.
[2] 罗素.一个自由人的崇拜[M].长春:时代文艺出版社,1988:23.

学世界带来与众不同的气质和魅力。从这个意义上讲，我还是喜欢这种不合常规常理的"我行我素"的充满"异质性"的写作。

二〇二〇年六月二十五日端午节
写于山西省孝义市

马明高　山西省孝义市人，鲁迅文学院第三届高研班学员，中国作家协会会员，中国电影家协会会员，中国文艺评论家协会会员，中国电影文学学会剧作理论专委会副秘书长，山西省作家协会全委会委员，山西省电影家协会理事，吕梁市作家协会副主席，孝义市作家协会主席。